KB230574

무릎 꿇지 않았던 시간

무릎 꿇지 않았던 시간

파라과이 농업이민 43년의 기록

초판인쇄 2026년 3월 3일
초판발행 2026년 3월 3일

지은이 김성진화
엮은이 이해경
편집 길민정
펴낸곳 (주)문화앤피플뉴스
등록번호 제2024-000036호
주소 서울 중구 충무로2길 16, 4층 403호 (충무로4가, 동영빌딩)
대표전화 02)3295-3335
팩스 02)3295-3336
이메일 cnpnews@naver.com
홈페이지 www.cnpnews.co.kr

정가 15,000원
ISBN 979-11-94950-22-6(03810)

무릎 꿇지 않았던 시간

파라과이 농업이민 43년의 기록

김성진화 지음

문화앤피플

43년 파라과이 밀림의 기록
그 숭고한 약속의 열매

저와 김성진화 작가님의 인연은 십여 년 전, 얼굴도 모른 채 SNS라는 공간에서 시작되었습니다. 매일같이 올라오는 작가님의 글을 대하며 저는 그 너머에 서린 이민자의 깊은 고독과 형언할 수 없는 고난을 보았습니다. 특히 최근 1편부터 100편까지 이어진 처절한 삶의 기록들은 제 가슴에 큰 울림을 주었습니다.

많은 이들이 타국으로 떠나지만, 자신의 상처와 역경을 이토록 진솔하고 투명하게 기록하기란 결코 쉬운 일이 아닙니다. 1982년, 두 살배기 막내를 포함한 세 딸의 손을 잡고 파라과이 밀림으로 떠났던 한 가족의 43년은 개인의 역사를 넘어 우리 민족이 감내해야 했던 아픈 현대사의 단면이기도 합니다.

저는 현재 학교 경비원으로 일하며 평범한 일상을 살아가고 있습니다. 넉넉하지 않은 형편임에도 제가 이 책의 발간을 자처한 이유는 단 하나입니다. "한 번 한 약속은 반드시 지키며, 이웃에게 조금이라도 보탬이 되는 삶을 살자"는 제 인생의 오랜 신조 때문입니다. 작가님이 가슴속 깊이 묻어두었던 그 뜨거운 응어리들이 이 책을 통해 조금이나마 풀어질 수 있다면, 저의 작은 정성은 그것만으로도 충분한 가치를 지닐 것입니다.

이 책은 단순히 과거를 회상하는 기록이 아닙니다. 낯선 땅에서 겪어야 했던 부당함과 국가 정책의 사각지대, 그리고 그 속에서도 끝내 꺾이지 않았던 인간의 존엄을 보여주는 소중한 교육 자료입니다. 부디 이 기록이 널리 읽혀 이민을 꿈꾸는 이들에게는 단단한 마음가짐을, 우리 사회와 국가에는 깊은 성찰의 계기를 전해주길 간절히 소망합니다.

작가님의 43년 세월에 깊은 경의를 표하며, 이 책이 세상에 나오기까지 함께 마음을 모아준 문화앤피플 대표님과 사랑하는 가족 그리고 모든 역경을 딛고 일어선 분들께 감사의 인사를 전합니다.

2026년 2월 임승훈

무너지지 않으려고 썼습니다

지푸라기라도 잡고 싶은 심정으로 내가 살아내는 세상을 적어 내려갔습니다. 그것은 스스로를 달래는 유일한 길이었고, 그렇게 쌓인 어제의 기록들은 어느덧 남들과는 조금 다른 삶의 궤적이 되었습니다. 이 글들은 단순히 과거를 회상하는 것이 아니라, '살고 싶다'는 가장 간절한 생존의 외침에서 시작되었습니다.

팬데믹 이후, 동반자의 기억이 조금씩 지워지기 시작하며 나의 보살핌 없이는 단 한 순간도 버틸 수 없는 5년의 세월이 흘렀습니다. 찰나의 소홀함도 허용치 않는 가혹한 현실 앞에서 나의 삶도 한계에 다다랐음을 느꼈고, 무너질 것 같은 나쁜 생각들을 떨쳐내기 위해 오직 글쓰기에만 매달렸습니다.

컴퓨터 앞에 앉아 느긋하게 문장을 고를 여유는 사치였습니다. 동반자의 엉뚱한 행동이 언제 시작될지 모르는 긴장 속에서, 틈날 때마다 휴대전화를 들고 머릿속에 맴도는 문장들을 한 사연씩 저장해 나갔습니다. 그 고단한 여정 속에 지구 반대편에서 전해온 따뜻한 다독임은 제가 글을 포기하지 않게 한 가장 큰 동력이었습니다. 덕분에 나의 글들이 마침내 세상의 빛을 보게 되었습니다. 이 고맙고 귀한 인연을 마음속에만 담아두기엔 제 진심이 허락지 않습니다. 다시 한번 고개 숙여 깊은 감사의 인사를 전합니다.

2026년 2월 **김성진화**

제4부 | 엇갈린 신뢰와 끝없는 시련

제7부 | 산페드로여, 이제는 안녕

1부

밀림 속으로 내동댕이쳐진 꿈

파라과이,
대전역이라 불리던 어느 경유지의 기억

파라과이, 이곳에도 한때는 우리 동포가 4만 명 넘게 거주했었다. 하지만 우리끼리는 파라과이를 '대전역'이라고 불렀다. 그 옛날 대전역은 경유지 역할을 톡톡히 한 곳이었지 않은가. 이곳도 종착역이 아닌 경유지였으니 그렇게 불리었던 것이다. 많은 사람이 앞뒤 가리지 않는 삶으로 돈을 모아 미국으로, 고국으로, 아니면 선진국이라는 곳으로 재이주하는 것이 공공연했다.

남아 있는 동포끼리도 오랜만에 만나면 첫인사가 "아직 안 떠나셨어요?"였다. 어떨 때는 솔직히 죄지은 사람마냥 얼굴을 붉히며 그저 웃음으로 답하며 넘겨야 했다. 다들 그런 생각을 가진 것은 아니었지만 알게 모르게 떠돌았던 비밀스러운 답이 있었는데, 남은 사람들을 두 부류로 나누어 생각하는 해프닝이랄까. 돈이 너무 많아 못 떠나거나, 비행기 삯이 없어 못 떠나거나…. 생각은 자유니까 말이다.

현재는 추산 3,000명 정도라고 하는데 사실 관심을 끄고 살아 잘 모르겠다. 지금은 안정적이라 많이 달라졌지만, 그 당시 이곳 현지인들이 한국 사람을 바라보는 눈은 얄미움을 담았고 무척이나 차가웠다. 조금 안면을 트고 나면 그들은 "넌 언제 떠날 건데?"라고 묻곤 했다. 경멸 어린 눈에다 입가에는 묘한 웃음까지 곁들여서. 기분 좋은 말은 아니었지만 대답할 길 없어 웃음으로 마무리할 수밖에 없던 때도 있었다.

많은 동포가 파라과이를 발판으로 돈을 모아 미련 없이 떠났기 때문이다. 길을 걷다 간혹 "너희 나라로 돌아가라"며 퍼붓는 악담과 손가락질도 감수하며 걸어야 했다. 아순시온에서의 삶이 아닌 시골살이 촌사람이었지만, 볼일이 있어 나들이를 하면 어김없이 '원 플러스 원'처럼 덤이 되어 속앓이를 하기도 했다.

우리 가족은 그 당시 해외개발공사의 '농업 이민'이라는 거창한 이름으로 내 나라를 떠나와 밀림 속으로 밀어 넣어졌다. 오도 가도 못하게 갇힌 현실에 나는 눈만 뜨면 눈물부터 흘리곤 했다.

1982년 10월,
칠레가 아닌 파라과이로 향했던 서글픈 발걸음

1982년 10월 하순, 남편과 세 딸(9살, 6살, 2살)과 함께 내 나라를 떠나는 긴 여정을 시작했다. 당시의 비행은 경유, 경유, 경유, 또 경유. 참으로 여러 나라를 거쳐야 했다. 비록 공항 안에서만 제한된 눈구경이었지만 선진국과 개발도상국의 차이는 그곳

에서도 느낄 수 있었다. 딸내미들은 어리긴 했지만 큰 딸의 도움으로 잘 견뎌주어 애들 때문에 힘든 점은 없었다. 오히려 내가 먼저 지쳐

‘병든 뭣처럼’ 비실거리며 큰아이의 도움을 받았을 뿐이다.

파라과이에 도착하기 전날의 경유지는 칠레였다. 사실 우리 가족이 처음 원했던 나라는 칠레였다. 1982년 당시 해외개발공사에서 땅을 마련해 농업 이민자를 모집했던 나라는 아르헨티나, 칠레, 파라과이였는데 우리가 원했던 곳은 칠레였기 때문이다. 농업 이민 교육까지 마치고 출발 날짜만 기다리고 있었지만, 아르헨티나와 파라과이를 행선지로 했던 이들은 이미 출발한 상태였다. 칠레를 원했던 12세대는 차일피일 갖은 이유로 일정이 미뤄지고 있었다. 우리는 그저 해외개발공사의 연락만 애타게 기다렸다.

한국에서의 삶은 이미 모든 것이 정리된 상태였기에 연락을 기다리는 하루하루는 정말이지… 그 당시를 어떻게 표현해야 할까. 하루이틀이 아닌 달을 넘기면서도 감감무소식이었으니, 싸놓은 이민 보따리만 쳐다보며 해개공의 전화만 기다리고 있었다. 결국 칠레가 행선지였던 우리 12세대는 나누어져 아르헨티나와 파라과이로 향해야 했다. 칠레 교민들의 절대반대에 해개공이 두 손을 들어버린 것이 이유였다.

한참 후에 접한 이야기는 씁쓸했다. 잘 정돈된 교민 사회에 농업 이민이랍시고 들어와 ‘물을 흐려놓을까 봐’ 교민 사회 전체가 절대반대했다는 소식이었다. 긴 기다림에 지쳤던 것일까. 하루라도 더 기다림 없이 빨리 출발할 수 있는 곳이 파라과이였다. 세상 경험 부족했던 젊음은 무슨 파라다이스가 기다린다고 겁 없이,

생각 없이 파라과이를 택했던 것이다. 나의 생각은 조금도 첨가되지 않은 남편의 독단이긴 했지만 말이다. 아마도 모든 게 정리된 상태였으니 가까운 이들에게 미안하기도 했던 것 같다.

참 철없이 덤볐던 30대의 용기였을까. 그 용기의 대가는 매일흘리는 눈물이었다. 내 나라 대한민국이 있는 동쪽만 바라보며 "엄마 아버지, 나 좀 데려가 달라"고 목청껏 외쳤다. 그것도 남편과 아이들의 눈치를 살피면서 말이다.

도망치듯 떠나온 길, 칠레에서의 마지막 환상

세상사 어디 핑계 없고 사연 없는 게 있을까마는, 생각해보니나 역시 탈출구를 찾고 있었던 게 확실하다. 정말 벗어나고 싶었기 때문이다. 그 옛날 남자는 어쩌고 여자는 또 어쩌고 하며 받았던 멸시의 날카로움과, 사사건건 뒷말을 섞어 내뱉어야만 속이시원하다는 듯한 모습을 보던 매일은….

아들 바라기였던 시모와 뭐든 부딪히기를 꺼리던 '회피형'에다엄마 바라기였던 철저한 '남의 편'에게도 지쳐 있었다. 얽히고설킨 모든 것에서 편안해지고 싶다는 묵직한 그 무엇은 정말 어디로든 도망가고 싶은 간절함밖에 없었다. 이민, 이곳에 도착하기전까지는 그 모든 것에서 벗어난다는 해방감에 앞으로의 험난함은 생각지도 않고 마냥 고생 끝이라는 행복함에 젖어 날아갈 것 같은 가벼운 마음뿐이었다. 어쩌면 그렇게도 철이 없었을까.

지구 반 바퀴를 돌고 돌아 경유지인 칠레에 도착한 우리 일행은 아름답고 잘 정리된 칠레에 연신 감탄만 쏟아내었다. 어둠이 깔린 저녁, 해개공 칠레 지사장의 도움으로 도착한 숙소에서 일행들의 생각은 한결같았다. 같은 남미, 바로 옆 동네인 파라과이도 별반 다르지 않을 것이라고.

그런 생각이었으니 우리가 원했던 곳 칠레에서의 하룻밤 머묾은 편안함에다 마음의 여유까지 더해져 농담들이 쏟아져 나왔다. 칠레 지사장에게 "우리의 처음 목적지는 칠레였으니 우리 그냥 여기서 짐 풀면 안 될까요?"라고 물었다. 순간 칠레 지사장의 얼굴은 창백하다 못해 순식간에 굳어졌으며 입술은 바들바들 떨리고 있었다.

칠레에서의 마지막 만찬과
예견하지 못한 불안

그때까지만 해도 우리는 우리가 칠레에 갈 수 없었던 전후 사정을 전혀 모르고 있었다. 민감하게 받아들이는 지사장의 표정에도 크게 관심을 두지 않았다. 일행 모두가 지사장의 마음을 헤아리지 못했던 것이다. 농담이라며 웃으며 건너뛰긴 했지만 "왜 저렇게까지…?" 하는 생각이 들기도 했다.

칠레 지사장의 막중한 임무를 몰랐던 우리는 잠깐 고개를 갸우뚱하긴 했지만, 정말로 지사장의 깊은 마음속까지는 다가가려 하지 않았다. 만약 우리 일행 중 단 한 가족이라도 낙하산 이민을 해버린다면…. 지사장은 제발 별탈 없기를 바라며 우리 일행을 무사히 파라과이로 보내야 하는 무거운 책임을 갖고 있었기에, 우리의 가벼운 농담조차 무겁게 느껴졌던 것이다.

칠레의 정돈되고 깨끗한 아름다움에 완전히 꽂혀버린 내 마음은 그저 가벼웠다. '바로 옆인데 비슷하겠지. 파라과이라고 뭐… 설마 내 생각이 크게 빗나가진 않을 거야.' 그러면서 오랜만에 만나는 한국 음식에 빠져버렸다. 얼마나 반갑던지. 특히 부산댁인 나의 눈에 들어온 풍성한 해산물은 남미로 오길 정말 잘했다는 생각까지 끌어왔다.

느끼한 기내식에서 벗어나 개운한 음식을 마음껏 음미하며 배를 채웠고, 내일 도착할 파라과이를 마음속에 담으며 하룻밤을 묵었다. 다음 날 마지막 경유지 페루를 거쳐 우리의 정착지인 파라과이에 도착했다. 이곳 파라과이, 지금도 시골스러운데 43년 전의 파라과이는 과연 어떠했을까?

파라과이의 첫인상, 그리고 농업 이민자의 쓸쓸한 출발

아직은 어렸던 딸딸딸이의 엄마는 지쳐 있는 아이들을 핑계 삼으며 나 자신의 휘청거림을 겨우 견디고 있었던 터라 제일 먼저 아이들을 데리고 공항을 빠져나왔다.

그런데 세상에나. 10월 말 한국은 가을이지 않은가. 그러면 모든 게 정반대인 이곳은 분명 봄인데, 한국의 봄만 알고 있어서 그랬을 것이다. 지구 반대편의 날씨에 캄캄했던 나는 나름 챙겨 입었던 봄옷의 한 겹부터 벗어야 했다. 분명 봄인데 나를 반겨준 날씨는 엄청나게 더운 바람과 모래 냄새를 섞은 찌든 냄새, 그리고 그냥 줄줄 흘러내리는 땀이었다. 공항 밖의 첫인상? 내가 알고 있는 1960년대도 아닌 훨씬 전의 내 나라 대한민국이었다. 내가 아는 나의 유치원 적을 떠올렸다면 과장된 표현이려나. 하지만 일단은 도착했다는 안도감에 그저 생소함에 잠깐 당황했던 것이라며 애써 삼켰고, 태연한 척하면서도 '어떻게 살지' 하는 마음이었다.

파라과이의 첫날, 1982년 10월 27일. 긴 시간의 비행으로 모두가 지쳐 있었지만 도착의 안도감과 새로운 도전에 대한 기대였을까, 일행은 모두 웃고 있었다. 파라과이 지사장과 함께 우리를 마중 나왔던 한 분이 계셨는데, 내뱉은 말은 분명 나를 향한 이야기였다. "형님, 저분 잘 봐봐. 농업이민자의 모습이야? 형님, 이번엔 텄수. 두고 봐. 제일 먼저 도망가겠는데." 또렷하다 못해 오기까지 데려오는 대화였지만 못 들은 척하고 일행이 나오기를 기다렸다.

지사장과의 잠깐의 시간은 몽롱한 정신으로 어떻게 어떻게 보냈다. 점심 식사 후 한국 식품점에 들렀고 일행은 농장으로 가기 위해 미니버스에 탑승했다. 그런데 그 미니버스를 보고 기절할 뻔했었다. 어쩜 처음부터 우린 그냥 버려지는 농업이민자일 뿐이더라. 이 표현이 죄송하지만, 그 미니버스는 폐차장으로 가기 직전 마지막으로 우리를 위해 봉사하는 것 같았다.

고문의 맛보기 같던 비포장도로와 아득한 불빛

아순시온을 벗어나면 비포장도로라 농장이 있는 곳까지는 5시간 넘게 걸린다는 운전기사의 알려줌은 그저 바람 소리처럼 지나갔었다. 일단은 더 이상 비행기를 타지 않아도 된다는 안도감과 목적지만 남았다는 가벼운 생각 때문이었을까. 신비의 세계를 상상하느라 다른 말은 귀에 담지 않았던가 보다.

아순시온을 벗어나니 정말 비포장도로였다. 흙과 섞여 있는 돌길인지 자갈길인지, 좌우지간 앉은 자리에서의 뜀뛰기가 시작되었다. 그냥 흔들림이었을까. 이것은 완전 가볍게 보여주는 '고문의 맛보기' 같았다. 엉덩이는 계속 들썩거렸고 옆 좌석의 사람과 계속 부딪히는 어깨, 중심이 잡히지 않으니 머리는 어질어질하더니 멀미도 스멀스멀 올라왔다. 나이 먹은 미니버스라 에어컨은 당연히 작동 불가였으니 창문을 열어야 했다. 열어놓은 창문으로 고개를 들이밀며 환영 인사를 건네는 나뭇가지와 나뭇잎은 들여다보는 것으론 성에 차지 않았는지 얼굴까지 건드리는 인사를 건넸다. 그것도 모자라 비포장도로라 흩날리는 모래까지 날아와서 안겼으니 말이다.

그렇게 힘들게 얼마를 달렸을까. 이젠 돌길도 아닌 완전 흙길이 기다리고 있었다. 더욱 심해진 흙먼지에 일행 모두의 표정은 세상을 포기한 듯 더욱 지쳐 있었고, 아순시온을 출발할 때의 웃음 머금었던 모습은 어디로 갔는지 그저 상황을 받아들이고 있는 듯했다. 우리가 흔들리는 동안 바깥은 어두워져 있었고, 분명 전깃불의 힘을 빌려야 하는 시간인데도 어쩌다 정말 '보물찾기'라도 하는 듯 간혹 불빛을 만날 수 있었다.

완전 암흑 같은 세계를 열심히 달리더니 거의 도착이라며 알려주었다. 살펴보니 아득한, 정말 아득히 먼 얼마의 거리인지 가늠도 안 되는 먼 한곳에서 불빛이 보였다. 우리를 기다리고 있는 불빛인 것 같았다. 밤이었으니 어떤 곳인지 알 수 없는 건 당연지사였다. 지금 생각해보니 일부러 어두워지는 시간에 맞추어 이동했던 것만 같다.

산페드로 농장,
칠흑 같은 어둠 끝에 마주한 차가운 현실

아순시온에서 240km 떨어져 있는 우리의 새 삶의 터전이었던 산페드로 농장! 사방이 어둠뿐인 시간을 달렸음은 그렇게 지나가고, 농장 입구에 도착했다는 알림에 긴장을 놓아버렸는지 전신을 두들겨 맞은 듯한 몸도 고통 끝이라며 기지개를 켰다. 비로소 살 았다는 생각이 들었다.

그런데 농장 안으로 들어선 일행의 안도감은 잠깐이었다. 힘들 게 우리를 싣고 이곳까지 달렸던 미니버스는 힘든 소음을 몇 번 토해내더니 모랫길에 빠져버렸다. 움직일 수 없는 나이든 버스는 트랙터의 도움 없이는 옴짝달싹할 수 없으니 다들 내려서 걸어야 한다고 했다. 우리는 내렸고, 한 걸음도 내딛지 않았는데 발은 그 대로 푹, 모래 속으로 빠져버렸다.

사람은 참 이상하다. 내려서 들이켜진 공기는 생전 처음 만나 는 듯 맑디맑았다. 잡다한 그 무엇이 하나도 섞이지 않은 듯, 어 쩜 그렇게도 맑던지. 그렇게 맑을 수밖에 없다는 현실적인 사실 은 다음 날 아침에야 알았지만 말이다. 푹푹 빠지는 모랫길에서 한 걸음 내딛고 나면 신발이 나를 잘 따라오는지 확인하며 걸어 야 했다. 모두가 지쳤는지 “얼마나 더 걸어야 되냐”는 물음만이 조용한 정적을 깨는 소음이었다.

그렇게 걷다 보니 불빛이 가까워졌고, 처음부터 파라과이를 목 적지로 했던 분들이 우리 일행을 맞아주셨다. 그런데 인사를 나 누며 마주했던 그분들의 외형은 어떻게 표현을 해야 정확할까. 한 남자분의 윗도리는 이곳저곳 찢어져 속살이 훤히 드러나 있었 고, 여자분들의 근심 섞인 표정에는 눈물까지 맺혀 있어 말문이 막혔다.

그분들은 한결같이 "어떻게 살려고… 어떻게 견디려고… 하필 왜 이곳으로…"라고 묻고 있는 것 같았다. 하지만 캄캄한 그 밤에 무엇을 할 수 있겠는가. '내일 아침이면 알 수 있겠지'라는 생각을 앞세우며 저녁 식사를 마쳤고, 피곤할 테니 내일 아침에 만나자는 인사를 나누고 정해져 있던 둥지로 향했다.

가지런히 자리 잡고 있는 빨간 벽돌집의 외형은 나름대로 운치가 있었다. 방 안으로 들어서니 나무 침대와 작은 옷장이 눈에 띄었고, 어떻게 씻을지 생각할 겨를도 없이 잠이 들었다. 그리고 새벽 닭울음소리에 눈이 떠져 밖으로 나왔더니, 세상에나. 우리를 일부러 앞뒤 구분도 안 되는 밤에 이곳으로 데려왔다는 생각만 들었다. 해도 해도 너무했던 현실이었다.

산페드로 농장의 첫 새벽,
믿기지 않는 현실과 마주하다

파라과이 산페드로 농장에서의 첫 새벽이 밝았다. 닭 울음소리에 눈을 떴고, 개울물 흐르는 소리와 함께 그 무엇도 섞이지 않은 듯한 자연의 내음에 어젯밤의 걱정은 몽땅 잊어버리고 가벼운 마음으로 문을 열고 나왔다. 사방은 고요한 적막만이 함께한 그 시간, 눈앞에 펼쳐져 있는 믿기 어려운 현실 앞에서 나의 머리는 동서남북부터 찾고 있었다. 뒤죽박죽 엉켜버렸던 그때의 나를 읊어본다.

이곳에서 살아야 한다고? 이런 곳에 오려고 시간 시간 가슴 조이며 해개공의 소식을 기다렸다고? 미쳤어 정말, 내가 미쳐도 단단히 미쳤지, 그렇지 않고서야 어떻게….

그 새벽에 그만 다리에 힘이 풀려 주저앉아버렸고 머리를 쥐어박으며 중얼거렸다. "아버지, 살려주세요. 내가 잘못했어요. 다시는 속 썩이지 않을게요. 제발 날 좀 다시 데려가 주세요." 일어섰다가 앉았다가, 머리를 감싸고 웅크렸다가 울었다가, 웃었다가 펄쩍펄쩍 뛰었다가를 반복하며 아버지만 부르고 있었다. 철저한 배신 같았던 현실 앞에서 자신에게 그렇게 매질이라도 해야 숨이 쉬어질 것 같았던 모양이다. 아마도 믿기지 않았던 지금을 부정하고 싶었을 것이다. 그러니 생전 하지 않았던 짓거리로 그 조용한 새벽을 흔들며 깨우고 있었을 게다.

파라과이 산페드로 농장의 1,500헥타르 부지는 대한민국 정부에서 1965년도에 사놓은 땅이었다. 당시 처음 시도했던 60년대 1세대 농업 이민은 처참한 비극을 남기며 실패했다. 그렇게 방치해두었다가 80년대에 들어와 80만 불을 재투자하여 농업 이민을 재시도한 것이었다. 파라과이를 목적지로 했던 세대와 칠레에서 버림받아 이곳으로 와야 했던 우리 일행은 '성공'이라는 결과를 낳아야 한다는 숙제를 안고 안착한 농업 이민자였다.

80만 불을 투자해서 재정비를 했다는 이야기는 들었기에 그런 환경이 기다리고 있을 거란 생각은 눈곱만큼도 하지 않았다. 당시의 80만 불은 적은 돈이 아니지 않은가. 그래서 나름 기대를 했었고 새 삶을 얹어보고 싶었던 것이다. 그런데 기대의 근처에도 닿지 않은, 내버려진 땅에 그냥 내동댕이쳐진 하찮은 인간이 된 것 같았다. 여기가 어디인가. 내가 어쩌다 지구 반대편 여기에 내버려졌을까. 이게 현실인가.

믿어지지 않았고 주체가 되지 않았던 모양이다. 미친 짓거리에 자신을 맡겨놓고 현실을 받아들이지 않으려고, 밀어내고 싶어 안간힘을 썼다. 세상의 모든 게 꿈나라에서 피곤함을 녹이고 있는 그 시간에, 적막만이 함께한 그 새벽에 나 혼자서 갖은 흉측한 '푸닥거리'를 하며 한탄을 하고 있었다. 그러면서도 내 머리가 하고 있었던 또 다른 짓거리는 저 아래 밑바닥에 나를 놓고 어떻게 올라갈까 하는 생각을 곁들이고 있었다. 이러지도 저러지도 못하는 현실을 받아들이고 있었던 것이다.

특전사 용사의 군가와 절망의 새벽

나는 내 나라가 있는 동쪽만 바라보며 정신 나간 사람처럼 아버지만 찾고 있는데, 뒤늦게 일어나 밖으로 나온 '남의 편'은 뭐가 그리도 좋은지 계속 이곳저곳 두리번거리며 "허허허"를 연발했다. 진짜 내 인생 돌려달라며 쥐어박고 싶어 주먹을 쥐었다 폈다 했다. 곁에 있는 사람 뒤집어지기 직전까지 허허거리더니 한다는 말이, 이곳에 오길 참 잘했다며 자신은 살아남을 수 있다는 것이었다.

이유인즉 "뱀 잡아서 껍질 벗겨 잘근잘근 씹던, 낙하산 짊어지고 훈련기에 올라 뛰어내리기 직전 오줌 지리던 공수 훈련보다는 쉽지 않겠어?"였다. 그 옛날 50년도 훨씬 전인 남의 편이 20대일 때, 시부께서는 자신의 아들을 대학 졸업 일주일 후 군입대를 시켜버렸는데 보내버린 곳은 논산훈련소의 훈련 후 곧바로 9818부대 공수특전사로 가게 만들어 버렸던 것이다. 결혼 후 틈만 나면 군대에서의 고생담을 무슨 자랑거리처럼 늘어놓았는데, 그때는 '또 시작이네' 하며 듣는 둥 마는 둥 하다가 지겨우면 그만하라며 목소리까지 높이며 말렸던 기억을 되새기게 하는 현실을 맞닥뜨릴 줄이야.

도망가고 싶은 환경이 정말 아무렇지도 않은지 너무나 여유스러운 행동과 정말정말 죽이고 싶을 만큼 미웠던 남의 편의 태연함! 내 머리는 '저 양반 정신박약 아니야?' 그런 생각을 가질 만큼 고개가 갸우뚱거려졌는데, 아무렇지도 않은 듯하며 덤으로 붙인 말이 뭔지 아는가. 그곳에서 고된 훈련 후 들이켰던, 아니 막 쏟아부었던 술은 유일한 위안거리였다며 이곳에서도 힘들면 훈련 후의 위안주를 마셨던 것처럼 들이키며 하루를 풀면 견딜 수 있다는 것이었다. 울어도 시원찮을 상황 앞에서 어떻게 그런 말을….

어린 딸들 셋을 데리고 사방이 밀림인 유배지 같은 이곳에서, 전기도 수도도 없는 이곳에서, 하루 한 번 지나가는 버스가 유일

한 구경거리인 이곳에서, 자연 빼고는 아무것도 없는 이곳에서 아이들 교육은 어떻게 할 것인가. 나의 목숨과 같은 딸들을 그냥 내버려 두면 안 되는데, 그러면서 암흑 같은 곳에서도 불빛은 만날 수 있겠지 하고 있는데 글쎄, "안 되면 되게 하라 특전부대 용사들" 그렇게 목청 높여 군가를 부르고 있는 것이었다. 진짜 두들겨 패 버리고 싶었다.

흙벽의 배신과 문틈 사이의 공포

기가 막히는 현실이었지만 지구 반대편까지 날아왔는데 어떻게 하겠는가. 한치 앞도 내다볼 수 없는 현실이었지만 정신부터 붙잡아야 뭔가가 보일 것 같았기에 일단은 이민 보따리부터 풀어야 했다.

슬레이트 지붕을 이고 있는 빨간 벽돌집. 외형은 벽돌 그대로였고 실내 벽은 흰색으로 칠해져 있었다. 한국에서의 벽 공사 마무리를 생각했기에 당연히 시멘트 벽에 칠해놓은 페인트라고 생각했다. 옷가지와 여러 물건을 대충 정리해놓고 벽에 못질을 해야 할 일이 생겼다. 혹시나 하고 챙겨왔던 시멘트벽용 못을 꺼내며 '참 잘 챙겨왔네'라며 나 자신을 칭찬했다.

벽에 못을 갖다 대고 망치질을 했다. 어땠을 것 같은가. 그렇게 힘을 준 망치질도 아니었다. 남편이 한 것도 아니고 내가 한 것이었다. 세게 두드렸던 것도 아니고 여러 번도 아닌 첫 두드림이었는데, 망치 소리와 함께 힘없이 떨어져 나와 사방으로 널브러져 버린 것은 흙가루였다. 어이없어하며 벽을 봤더니 손바닥만 하게 뻥 뚫려 나를 흘겨보고 있는 듯한 벽의 상처 자리가 보였다. 아이들 흙장난 집도 아니고 가족이 살아야 하는 둥지인데, 시멘트가 1도 섞이지 않은 듯한 흙벽이라니. 보금자리라는 집까지도 우리를 외면하고 배신한 듯해 허탈한 웃음만 나왔다.

어디까지일까 싶은 궁금증에 가까이 가서 사방 벽을 자세히 살피니, 시멘트가 전혀 섞이지 않았는지 여러 곳에 가느다란 실금 같은 벌어짐이 보였다. 무슨 마음이었는지 손가락에 침을 발라 벽을 문질러 보았다. 흰 가루가 그대로 묻어나고 침이 지나간 자리에는 빨간 흙이 얼굴을 내밀었다. 마감칠도 페인트가 아닌 횟가루였다.

철저하게 대충 지어진 날림이라는 생각에 천장은 어떨지 확인해보고 싶어졌다. 긴 막대기를 가져와 살짝 건드려 보니 가볍게 흔들리며 스티로폼 같은 소리가 났다. 더 자세히 살펴보니 내 귀가 정확했다. 지붕 아래 듬성듬성 긴 나무 막대가 벽을 가로지르고 있었고, 그 아래 스티로폼을 못 몇 개로 고정한 것이 끝이었다.

그것뿐이었을까. 이제 그만이라며 소리를 지를 뻔했던 해질녘에 새로운 얘기가 전해졌다. 날이 어둡기 전에 바깥과 실내를 구분 짓는 현관문 아래에 담배를 풀어서 빈틈없이 꼼꼼하게 막으라는 것이었다. 도무지 이해가 되지 않아 다시 물었더니 돌아온 대답은 기가 막혔다. 문 아래 틈으로 뱀이 들어올 수 있으니 담배를 풀어 막아놓아야 마음 놓고 잘 수 있다는 것이었다. 뱀은 담배 냄새를 싫어한다나 어쩐다나.

부모 가슴에 박은 못과 밀림의 첫 밤

그렇게 해야 뱀이 들어오지 않는다고 하니 어쩌겠는가. 시키는 대로 할 수밖에. 생각만 해도 징그럽고 무서운 뱀인데, 그래도 허무하게 죽기는 싫었던 모양이다. 담배를 풀어 문틈을 꼼꼼하게 막아놓고 나니 갑자기 웃음이 터져 나왔다. 난 내가 그렇게 미쳐가는 줄 알았다. 박수까지 치고 눈물까지 흘리며 뭐라 뭐라 지껄이는 내 모습은 결코 정상적인 사람의 행동이 아니었다.

뭐라고 표현해야 할까. 그 순간을 내다버리고 싶었다고 해야 할까. 사방이 울창한 숲으로 뒤덮인 적막강산에 개울물 소리와 풀벌레 소리만이 고요와 함께하는 밤은 슬프다 못해 모든 걸 다 잃은 듯한 자포자기의 심정이었다.

하루에 단 두 시간, 씻고 저녁 먹는 시간에만 발전기를 가동해 전깃불을 만날 수 있었다. 그 두 시간 동안 하루의 찌든 때를 마무리해야 했다. 시간이 지나 발전기가 멈추면 촛불이나 석유 등잔으로 밝음을 만들어 나 자신을 정리하며 견뎌야 했다. 딸들과 남편은 금방 적응이라도 한 듯 꿈나라로 떠났지만, 나는 달랐다.

어떤 신세계가 기다린다고 사람 구경조차 힘든 이곳에 오려고 그렇게 애를 썼던가. 그렇게 많은 상처를 만들며 많은 걸 내려놓았다는 생각이 나를 감싸는데, 예민하게 모든 일을 제때 마무리해야 편안해하던 내가 이렇게 깨져버렸으니 말이다.

그래도 어떻게든 나를 다스려야 했다. 눈에 밟히는 소중한 아이들이 있으니 살아야 했다. 간혹 흙먼지를 뒤집어쓴 차들이 지나가긴 했지만, 그것은 목장주들의 고급 자동차였을 뿐이다. 대중교통인 버스는 하루에 단 한 번, 시골 흙길을 다니느라 나이를 꽤나 먹은 낡은 차였다. 이것이 정말 믿어지는 세상인가. 그렇게 모든 걸 미련 없이 내려두고 왔는데.

미지의 세계에 대한 막연한 설렘을 안지 않았다고 한다면, 기대가 없었다고 한다면 그것은 거짓말일 것이다.

1982년 10월, 내 나이 서른다섯. 무엇이든 할 수 있을 것 같던 패기 넘치는 젊은이가 내가 태어나고 자란 나라와 부모 형제를 뒤로했던 그 용기는, 참으로 어이없고 생각 없던 무모한 짓이었다.

지금도 잊히지 않고 나를 아프게 하는, 가슴에 사무치는 나의 아버지가 뱉으셨던 한 서린 말씀이 떠오른다.

“이렇게 애비 가슴에 못을 박아? 지금 네 애비 심정이 어떨 것 같니? 네 애비는 가슴이 찢어진다. 이 못난, 천하에 불효막심한 년아!”

근심 가득했던 아버지를 애써 외면하며 웃었더니 얼마나 화가 나셨는지 “나쁜 년!” 하시며 고함을 지르셨다. 그렇게 부모 가슴에 못을 박으면서까지 남편 따라 떠나왔는데 현실이 이러니 참으로 기가 막혔다.

“못 살겠다고 돌아오기만 해봐라. 그때는 각오해야 할 거다. 네가 좋다고 택한 곳이니 죽이 되든 밥이 되든 다시는 이 애비 앞에 설 생각 하지 마라. 절대로 돌아오지 마라.”

나의 아버지의 절규였던 그 마지막 말씀조차 귓등으로 흘렸던 그 죗값은 참으로 무거웠다.

2부

촌부가 되어가는 나날과 밀림의 동반자들

산페드로 농장의 정문과 38구경 권총,
그리고 촌부가 되어가는 나날

농장 입구에 '산페드로 농장'이라는 간판을 이고 있었던 정문. 하긴 문은 문이었다. 나무로 엉성하게 엮어 이곳이 'Granja San Pedro'라는 표시판을 지탱하고 있었으니 말이다. 정문은 원목 그대로였다. 페인트를 덧칠한 흔적은 없었고 각목으로 대충 틀을 잡은 형태였다. 사각 모서리에 각목을 띄엄띄엄 덧붙여 놓아 마치 곱하기 모양처럼 보이는 그야말로 엉성하고 투박한 정문이었다. 아무나 밀면 들어올 수 있는, 허술하기 그지없는 그저 "내가 정문이야" 하는 모습이었다.

남미의 다른 국가는 잘 모르지만, 이곳 파라과이는 총기 사고가 빈번했다. 마음만 먹으면 언제든지 사고가 날 수 있는 정말 무서운 곳이었다. 개간된 땅 얼마를 제외하면 사방은 울창한 나무뿐이었다. 누구든 마음만 먹으면 죄의식 따위는 접어두고 돈 얼마에도 대신 일을 저질러주는 이곳에서 무엇을 준비해야 했을까.

우리가 제일 먼저 구입한 것은 38구경 권총이었다. 이곳에선 정당한 사유로 소유할 수 있는 허가증을 가지면 총 구입이 그리 어렵지 않았기 때문이다. 공수특전사 출신에 일등 사수로 특별 외출까지 받았었다는 남편의 자랑을 들어왔었기에, 총기에 대한 두려움보다는 위험에 대한 부담을 덜기 위해 꼭 갖추어 두어야 한다는 생각이 앞섰다. 핑계를 만들며 구입한 총이 늘어날수록 마음도 더 편안해졌다. 그래도 살겠다고 총을 보며 안심을 하다니.

밤에는 몹쓸 일을 당할까 봐 불안에 떨어야 했고, 낮에는 조금만 방심하면 사람 몸에 알을 낳는 파리 떼와 인정사정없는 벌레들, 그리고 뱀과 싸워야 했다. 마음에 포기를 심었으면 적응도 빨라야 하는데 매일매일이 정말 어려웠다. 아침이라고 눈이 떠지는 것도 싫었고, 살기 위해 꾸역꾸역 뱃속을 채우고 있는 나 자신도 너무 싫었다.

하지만 쉽게 결정한 일도 아니었고, 부모 가슴에 대못을 박고도 홀가분한 생각을 안고 비행기를 탔으니, 이것을 죗값이라 생각하며 스스로를 다스렸다. 내 나라에서의 평안함에 대한 고마움은 잊고, 곁에 있어 귀찮았던 이런저런 힘든 상황을 고통이라 여기며 회피하듯 떠나왔기 때문이다.

시골 출신인 남편은 참 쉽게도 스며들었고, 갇혀 살던 도시가 아닌 처음 만나보는 자연 그대로의 세상이 신기했던 딸들은 마냥 즐거워하며 곳곳을 누비고 다녔다. 그러는 식구들을 외면하며 동쪽만 바라보고 한숨만 늘어놓을 게 아니라는 생각을 받아들였다. 아이들의 천진난만한 모습에 나를 녹이려 애쓰며 현실을 받아들여 갔다.

그렇게 하루이틀 견디다 보니 인간은 망각의 동물이라 했던가. 얼마의 시간이 흐르니 서서히 추스러졌다. '우리가 칠레에 갔더라면 어땠을까?'라는 생각은 지워지지 않았지만 말이다. 그곳은 포도 농사를 지어야 하는 포도주 주산지라는 이야기를 들었기에 미련이 없었다면 거짓말일 것이다.

그래도 살아내야 했으므로 먼저 온 선배들을 따라다니며 일을 배우기 시작했다. 나를 한심한 듯 쳐다보던 농사 선배들의 얼굴이 조금씩 변해가면서, 제법 따라 한다는 웃음이 느껴져 보람도 느꼈다. 나름 익혀가는 재미에도 빠져들면서 그렇게 서서히 촌부가 되어갔다.

트랙터를 타고 나선 토요일과 무전기로 기다리던 쌀

농장 입구에서 집이 있는 곳까지는 2km 정도였다. 그 길을 걸어 나와야 이곳 사람들을 만날 수 있었고, 조금 더 나가야 기본 식품을 구입할 수 있는 가게가 있었다. 야채라고는 양파와 토마토가 전부였고 밀가루와 빵이 있었는데, 생전 먹어보지 않았던 모래인지 뭔지 같이 씹히는 빵이었다. 그 가게 바로 옆에는 토요일 아침에만 문을 여는 고깃간이 있었다.

우리 농사꾼 한국 여자들은 트랙터를 타고 소고기를 사러 가는 토요일 아침이 유일한 외출 날이었다. 사람 구경도 하는 날이었기에 솔직히 많이 기다려지기도 했다. 우리의 주식인 쌀은 어떻게 구입했을까. 아순시온에 사무실을 둔 해개공 지사장과 240km 밖의 우리를 연결해 주는 유일한 통신 수단은 무전기였다. 오전과 오후 하루 두 번, 우리의 안전을 물어오고 무사함을 알리는 통신기가 있었고, 한 달 혹은 한 달 반 즈음해서 한 번 정도 농장을 방문하는 날에 맞춰 쌀과 필요한 생필품을 주문하며 견뎌야 했다. 그사이 무언가가 바닥을 보이려고 하면 쪼개고 또 쪼개야 했다.

물건을 만나는 날은 괜히 뱃속이 원하는 것도 많아지며 마음도 들떴다. 농장 입구에 지사장의 차가 보이면 다들 시장에 간 엄마가 먹거리를 사서 돌아오는 것처럼 반가워했으니, 참 어이없으면서도 정말 그랬다. 우리의 '잔칫날'이었던 셈이다. 하루하루의 삶이 숙제였기에 웃음은 잃어갔지만, 자연 속의 모든 것이 마냥 즐거운 아이들의 재잘거림을 양념 삼아 밥상을 마주하면 어두운 생각은 사라지고 미소를 머금게 하는 잔잔함이 찾아와 주어 버텨낼 수 있었다.

파라과이에 대한 지식이라고는 더운 나라, 스페인어 사용, 한국과는 정반대편, '남미의 심장' 정도였다. 아는 게 거의 없었으나 시간의 흐름은 하나씩 알게 해주고 정리를 시켜주었다. 제일 먼저 필요한 것은 말이었다. 시골 사람들은 스페인어를 거의 사용하지 않았고 토속어인 과라니어를 사용했다. 그러니 과라니어와 아이들 공부를 위한 스페인어를 익히는 게 첫 번째 과제였다. 항상 한국말이 먼저였던 나이 먹은 우리는 쉽게 입력이 어려웠지만 아이들은 정말 빠르더라. 잡스런 생각이 없는 순수한 머리는 채우면 곧바로 저장이 되는 것 같았다.

한국을 떠나 첫 번째 경유지였던 일본에서 기다리는 시간이 너무 길어 이곳저곳 눈구경을 하다가 만났던 소니 라디오와 카메라는 생각지도 않게 구입한 보물이었다. 라디오에서 흘러나오는 말이 뭔 말인지 하나도 귀에 들어오지는 않았지만 정말 큰 몫을 하는 일꾼이었다. 아이들을 위해 잠들기 전까지 계속 틀어놓았더니 건전지는 금방 동이 났지만 말이다.

전깃불은 하루 2시간, 식수는 지하 100m에서 끌어올려 저장된 물탱크에 의존했다. 하지만 세대가 많으니 빨래는 개울가를 찾아야 했다. 개울가에 앉아 비누질을 하면서 '그 옛날 한국도 이런 시절이 있었겠지' 하며 내 나라를 떠올리기도 했다.

한국 사람의 '모래성 같은' 국민성이라고 해야 하나, 다들 너무 똑똑했다. 밤마다 마음을 졸여야 하는 또 하나의 걱정거리는 정말 어이없는 짓거리였다. 여러 세대이다 보니 와아, 진짜로 정말로 얼마나 말도 많고 탈도 많던지. "협동조합", "단체 농장"은 턱도 없었다. '회의'라는 명목 아래 매일 저녁 모여서는 고성만 난무했고, 심지어 성질 급한 분은 주먹질까지 오갔다.

일본의 협동조합과 우리의 모래성, 그리고 떠날 자의 낙인

농장 생활을 하면서 항상 부러워했던 한 가지는 일본분들의 협동조합이었다. 우리보다 훨씬 빨리 파라과이에서의 농업 이민이 시작되었지만 정말 잡음 하나 없었다. 아주 정돈되고 안정된, 서로가 서로에게 의지하며 단합을 강조하는 정말 본받아야 하는 표본이었다. 서로를 먼저 생각하며 조금의 잔꾀도 없는 조용한 삶. 내가 알기로는 현재까지도 일본 정부의 보호 아래서 꾸준히 2세, 3세가 넘어가면서도 안정된 삶을 살고 있는 것으로 안다. 꾸준히 다음 세대에게 장학금도 지불하면서 말이다. 참 대단하지 않은 가.

처음엔 우리도 그럴 수 있을 거라고 믿었다. 일본 농업 이민은 정말 조용하게 있는 듯 없는 듯한 삶을 살아가고 있다. 우리도 조금만 배려하고 양보하면 그럴 수 있을 거라고 믿으며 희망에 벅 찼었다. 하지만 우린… 서로가 옳았고 서로가 앞섰고 서로가 양보하는 죄악인 양 주먹질까지 오갔다. 그나마 아낙네들은 잘 어울렸고 서로의 말을 경청해주었으며 의견을 내어놓으면 생각을 보태가며 실천해보려고 노력했다. 그런데 진짜 일꾼이어야 하는 남자들은 회의랍시고 모이면 위아래도 없었고 상스러운 말도 거침없이 뱉었으며 뒤끝을 만들며 참으로 개성 강한 집단이었다.

농장 재산이라고는 트럭 한 대, 트랙터 2대, 그 외 파종기와 몇 가지의 작은 농기구들뿐이었다. 훨씬 뒤에 수확기가 들어오긴 했지만 말이다. 농기구가 많지 않으니 순번을 정해 일을 해야 한다며 '머리 좋은 사람'은 이 핑계 저 핑계를 만들며 일을 피했고, '머리 둔한' 꾸준함이 무기인 사람만 눈만 뜨면 일거리에 매달리는 이상한 단체로 변해가고 있었다. 그나마도 오래가지 못했고 각각의 삶을 찾아 뿔뿔이 흩어져야 했지만 말이다. 앞이 캄캄한 미래도 없는 하루살이 삶에도 틈만 나면 "안되면 되게 하라 특전부대 용사들” 하며 군가를 불러대는 한 사람은 무슨 생각이었을까.
지금까지도 궁금하다.

우리나라 정부에서도 대한민국의 농업 이민이 열악하다는 것을 모르지는 않았을 게다. 60년대 1차 농업 이민의 실패도 있었으니까 그런 정책도 생각해놓았겠지. 무슨 정책이었냐면 이탈을 막는다는 명목이었을 것이다. 일종의 ‘정착금’이라며 정착할 때까지 세대가 얼마의 기간이 지나면 조금씩 찾아서 사용할 수 있다는… 목돈을 맡겨놓았다가 푼돈으로 없애는 아주 영리하고 기묘한 발상도 그땐 법이라니까 시키는 대로 따랐다.

첫해는 당연히 수익이 없으니까 해개공에서 얼마의 기간 동안 얼마씩의 도움도 매달 받긴 했다. 출발 전 세대당 얼마의 돈을 해개공에 맡겨놓았기에 당시는 남의 나라에서 살 수 있는 재산도 있다면서 걱정 놓고 살았었다. 수입이 전혀 없었던 우리 산페드로 농장 식구들은 해개공에서 조금씩의 도움을 받는 동안은 조용했지만, 도움이 끝나고 해개공에 영치한 돈을 조금씩 축내며 살아가야 하는 시기가 오니까 빠르게 달라지기 시작했다. 그즈음부터 몇몇 세대는 슬며시 알게 모르게 정리를 시작했다. 눌러앉아 끝을 보겠다고 생각을 굳혔던 나는 참! 그러면서 서운한 생각도 가졌었는데 돌이켜보니 그들은 영리했었고 바른 선택이었다. 성년 자식들을 둔 세대는 아순시온으로 내보내 살길을 찾게 했고 다른 나라를 알아보기 시작했다.

이민 생활에서 살아남으려면 현재에 민감해야 했고 꾸준함도 상황에 맞추어 머리 사용과 유연성을 함께해야 살아남는 것인데, 한때는 참 많은 한국 분이 살았지만 거의가 떠날 거라는 명분이 있었으니까 앞뒤 없이 오직 돈에만 집착했기에 남아있을 사람에 대한 미래며 이미지 따윈 안중에도 없었다. 그랬으니까 한국 사람에 대한 이미지는 아주 나빴다. 돈만 벌면 떠난다는….

소식에 둔한 시골에서도 웃으면서 은근한 경멸의 눈초리로 건네는 말들은 소름 돋았다. 현지인들은 이해관계가 없으면 생면부지라도 그냥 지나치지 않는다. 항상 웃으며 인사를 건넸고 "건강해야 해"라는 끝맺음도 잊지 않고 건넸다. 하지만 은근히 마음을 열기에는 시간이 필요한 사람들이 대다수다. 만나면 겉으로는 웃으면서 농담처럼 던지는 말에 속상한 일은 날이 갈수록 더 잦았다.

"너도 떠날 거잖아. 겉으로 친절한 척하며 우릴 속이지 마. 얼마를 더 벌면 떠날 건데? 언제 이곳을 배신하고 사라질 건데?"였다.

나무다리의 비극과 38구경 권총으로 지키는 일상

1960년대, 그때의 1차 농업 이민자들은 배를 타고 45일 동안 항해를 했었고 당시엔 가족 없이 남자들만 왔었다고 했다. 82년도 우리가 왔을 때도 얼마의 개간된 땅을 빼면 몽땅 밀림이었는데, 그땐 어땠겠나. 분명 더했을 것이다. 개간도 안 된 그 밀림에서 가족도 없는 남자들만의 생활을 상상이나 할 수 있을까. 그냥 버려진 것이지 무슨 희망이 있었겠나. 분명 몸부림이었을 것이다.

　살인 사건이 있었다고 했다. 농장 입구에서 우리가 사는 곳으로 걸어오다 보면 개울을 가로지르는 길지 않은 나무다리가 있다. 그런데 항상, 정말로 항상 한 번도 빠지지 않고 다닐 때마다 두려웠던 그 나무다리. 그곳 다리 근처에 오면 그냥 무서웠다. 오싹했고 누가 자꾸만 잡아당기는 것 같아 나도 모르게 걸음이 빨라지다가 그냥 뛰게 되더라. 생각도 조건도 없이 몸이 먼저 반응했다. 나만 그랬을까? 아니다. 모두가 그렇게 빠른 걸음 혹은 뜀박질로 그곳을 벗어났다.

　한참의 세월이 흐른 뒤에 들은 사연은 그곳에서 있어서는 안될 일이 일어났었다는 것이었다. 남자들만의 세상, 버려진 듯 갇힌 희망 없는 세상에서 분명 술은 빠지지 않았을 테니까. 그 초창기 남자들만의 이민, 얼마나 힘들었을까. 안타깝다 못해 숙연해지더라. 다른 길이 없었으니 꼭 건너야만 했던 그 다리. 다른 분들은 모르겠으나 나는 항상 한을 안고 돌아가신 분

들에게 제발 모든 것 거두시고 이젠 내려놓고 쉬시라며 마음속
기도를 잊지 않게 되었다.

무슨 용기였던지 그땐 젊었으니까 애써 두려움을 묻으려고, 간
혹은 강한 척하느라 그랬을 게다. 어쩌겠는가. 그럴 수밖에 없는
환경이었고 이미 지나간 일이지 않은가. 그렇게 감정을 다스리며
다녔지만 그곳을 만날 때마다 마음은 무거웠고 편치 않았다.

사람이란 어디까지일까. 어이없게도 살겠다고, 살아보겠다고
22, 38, 45 구경에다 사냥용 장총까지 식구 수대로 갖추고도 여
분이 있는 그 위험한 것들에 안심했다. 어둠이 깔리면 문틈에 깔
아놓은 담배에 안심하고, 매주 토요일에 실컷 먹는 소고기에 고
마워하면서, 뱀을 발견하면 '어디에 좋은 건데' 하면서 잔인하게
뒷처리까지 했다. 그 뒷처리가 뭐였을까. 술을 담가 땅에 묻어 숙
성시켰고, 솥에 들어간 녀석이 혹시나 일어날까 봐 겁을 먹고는
솥뚜껑 위에 돌까지 올려가면서 말이다. 그러는 남자들의 용감함
도 칭찬해가며 나름 익숙해져 가고, 환경에 적응해가고 있었다.

밀림에서 자라난 아이들과 흩어지는 이민의 꿈

나의 희망이었고 삶의 비타민인 딸들을 위해 스페인어 개인지
도 선생님을 구했다. 교사 생활을 오래 하셨던 분인데 친절하고
열심이었다. 큰아이와 둘째 아이가 과외를 마치고 집에 와서 복
습을 하면, 두 살배기 셋째는 곁에서 귀로 익히곤 했다. 언니들이

"그게 뭐더라?" 하며 더듬거리면 기특하게도 바로 일러주기까지 했다. 과외 없이도 제일 먼저 토속어인 과라니어와 스페인어를 내뱉던 아이였다. 언니들이 공부하러 가고 없는 시간에는 일꾼들 곁에서 과라니어를 귀로 익히며 혼자 중얼중얼 머릿속에 심던 그 아이가, 지금은 아무도 넘보지 못하는 자리에서 23년째 TV 앵커로 일하고 있는 나의 셋째다.

시간은 더디면서도 하루는 빠르게 흘러가며 열심히 시골을 배우게 했다. 딸들은 또래 친구가 없으니 동물들에게 빠져들었다. 얼마나 예뻐하던지, 순수한 동심과 동물들의 교감을 보며 그때는 그저 '친구가 없으니 외로워서'라며 안타깝게 생각했다. 하지만 시간이 지나 지금의 아이들을 보면 그 시간은 큰 배움이었고 사랑의 밑바닥을 다진 것이었다. 자연과 함께하며 동물들과 나누었던 날들 속에서 아량과 양보, 나눔과 베풂, 그리고 한발 물러서 지켜봄을 익혔던 것이다.

두 손바닥을 보탠 만큼 큰 두꺼비를 보고 나는 비명부터 질렀지만, 아이들에게는 두꺼비도 반가운 동지였다. 개구리조차 만나기 어려운 도시 생활에 익숙했던 아이들은 살아 숨 쉬는 모든 것을 신기해했다. 배고플까 봐 먹을거리를 나누며 무엇이든 공유하려는 친구로 대했고, 보이지 않으면 혹시 잘못되었나 싶어 이곳 저곳 찾아다니며 생명의 소중함을 익혀갔다.

대한민국 해외개발공사의 농업 이민, 이곳 파라과이에 재투자된 80만 달러는 지금도 적지 않은 돈이지만 80년대에는 정말 큰돈이었다. 우리가 맞이했던 현실은 "그 큰돈 다 어디로 갔지?"였다. 60년대 1차 이민자들의 피땀으로 개간된 땅이 분명 있었을 테고, 2차 이민자인 우리를 위해 조금 더 넓혔겠지만, 우리 12세대에 나누어져야 하는 땅은 '대농'은커녕 외형만 그럴듯했던 집과 몇 가지 농기구 외에는 한발짝도 들여놓기 무서운 밀림뿐이었다. 돈의 쓰임새에 의문이 남았지만 굳이 뱉지는 않았다.

나의 선택이 미워지며 스스로 쓸모없는 인간 같아 큰일을 치르려고 마음먹었던 시간도 있었으나, 일단은 지금을 정리해야 앞으로든 뒤로든 무언가를 저지를 수 있을 것 같았다. 헤맬 수만은 없다는 생각에, 편하게 앉을 수 있는 자리를 만들어놓고 다시 살펴야 더 정확한 매듭을 찾을 수 있을 것 같았다. 어떻게 쓰였는지 확실한 용처는 몰랐지만, 거치 후 상환해야 했던 80만 불의 일부는 빚이었다. 그것을 갚아야 돈의 쓰임새도 짚어낼 수 있고, 넓은 땅을 노래하던 남편의 소원인 땅이 내 몫이 되는 것이었다.

회의라는 명목하에 그렇게 싸우던 난타극도 거치 기간이 끝나고 상환해야 하는 시간이 다가오니 끝이 났다. 희망이 보이지 않는 것인지, 아니면 더 큰 세상을 바랐던 것인지 한 세대씩 떠나기 시작했다. 도시로 향하더니 후에는 미국으로, 아르헨티나로, 그

외의 나라들로 흩어졌다. 한 세대씩 둥지를 비우기 시작하니, 잡음이 보태졌을 때가 사람 사는 세상이었다는 생각이 들며 사람이 그리워졌다. 그러면서 "제일 먼저 떠났던 분이 누구였더라?" 하며 추억 속의 그분을 생각했다. 땅에는 관심이 없었던 분인데, 참 좋은 분이셨다.

그라시아스, 그 한마디에 담긴 인고의 세월

이곳에 와서 만났고 자주 이야기를 나누었던 장로님이 계셨다. 양계장을 하셨는데 계란을 팔기 위해 자주 도시를 오가시던 분이었다. 그분은 웃으면서 농담처럼 내게 말씀하시곤 했다. 이곳에서 누구를 만나든 "그라시아스(감사합니다)"만 내뱉으라고. 그 말을 습관처럼, 버릇처럼 새겨 주저하지 말고 그냥 "그라시아스" 하라고 말이다.

부패가 심한 이곳에서 그것이 돈을 아끼는 방법이고 살아내는 데 손해 안 보는 방법이라며, 자신의 경험이니 꼭 새겨두라고 하셨다. 외국인, 특히 조금은 시끄럽게 살고 있는 한국 사람은 검문하는 경찰에게 제일 쉬운 먹잇감이었다. 아는 단어 몇 개로 변명해봤자 더욱 깊은 수렁만이 기다릴 뿐이니, 벗어나려면 한마디도 못 알아듣는 척하며 욕을 하든 모욕적인 말을 하든 고개 숙이면서 "그라시아스"만 되풀이하라고 하셨다. 그렇게 말씀하시며 웃으시던 분이었다.

고깃간에서 분명 1kg을 주문했는데 집에 와서 저울에 올려보면 언제나 800g이었다. 매주 변함없는 800g. 왜 모자라게 주느냐고 물어보지도 못했다. 웃으면서 은근히 무시하는 그들이었지만, 한마디라도 보태면 그나마 구입할 수 있는 고기를 "너희에게는 안 판다"고 할까 봐 알면서도 당하면서도 은근히 화가 나도 "그라시아스"와 "무이 아마블레(매우 친절하다)"를 습관처럼 사용했다.

이곳에 도착한 첫날 저녁, 찢어져 속살이 드러나는 러닝차림으로 해맑게 웃으며 우리 일행을 맞아주셨던 분은 성년 아들들과 함께라 참 든든해 보였다. 그분의 첫날 이야기도 잠깐 하자면, 정해준 집에 발을 들이시다 기절초풍할 뻔했다는데 그 주인공은 구렁이였다. 또아리를 틀고 앉아 혀를 널름거리며 "너가 이 집 주인이니?" 하고 인사를 하더란다. 그러시면서 한국에선 만나기 힘든 뱀을 이곳에선 자주 만나야 하니 함께 산다고 생각하고 너무 겁먹지 말라고 하셨다. 하지만 뱀은… 만나면 비명과 함께 줄행랑을 치는 건 어쩔 수 없었다.

농사 초보인 내가 힘들어하면 그분은 등도 쓰다듬어 주면서 "살다 보면 살아진다"고, "이곳도 사람 사는 곳"이라고 하셨다. 그때 하셨던 말씀은 지금도 가끔 떠올리며 위안의 약으로 삼는다.

"농장 정문에서 우리가 사는 곳까지 2km야. 한국 최고의 부자도 대문에서 집까지 이렇게 멀지 않아. 그러니까 우리가 얼마나 부자니?"

그렇게 웃으셨던 분도 견디기 힘든 현실 앞에서는 결국 무너지셨나 보다. 아들들과 함께 미국으로 옮기셨다가 다시 한국으로 가셨다는 이야기를 전해 들었다. 나보다 나이가 많았던 선배분들, 우리 가족과 다른 한 세대를 두고는 모두 이곳을 떠나 미국으로, 한국으로 옮기셨다. 이제는 모두 이승에서의 소풍을 끝내시고 편안한 곳으로 가셨다는 소식을 들었는데, 그곳에서는 서로 만나셨을까.

마체떼를 든 불청객과 밀림속에서의 무력한 선택

모두가 떠나고 우리 가족과 다른 한 세대만 남았으니 1,500헥타르, 한국 평수로 450만 평에 달하는 땅이었다. 쓸 수 있는 땅보다는 밀림이 거의 전부였지만, 정부 돈도 갚아야 하는 빚쟁이였으니 땅을 나누어 각자도생해야 했다. 당시 해개공 몫으로 키우던 소를 우리가 인수했다. 가진 돈을 허투루 다 까먹기 전에 소라도 사야겠다는 생각이었다. 소를 인수했으니 당연히 땅은 더 필요했고, 우리 가족은 1,000헥타르, 다른 한 세대는 500헥타르를 나누게 되었다.

목장을 갖게 되었으니 목동을 두는 것은 필수였다. 그때부터 다른 고민거리가 시작되었다. 남의 식구를 보태는 일은 쉽지 않았다. 현지인의 기질을 다 파악하지 못한 상태에서의 동거는 정말 힘들었다. 모두가 똑같은 사람일 거라는 나의 생각은 큰 착오였고 오산이었다. 겉으로는 "네네" 거리면서도 자신의 생각대로, 마음대로 하고 싶은 대로 행동했다. "너는 지껄여라, 나는 내 길을 가련다"는 식이었다.

한국인에 대한 뿌리 깊은 편견은 변하지 않았다. 월급을 받는 도우미이니 "이렇게 해야 하지 않을까" 의견을 내놓으면 그들은 "Si Sr!"라며 알겠다고 대답한다. 하지만 말뿐이었다. 뒤통수를 제대로 맞은 게 한두 번이 아니었다. 잘못을 발견해 뭐라 그러면 꼭 보복이 따랐다. 현지인들은 이해관계가 없으면 친절하지만, 이해가 얽히면 달랐다. 처음 고용한 목동은 덩치도 크고 인상도 험했지만 소개인의 체면을 봐서 함께 일하게 됐는데, 결국 크게 당하고 말았다.

얼마 지나지 않아 그는 다른 일거리를 찾았다며 그만두었다. 항상 무섭고 불편했기에 내심 반가웠다. 한참 시간이 흘러 잊고 지내던 어느 날, 그가 찾아왔다. 시골 사람들에게 필수인 '마체떼'를 허리에 차고 나타난 것이다. 50cm 정도 되는 그 칼은 밀림에서 덩굴을 자르고 험한 길을 낼 때 쓰는 필수품이지만, 그날은 흉기였다. 덩치가 어마무시한 그가 인사도 없이 나타나 대뜸 '깜뽀 9'라는 곳에서 일을 하고 있다며 모터톱 한 대를 달라고 했다. 농장 필수품이라 고장 날 경우를 대비해 여분을 가지고 있었는데, 그것을 요구한 것이다.

심상치 않은 분위기였지만 애써 침착한 척하며 용건을 다시 물었다. 그는 다소 신경질적으로 "깜뽀 9에서 일을 하고 있으니 모터톱 한 대를 달라"고 반복했다. 빌려달라는 것도 아니고 그냥 달라는 말에 "필요하면 구입해서 사용하면 되지 않니?"라고 했더니, 그는 허리춤의 마체떼를 치켜들었다.

"좋게 얘기할 때 내놔. 줄 거니? 안 줄 거니? 안 주면 죽이고 뺏어갈 수 있어. 죽고 싶니?"

그는 전과가 있으니 감옥에 가는 것 따위는 두렵지 않다고 했다. 세상에나. 2km를 나가야 사람 구경을 할 수 있는 밀림 속의 외국인은 큰소리 한 번 지를 수 없었다. 그 비싼 모터톱을 아얏 소리 한 번 못 하고 내어주어야 했다. 그는 손수 창고에 들어가 더 새것으로 챙겨 유유히 사라졌다. 이역만리 이곳에서 아무도 모르게 죽임을 당하는 것보다 나은 선택이었다고 생각할 수밖에 없었다.

꼬레아노라는 멸시와 살아남기 위한 지독한 오기

외모 비하는 절대로 아니다. 하지만 무시해서는 안 될 것 같다는 생각은 갖고 있다. 날 처음 만나는 사람들도 한결같이 나더러 너무 차가워 보이고 냉철할 것 같은 인상이라 쉽게 가까이할 수 없는 사람 같다는 이야기를 하곤 했다. 시간이 지날수록 아니라고 하면서도, 첫인상이 선뜻 다가가기 꺼려지는 게 사실이라고들 했다.

하지만 그 목동은 그냥 넘기기엔 인상이 너무 강했고 표정이 없어 처음부터 항상 마음에 걸렸었는데, 적중이라도 한 듯 그때의 기억을 되살리게 했다. 위협은 공포였고, 그저 목숨만은 건지자는 생각으로 쳐다만 보고 있어야 했다. 당하고 나니 허탈함과 두려움, 어이없음이 한꺼번에 몰려왔다. 전신의 힘이 한 줌도 남지 않고 빠져나가는 듯했고 두근거림은 멈추질 않았다. 그렇지 않아도 겨우 버티며 하루살이처럼 살아가고 있는데 날벼락도 이런 날벼락이 없었다. 남의 나라에서 삶의 안녕을 하늘에 맡기고 걸어야 하다니 참으로 기가 막혔다.

후유증은 쉽게 가시지 않았다. 조금만 덩치 큰 사람을 만나면 그냥 움찔하게 되고, 꼭 도둑질하다 들킨 사람 마냥 눈을 어디다 둘지 몰라 우왕좌왕했다. 쇼크가 크긴 컸나 보다. 하지만 그 사건도 시간의 흐름 앞에 희미해져 갔다. 그러면서 오기가 생겼다. '어차피 한 번 죽는 목숨, 이젠 이에는 이로 한번 살아봐?'라는 또 다른 나를 만들어봐야겠다는 다짐이었다. 살아남으려면 흔히 말하는 '간 큰 사람'으로 한번 그렇게 시험 삼아 걸어보는 것도 괜찮겠다는 생각이 들어 실행을 다짐했다.

간혹 만나는 이웃들의 인사말도 부담이었지만, 이젠 대꾸할 대답도 만들었다. 그들은 만나면 잊지 않고 스스럼없이 내뱉었다. "그봐! 너희 농장 사람들 큰소리치더니 다 떠났잖아. 우린 거짓말 안 해. 너도 곧 떠날걸, 비행기 삯이 없어 남아 있잖아. 얼마 남지 않았지?"

그러면 나도 생각해둔 대꾸를 내뱉으며 지지 않았다. "나 안 갈 건데, 이곳에서 죽을 건데. 너희 언젠가는 나에게 미안하다고 사과할 거야." 그렇게 강한 척하긴 했지만 사실을 부정할 순 없었기에 말끝은 항상 흐려졌다.

모두가 그렇게 아프게 이야기한 것은 아니지만, 한국 사람은 돈만 벌면 떠나는 '미운털'이라 생각하는 고집과 아집이 뿌리 깊은 사람은 꼭 말을 뱉어놓고 답을 기다렸다. "두고 보라고? 거짓말, 돈 벌면 갈 거잖아. 진짜 너희 한국 사람 맘에 안 들어."

'꼬레아노'라는 말은 억양에 따라 칭찬이 되기도 하지만 욕이 될 수도 있다. 첫마디에 액센트가 들어가면 100% 욕이다. 사실은 정말로 비행기 표 살 돈도 없었다. 살아내기 위해 이 일 저 일 벌여놓고 나니 호주머니는 가벼워지고 있었기 때문이다. 그렇지만 그래도 그렇게 매일매일을 하루의 무사함에 감사해하며 살았다.

6km의 길을 걸어 만난 엄마의 목소리

인간은 정말 적응의 동물인가 보다. 살다 보니 살아지더라. 80년대 초, 전기도 수도도 없는 곳에서 전화는 더더욱 귀했다. 시간을 정해놓고 하루 두 번 안부를 묻는 무전기뿐인 농장에서 전화를 한 번 하려면 작정하고 6km 정도 떨어진 곳까지 나와야 했다. 그 길은 당연히 비포장도로였고, 택시 노릇을 하는 작은 트럭을 이용해야 했다. 비가 오면 그마저도 멈췄기에 걸어야만 했다.

전화 한 번 하려면 하루의 절반은 모든 일을 멈추고 외출을 해야 반가운 목소리를 들을 수 있었다. 그나마도 운이 좋아 트럭 택시를 만날 경우였고, 아니면 하염없이 기다리거나 걸어야만 했다.

보고 싶은 마음이 쌓여 병이 날 것 같아 작정하고 나섰던 어느 날이었다. 시골 전화국이라 신청을 하고 한참을 기다려야 하는 수동식 전화기였는데, 참으로 신기하기까지 했다. 신청을 하면 아순시온을 부르고, 아순시온에서 한국으로 다시 연결하는 식이었다. 여러 곳을 거쳐 오는 통화라 소리도 분명하지 않았고 무척 느렸다.

한참을 기다려 연결된 엄마와의 통화. 그립고 그리워 큰맘 먹고 전화를 걸었건만, 속에서부터 떨려 나오는 감정이 온몸에 느껴지며 목소리마저 잠겨버렸다. 교환원이 건네준 전화기를 들고 바들바들 떨었다. 교환원의 손짓에 귀에 갖다 대었으나, 건너오는 "여보세요"라는 반가운 목소리에 그만 울음이 터져버렸다. 소리는 내지 못하고 흐느끼느라 대답을 못 했더니 계속 "여보세요, 여보세요!" 하고 고함을 지르셨다.

겨우 추스른 후 나의 첫마디는 "왜 그렇게 고함을 지르세요?"였다. 그랬더니 엄마는 "네가 사는 곳이 하도 멀다 캐서 내 말이 안 들리는가 싶어서 그랬다. 내 말 들리나?" 하셨다. 겨우 "다 들려요"라고 답하니 엄마는 "들리는가베. 들리면 말 좀 시원하게 해봐라" 하셨다. 그러고는 이어서 "거기도 쌀 있나? 밥은 묵고 사는 것 맞제?" 하고 물으셨다.

그토록 듣고 싶었던 목소리였는데, 듣자마자 그만 통곡에 가까운 울음이 터졌다. 쉴 새 없이 흐르는 눈물에 흐느낌이 섞일까 봐 말이 아껴졌다. 도저히 말을 이을 수가 없었다. 겨우 "쌀 없는데가 어디 있어요? 밥 잘 먹어요. 소가 많은 곳이라 소고기도 매일 먹어요"라고 답했다. 많이 덥지는 않은지, 어디 아픈 곳은 없는지, 엄마가 사준 돗자리는 잘 때 깔고 자는지 물으시더니, 그러시고는 "잘 살아야 된다"하셨다.

사무치도록 그리운 밤마다 돗자리를 끌어안고 엄마를 찾으며 불효를 저지른 딸을 용서하지 말라고 후회 가득한 가슴을 달랬는데, 할 말이 태산 같았는데 왜 그리 할 말이 없었을까. 하루의 절반을 매달려야 겨우 만날 수 있는 그리움이었건만, 돈 들어간다며 빨리 끊으라는 독촉에 잘 살고 있으니 걱정하지 말라는 말만 남겼다. 조금 안정되면 꼭 뵈러 갈 테니 그때까지 건강 조심하시라는 인사를 끝으로, 5분도 나누지 못한 채 전화는 끝이 났다.

흑마의 죽음과 타국에서 마주한 서글픈 현실

또 다른 한 명의 목동 이야기도 빠뜨릴 수는 없다. 이곳은 거의가 방목이라 헥타르당 소는 몇 마리가 적정하다는 규칙 아닌 규칙이 있다. 그래야 건강하게 키울 수 있기 때문이다. 소가 먹는 풀은 관리를 철저하게 한다. 풀이 웬만하게 바닥을 보이면 다시 제자리로 돌아올 때까지 그곳에는 소들을 들여놓지 않고 풀 관리에 정성을 들인다. 소고기 수출국이라 소들에 대해서는 지켜야 하는 규칙이 엄격했다.

목동의 하루 일과 중 첫 번째는 해 뜨기 전에 꼭 목장을 둘러보는 것이다. 소의 건강 상태를 정확히 체크할 수 있는 아주 중요한 시간이기 때문이다. 건강에 이상이 있는 소는 고개를 들지 않고 해를 외면하는 버릇이 있다. 그러기에 해 뜨기 직전의 눈여겨봄을 빼먹는 목동은 용서가 되지 않는다. 새벽 시간의 게으름은 변명의 기회도 용납하지 않는 법이다.

대체로 소들은 단체 생활을 하지만, 아픈 소들과 조금 별스러운 성격을 가진 소들은 어긋남을 즐기려고 무리에서 벗어나기도 한다. 목장 구석구석을 살펴야 하기에 장거리를 걸어 다녀야 하는 말들이라 매일 같은 말에게 일을 시킬 수는 없다. 말 또한 여유 말을 두고 번갈아 가면서 일을 시켜야 예민해지지 않고 말도 잘 듣는다. 이곳에서도 흑마와 백마는 구하기가 쉽지 않아 보통은 거의가 갈색 말이다. 하지만 운이 좋았다고 해야 할까, 우리는 백마와 흑마를 모두 가졌었다.

어느 날이었다. 그날은 왠지 무언가가 개운하지 않고 자꾸만 신경이 쓰여 마음이 편치 않았다. 그리하여 목동을 찾았는데, 글쎄 전날 밤에 술을 마시고는 해가 뜨고 한참의 시간이 지났는데도 자고 있는 것이 아닌가. 화가 머리끝까지 올랐지만 험한 말은 내뱉기 싫어서 그저 쳐다만 보고 있었더니, 그는 주섬주섬 채비를 갖추고는 목장으로 향했다. 그 시간에 들어가 봤자 헛수고인 줄 알면서도 말하기 싫어서 그냥 내버려 두었다.

두어 시간쯤 지났을까. 터벅터벅 걸어오는 목동을 보고 "말은 어떡하고 걸어서 오는 거야?" 하고 물으니 말이 죽었다고 답했다. 그것도 우리 집 식구가 된 지 얼마 안 되어 내가 그토록 아꼈던 흑마를 말이다.

이유인즉 내가 자신을 화난 얼굴로 쳐다보는 게 너무 싫었다는 것이었다. 말 한마디 않고 쳐다보고 있으니 일하러 가는 척이라도 해야 했기에, 일부러 내가 가장 아끼는 말을 골라서 탔고 항상 다니던 안전한 길이 아닌 덩굴이 엉켜 있는 험한 곳으로 몰았다고 했다. 말은 아주 영리한 동물이라 위험한 곳, 특히 뱀이 있는 곳은 가지 않으려고 한다. 말에게 채찍질을 하며 억지로 몰았으니 당연히 자꾸만 멈추면서 앞발을 들며 목동을 떨어뜨리려고 했을 터다. 가지 않겠다고 버둥대는 말에게 더욱 힘을 가했고 억지로 몰았더니, 그곳에는 방울뱀과 독사가 있었고 말은 나동그라져 거품을 머금은 채 눈을 감았다고 했다.

그래놓고도 나를 뚫어져라 쳐다보며 그가 뭐라고 했었는지 아는가. 상상도 못 할 일이었다. '그만두고 나가라고 할 거지? 말을 죽였으니 월급은 안 줄 거라고 말할 거지? 난 월급과 퇴직금 꼭 받아낼 거야. 절대로 그냥 물러나지 않아.' 그의 말은 거기서 끝이 아니었다. '내보내면서 월급을 안 주면 노동청에 고발할 거야. 이곳은 파라과이야. 넌 한국 사람이고 너가 아무리 사실대로 말해도 내가 아니라고 하면 파라과이에서 한국 사람인 너에게 더 친절할 거라 생각하니? 그러니까 좋게 헤어지자고' 말하였다.

3부

땀과 눈물로 일궈낸 삶의 터전

파라과이 참깨의 원조라는 자부심과
밀림의 공생

　농사꾼 흉내 내기도 어느 정도 익숙해졌으니 이제는 도전을 해야 했다. 무엇을 심을 것인지, 이곳에선 무슨 작물이 실패가 적은지 알아야 할 것도 많았지만, 일단은 작물 재배를 위해 맡길 수 있는 일꾼들을 구해야 했다. 이곳은 우두머리 일꾼이 자기 사람들을 데리고 다니며 일을 하는 팀들이 많았다. 열 명이 넘어가면 우리 힘으로 관리가 힘들기도 하고 각각에 맞춰가며 신경을 써주기도 무리라, 착한 우두머리를 만나는 것도 행운 중의 행운이었다. 우린 외국인으로서 이곳 사람들의 생리를 어느 정도 익힌 상황이었기에, 어느 정도 포기하고 맡겨야 몸도 마음도 편하다는 사실을 감수해야 했다. 조건도 한두 가지가 아니었지만 대한민국 정부에 빚도 갚아야 했으므로 일단은 부딪쳐서 헤쳐 나가며 방법을 찾아야 했다.

　이곳 일하는 친구들의 습관은 참으로 특이했다. 슬쩍 해놓고도

그것을 나쁜 짓이라 생각하지 않더라. 그들은 그저 "너희들은 우리보다 많이 가졌잖아. 조금 없어진다고 불편한 것 없잖아. 나누어 쓰는 거라 생각해!"라고 여겼다. '그래, 이해해' 그러면서도 참 힘들었다. 수

십 킬로미터 떨어진 곳까지 와서 숙식하며 일해주는데 사사건건 알아야 된다며 파고들 수도 없었고, 또 무엇을 건드렸나 하며 살피는 것도 힘들었다. 알아버리면 내 마음은 더 아팠기 때문이다. 이곳까지 와서 일해주는 것이 고맙다는 생각이 앞서기에 한편으로는 안타깝기도 해서 베풀기도 참 많이 베풀었다. 처음에는 고맙다고 고개 숙이며 감사해하더니, 시간이 조금 지나니까 그것도 당연하게 생각하더라. 나중에는 맡겨놓은 것처럼 공공연히 원한다며 말을 하더니, 지금 "다 떨어졌어, 미안해"라고 하면 불편한 심정까지 표출했다.

도대체 얼마나 눈감아줘야 만족할 것인지. 현지인들처럼 돈 주는 만큼 일을 시키면 된다는 사고로만 살기에는 우린 이방인이었다. '그래 나눌게, 나누어 먹자'는 생각으로 대하니 나도 편했고 일꾼들도 대체로 말을 잘 들었다.

참깨도 심어봤고 들깨도, 목화도, 아주까리도, 콩도 참 많은 작물에 도전을 해봤다. 지금까지도 자부심을 갖는 작물은 당연히 참깨다. 우리가 들어오면서 참깨 씨앗을 가지고 왔다. 그때까지 이곳엔 참깨가 뭔지도 모르던 곳이었다. 농목축으로 살아가는 나라라 만약의 전염병에 대비해 씨앗 반입은 절대 금지였는데, '대한민국 농업이민자의 특혜?'라고 해야 할까. 절차가 까다로웠지만 무사히 반입할 수 있었고, 이름도 생소하다며 한참의 설명이 필요한 작물이었지만 지금은 현지인들도 빵이며 비스킷이며 많은 먹거리에 첨가해서 즐기고 있다. 참깨를 재배하는 농가도 엄청나게 많다. 이곳 참깨의 원조라는 자부심은 지금도 엄지척이다.

파라과이의 햇살을 담은 정직한 참기름의 향기

처음에는 조금만 심었었다. 그런데 참깨가 이곳 토질과 기후에 맞는 작물이었는지 수확은 생각보다 많았다. 생소한 작물이라 현지에서의 판매는 쉽지 않았지만, 당시 한인 이민자가 많았기에 참기름으로 길을 찾았다.

아순시온에서 참기름을 짜서 한국인들에게 공급하는 분이 계셔서 판로는 어렵지 않았다. 그런대로 호주머니를 실망시키지는

않았다. 다음 해엔 더 많이 심었고 수확도 당연히 많았다. 그런데 같은 동포끼리 서로 도우며 살면 얼마나 좋았을까. 하지만 우리 동포들은 돈 앞에서는 피도 눈물도 없는 것인지…. 얼마의 참깨가 필요하다며 가져다 달래서 싣고 갔더니, 생각보다 어쩌고저쩌고하며 '반품을 하겠다'며 안면을 바꾸어버렸다.

뒤에 들려온 소문은 일본 참깨와 저울질을 한 것이었다. 더 싸게 말이다. 그 참깨의 엄마도 우리가 들여왔던 참깨의 자식들인데 말이다. 트럭 한 가득했던 참깨가 다시 집으로 돌아왔다. 오기라고 해야 할까, 아니면 전화위복이라고 해야 할까. 한국에서 참

기름 틀을 들여왔다. 우리가 들여온 씨앗으로 우리가 재배해서 직접 짠, 조금의 장난도 치지 않은 '100% 순참기름'은 날개를 달았다.

직접 농사를 지었으니 참깨는 충분했고 여유가 있었다. 신용 100%에 전부를 걸어 잔머리 굴리지 않고 화장 하나 시키지 않은, 정말 참기름다운 참기름이었다. 인기는 대단했다. 주문이 많으니 전담하는 일꾼도 있었고, 밤낮없이 생산하며 주문량을 단 한 번도 어긴 적이 없었다. 소문이라는 위력은 실로 대단했다.

순참기름의 '착함'은 한국까지 날아갔다. 모국을 방문하는 많은 교포분은 우리 집 참기름을 선물용으로 사 나갔다. 한국에서 기름을 짜서 판매하는 분들도 자주 한국을 드나드는 분들께 부탁할 정도로 인기는 대단했다. "순수 100% 참기름은 거의 없다"고들 했다.

참 열심히 일했다. 밤낮없이 매달려야 했지만 피곤하지도 않았고 재미도 있었다. 덕분에 상환금을 갚는 데도 조금은 수월해졌다.

소들의 눈물과 집 앞 밭밑의 뱀 소굴

참깨가 뭔지도 모르던 현지인들은 처음에는 냄새가 너무 강하다며 맛보는 것조차 거부했었다. 생깨로 짠 기름은 수퍼에서도 간혹 만나지만 크게 선호하지 않는 듯했으나, 깨 자체에 대한 반응은 아주 좋았다. 음식에 곁들이는 것에 인색하지 않고 좋아하니 씨앗을 들여온 것이 정말 잘한 일 같아 나름 보람도 느꼈다.

소들도 부지런을 떠는 만큼 정성을 알아주는지 별 탈 없이 잘 커 주었고 주인과의 눈맞춤에도 인색하지 않았다. 팔아야 할 경우가 생겨 어쩔 수 없이 헤어져야 할 때는 이별을 눈치채고 그 큰 눈에서 눈물을 뚝뚝 흘리기도 했다. 거짓말 같겠지만 사실이다. 사람이나 동물이나 이별은 참 못할 짓이었다. 돈이 필요해서 소를 팔아야 할 때면 나는 일부러 그 자리에서 벗어나 다른 짓거리를 찾았다. 그 아이들도 이별을 예감하고는 트럭에 오르지 않으려고 엉덩이를 뒤로 빼면서 '살려줘'라고 울부짖는 것 같았다. 그동안 들었던 정을 떼는 것도 그 아이들에게 너무 잔인한 짓을 하는 것 같아 소를 정리할 때마다 전날은 잠도 설쳤고 마음도 편치 않았다.

한번은 조금 떨어진 곳으로 팔려갔던 소가 길을 익혔던 모양인지, 다음날 우리 목장으로 돌아와 한가롭게 풀을 뜯고 있었던 일도 있었다. 구입했던 분의 연락에 혹시나 하고 살폈더니, 글쎄 우리 소들이 모여 풀을 뜯는 곳과는 거리가 있는 우리 목장 안에서 익숙한 곳이라 마음이 편했는지 한가롭게 이곳저곳 옮겨 다니며 여유를 부리고 있었다. 다시 돌아온 소를 데려가라며 내칠 수는 없어 친구들 곁에 두기도 했다. 다시 돌아온 소를 만나고는 조금 복잡했던 마음이 나에게 적지 않은 깨달음을 주었다. 보잘것없다고 생각했고 돈의 수단으로 생각했던 짐승도 사랑을 알고 이별을 알고 배신을 멀리한다는 것을 말이다.

소도 잘 커 주었고 참기름도 호주머니를 채워주었으니 '고생의

대가는 배신을 않네'라며 조금은 허리가 펴지는 것 같았다. 마음의 여유가 조금 생기니 다른 농산물에도 관심이 갔다. 한국 분이 많으니 고추 농사는 어떨까 하며 도전해 보기로 했다. 이곳 일꾼들은 한국 고추를 처음 만나는 것이니, 거리가 있는 곳보다는 집과 가까운 곳에 밭을 만들어 내가 자주 들여다봐야 할 것 같았다. 농사 초보이긴 했지만 키울 수 있을 것 같았다.

우리가 살고 있는 집에서 5m 정도 떨어져 있는 곳, 개간은 되어 있었지만 방치되어 풀만 무성했던 1헥타르(3,000평) 정도의 땅을 다시 정리해서 고추를 심어보기로 했다. 모래가 많이 섞인 땅이라 '너가 커봤자 풀이잖아'라며 도전했으나, 쉽게 뽑힐 것 같아 들이댔다가 풀은 가만히 있고 나만 뒤로 나동그라져 일꾼들에게 웃음을 선물한 적이 있었다. 그리하여 내가 풀을 건드려보겠다는 생각은 접고 일꾼들에게 일렀다. 고추를 심어야겠으니 밭 정리를 부탁한다고.

그렇게 풀을 정리하기 시작하고 20~30분 지났을까, 여기저기

에서 비명 같은 고함이 들려왔다. 집 바로 앞이라 아주 크게 들렸다. 혹시 일하다 다쳤나 싶어 준비해둔 상비약 상자를 들고 후다닥 뛰쳐나갔다. 일꾼들은 항상 마체떼를 가지고 일을 하기에 다치는 일이 자주 있었다. 그리하여 약과 거즈, 항생제를 갖춰두고 엉터리지만 간호사 노릇을 했었기에 습관적으로 나선 것이었다.

그런데 다친 것이 아니었다. 밭의 풀을 반도 정리하지 못했는데 죽어 늘어져 있는 뱀들이 50마리가 넘었었다. 이건 완전 뱀 소굴이었다.

문밖의 뱀 소굴과 밀림이 가르쳐준 담력

당시 돼지도 몇 마리 키우고 있었는데, 돼지는 뱀에게 물려도 죽지 않는다. 지방이 많아서 그렇다는 이야기를 들은 것 같은데, 정말이지 물려도 꿈쩍도 하지 않고 정말 안 죽는다. 일꾼이 죽은 뱀을 돼지우리에 던져주니 처음에는 입을 대더니 그것도 잠깐, 쳐다보기도 싫은지 코로 막 밀어내곤 했다. 여러 세대가 살 때는 간혹 만나는 뱀을 보면 보신이 어쩌고 그러면서 고이 모셨던 뱀인데 말이다.

풀을 제거하기 시작하고 뱀을 발견했을 때는 한두 마리도 아니고 너무 많으니 일꾼들이 일을 못 하겠다고 버텼다. 뱀에 물리는 것은 한순간이니, 잠깐의 방심에 나쁜 일이 생길까 봐 화를 내면서 혹여 사고라도 나면 어떡할 거냐며 책임 운운까지 했다. 하지만 바로 집 앞에 뱀 소굴을 그냥 둘 수는 없지 않은가. 임금을 배로 약속했고 제발 부탁한다며 두 손을 모았더니 해보겠다고 했다. 조심을 당부하며 지켜봤더니, 하루이틀 일하는 게 아니라는 익숙함으로 고맙게도 깨끗하게 정리를 해주었다. 혹시나 하여 조바심을 놓아버릴 수 없어 얼마나 조마조마했던지. 돈이 좋았던 것인지 익숙함이 능숙했던 것인지는 모르겠지만 풀밭은 말끔하게 정리가 되어 나를 안심시켰다.

별 탈 없이 일을 마친 후 나에게 자리를 떠나지 말고 기다리라기에, 또 무슨 요구 조건을 내걸려고 그러나 싶어 쳐다봤더니 웃으면서 하는 말이 죽인 뱀의 숫자를 세어보겠다는 것이었다. 보기만 해도 징그러운 뱀을 그냥 버리면 되지 너 미쳤느냐며 자리를 벗어나려고 했더니 일꾼 대장이 다시 일침을 가했다.

"이곳은 파라과이, 그리고 사방이 밀림, 넌 이곳에서 살 거잖아. 살아가려면 담력도 키워야지. 이런 것도 봐둬야 해."

그는 그렇게 말하며 나를 잡았다. 정말 보기 싫었고 너무 징그러웠으며 토할 것 같았다. 하지만 어떻게 하겠는가, 시키는 대로 해야지. 애써 감정을 누르며 서 있었는데 100마리가 넘어가니 더 이상은 도저히 견딜 수 없었다. 그냥 도망쳐 집으로 들어와버렸다. 그날 저녁밥은 당연히 그냥 통과했고, 물도 못 마시겠더라. 담배를 풀어 문틈을 막은 덕분인지 집 안으로 들어오지는 않았지만, 바로 집 앞에 그렇게 많은 뱀을 두고 살고 있었으니 나도 참….

밀림의 작은 동반자,
노루 밤비와 나눈 기적 같은 교감

자연과 함께하는 삶에는 외로움도 있었지만, 은근히 그 속의 다양함에 매력을 느끼기도 했다. 워낙 떨어진 곳에서의 삶이라 사람과의 교류는 어려웠으나 곁을 지켜주는 동물들은 다양했다. 소, 말, 돼지, 개, 닭은 기본이었고 거기에 양, 노루, 원숭이까지 있었다. 매일의 안녕이 두려웠기에 한 마리씩 데려다 정을 주며 키우게 되었는데, 어쩌다 보니 작은 동물농장이 되어버렸다. 이 다양한 동물들은 나의 친구이자 든든한 지킴이였다.

그 아이들은 같이 생활하다 보니 쉬운 말로 시키는 것은 모두 한결같이 알아듣고 행동으로 옮겼다. 신기하지 않은가. 그중에서도 제일 귀여웠던 것은 노루였다. 일꾼들이 숲속에서 어미 잃은 새끼를 발견하고는 모른 척할 수 없어 데려왔는데, 제대로 일어서지도 못하는 갓난쟁이였다. 흰 점이 군데군데 있길래 '밤비'라고 이름 짓고 우유를 먹여가며 키웠다. 밤에는 아기같이 꼭 껴안고 자기도 했다.

옛날 어른들이 무언가를 쉽게 까먹으면 '노루 고기를 먹었느냐'며 핀잔을 주기도 했다. 그런데 노루는 결코 머리가 나쁘지 않다. 노루는 몇 발자국 가다가 뒤돌아보길 잘하는데, 아마 그래서 그런 말이 생기지 않았을까 나름대로 해석해 보기도 했다. 우리 집 밤비는 내 말을 알아듣고 나만 따라다녔다. 내가 움직이면 제 까닥 내 곁으로 와서 같이 움직였고, 내가 쉰다고 앉으면 자신도 무릎을 접고 앉아서 기다려 주던 재롱둥이였다. 아무 데나 용변을 보길래 모래 상자를 만들어 가르쳤더니, 단 한 번의 가르침이 었음에도 실수 없이 꼭 그곳에서만 용변을 보더라니까. 참 신기하지 않은가.

걷기 시작한 후부터는 언젠가의 방생을 생각하여 짧은 거리부터 걷기 연습을 시켰다. 차츰 거리를 늘리니 자유가 무엇인지를 깨달았는지 가까운 숲속부터 시작하여 조금씩 더 깊은 곳까지 들어가 놀다 오기도 했다. 그렇게 놀다가도 해질녘이면 어김없이 집으로 돌아와 밥을 먹고, 물수건으로 닦아달라며 몸을 갖다 대었다. 몸을 닦아주면 자신의 자리로 가서 잠을 잤다.

워낙 숲이 우거진 곳이라 한참 동안 보이지 않을 때는 걱정스러워 "밤비, 밤비야! 어딨니? 밥 먹어야지, 밥 먹자."라며 서너 번 부르곤 했다. 그러면 얼마 지나지 않아 먼 길 다녀온 것처럼 가느 다란 다리를 휘청거리며 뛰어 내 곁으로 왔다. 그러고는 그 짧은 꼬리를 흔들며 먹을 것이 어디 있냐는 듯 내 손만 쳐다보았다. 현관에 들어서면 꼭 걸레를 찾았는데, 왜일 것 같은가. 발이 더러우니 그곳에 자신의 발을 닦아야 한다는 듯 툭툭거리며 문지르는 것이었다. 그렇게 발을 닦은 후에야 집 안으로 들어왔다. 정말 귀엽지 않은가.

그렇게 귀여움을 떨던 녀석도 놓아주어야 했다. 언젠가의 방생을 염두에 두고 긴 시간 차츰차츰 시간을 늘려가며 자유로운 삶을 가르쳤더니, 잊지 않고 새겼던 모양이다. 떠날 시간을 알기라도 하는 듯 그날은 왠지 슬픈 표정으로 한참을 내 곁에서만 서성거리다가 사라지더니 늦은 시간까지 돌아오지 않았다. 떠나던 그날, 몇 발자국 걷다 뒤돌아보기를 몇 번이나 반복하더니, 이내 뒤돌아서서 한참을 쳐다보고는 떠나갔다.

그래도 내가 지워지지 않았는지 잊힐 만하면 꼭 집으로 찾아와 나의 안녕을 확인하고 다시 떠나가는 나의 밤비! 어떠한가, 웬만한 사람보다 낫지 않은가.

어린 딸들의 몸속에서 자란
구더기와 밀림의 참담한 눈물

자연의 모든 것이 친구였던 딸내미들은 눈만 뜨면 자연 속에 파묻혀 시간 가는 줄도 몰랐고 배가 고파야 집을 찾았다. 하루는 어딜 다녀왔는지 온몸이 가렵다며 긁는 것이었다. 워낙 벌레가 많았으니 대수롭지 않게 생각했다. 샤워 후에도 계속 가렵다며 긁는데, 그것이 세상에나 어쩜 그럴 수 있었을까. 태어나서 처음 만나는, 아니 처음 경험했던 다시는 경험하고 싶지 않은 그날은 죽을 때까지 내 머릿속에서 지워지지 않을 것이다.

딸 셋의 몸 군데군데에서 파리의 애벌레인 구더기가 자라고 있었다. 셋 다 사람 몸속에다 알을 낳는 파리에게 제대로 쏘였던 것이다. "미치고 팔짝뛴다"는 단어가 딱 제자리인 순간이었다. 정말 미치고 팔짝뛰겠더라. 세상에 무슨 이런 일이 있을까. 살다 살다 별 희한한 일을 다 겪는다 싶어 가슴을 치고 통곡만 했다. 눈앞에 있는 모든 것을 다 때려 부숴버리고 싶었고 그냥 죽고 싶었다.

작은 구멍으로 숨을 쉬겠다고 주둥이를 내밀었다 숨었다를 반복하는데, 정말 눈에 뵈는 게 아무것도 없었다. 그렇게 미쳐버리는 줄 알았다. 이곳까지 와서 그래도 살아보겠다고 앞뒤 멍들어가면서도 달래고 어루만져가며 견디고 있는데 이런 일이 닥치다니. 숨을 쉬겠다고 주둥이를 내밀 때 그곳을 꼭 쥐고 핀셋으로 빼내야 했지만, 한두 군데여야 핀셋을 사용하든지 말든지 할 게 아닌가. 이 아이 저 아이 셋이 모두 눈물범벅이 되어 두려움에 떨고 있었다.

도저히 방법이 없어 나중에는 여드름 짜듯 무작스럽게 건드려 빼냈다. 아이들은 아프다며 울고 나는 너무 속상해서 가슴을 치며 울었다. 딸 셋의 몸에서 거의 30마리에 가까운, 20마리 넘게 빼내고 나니 정말로 이곳을 택한 나의 삶의 마지막을 맞고 싶은 충동이 멈추질 않았다. '애들이 무슨 죄가 있다고' 부모 잘못 만난 딸들에게 얼마나 미안하던지, 잠든 아이들을 쓰다듬으며 과연 이 삶을 이어가야 할까, 아이들만 데리고 돌아가야 할까 하는 숱한 생각으로 날이 새는 줄도 몰랐다.

하지만 아이들은 정말 맑은 마음뿐인지, 구더기를 제거한 상처가 채 아물지도 않았는데 그냥 아무 일도 없었다는 듯 또 자연 속으로 스며 천진난만한 웃음을 지어 보였다. 이 어미의 냉한 가슴이 얼음이 되어버릴까 봐 아이들이 다시 불을 지폈고 따뜻함을 불러와 주었다.

대쪽 같은 아버지의 그림자와 밀림에서의 결심

딸들이 불어넣어 주는 따뜻한 바람도 순간 그저 살짝 건드리며 스치는 듯했다. '이 삶을…'이라는 물음만 끈질기게 붙잡고 '어떻게 해'라는 생각만 세워놓고 헤매고 있었다. 한국이 너무나 그리웠고 아버지가 너무 보고 싶었다. 하지만 한국에서의 마지막 날 "다시는 내 앞에 나타나지 마라" 하셨던 대쪽 같은 아버지의 슬픔 가득 담은 화난 표정만 떠올리면 너무 무서워 다시 앞에 설 용기도 나지 않았다.

공직 생활을 오래 하셨던 나의 아버지! 하셨던 일의 분야도 그땐 대공분실, 사찰이었기에 한 번 아닌 것은 뿌리를 뽑아야 마음을 놓으셨던 분이다. 은성훈장부터 이런저런 훈장도 여러 번 받으셨지만 성에 차지 않으셨던지 최고 훈장인 무궁화훈장까지 받으셨다. 그것뿐이었을까. 누구라고 밝힐 순 없지만 당시 나라의 최고 수장이 여러 번 사람을 보내와 국무총리를 맡아달라고 했지만,

최고 수장의 됨됨이가 아니라며 사람을 보내올 때마다 거절하셨던 분이다. 부산의 아버지가 사시던 집은 일제시대 조선총독부 관사였는데, 일본 정부에서 사람을 보내와 그 관사 어디에 무엇이 있다고 '돈은 달라는 대로 줄 테니까 매입할 수 있게'를 제안했으나 나의 부친은 한마디로 거절하셨다. "너희에겐 돈? 아니 일본 전체를 준다 해도 안 팔아!" 그러면서도 가족의 안전을 항상 걱정하셨다. 만약 전쟁이 일어나 우리가 불리할 경우 제일 먼저 잘못될 타깃은 우리 가족이라며 전쟁이 일어나선 안 된다고, 그런 일이야 없겠지만 그러셨던 분이다. 나라 사랑 하나만큼은 타의 추종을 불허했던, 국가유공자로 추대된 이후 자신이 그동안 하신 일은 정말 보람이었다며 무공훈장과 국가유공자의 상징을 가슴에 단 사진을 나에게 보내주셨던 나의 아버지!

그런 아버지 앞에 초라한 모습으로 나타날 순 없었다. 아버지께서 "다시는 내 앞에 나타나지 마라" 하셨는데 아이들 손을 잡고 "아버지 잘못했어요"라며 고개 숙인다고 용서가 가능할까? 절대 아니었다. 이러지도 저러지도 못하는 나의 현재가 얼마나 밉던지. 당시 나의 눈엔 뭐가 씌었을까? 아버지의 모든 것을 너무나 쏙 빼닮은 나 역시 아버지의 한 고집을 닮아 내 생각이 앞섰던 걸까?

아버지의 용서가 전해오지 않는 한 쥐 죽은 듯 입 닫고 나타나지 않는 게 정답일 것 같았다. 그 시간이 언제일지 기약은 없었지만 내가 저질렀는데 어떻게 하겠는가. 기다려야지. 그렇게 마

음을 굳히고 나니 '살아보자, 그러다 보면 뭔가가 보일 거야'라는
답이 보였다.

밀림의 전설 뽐베로(pombero)와
마주한 으스름한 저녁

순간순간, 매 순간이 깊이도 넓이도 모르는 진흙탕 속을 헤매
다 보니 무뎌짐인지 요령인지는 모르겠지만 단련은 되어가고 있
는 게 느껴지더라. '그래? 그래서? 어쩔 건데?'라는 배짱에다 '설
마 죽기야 하겠냐'는 마음까지 생겨났다.

어둠이 찾아오면 석유등에 성냥을 그으며 '오늘도 무사했네.
내일도 부탁해.'라는 양념질도 하며 그렇게… 둔해졌다고 해야
하나. 그러다가는 '안 받아들이면 어쩔 건데'라는 현실적 의미를
부르기도 했고, 그러다가 또 '나만 힘든 게 아니라고, 내가 운이
없어 조금 더 큰 파도를 만났을 뿐이지'라며 스스로를 달래기도
했다. 혼자서 하는 미친 짓거리 같지만, 정말 웃기지 않은가.

지금이야 많이 달라졌지만 그당시는 모든 게 서툴러서 더 힘들
었을 것이다. 한 문제를 풀고 나면 또 다른 문제가 발목을 잡았
고, 그때그때 상황에 따라 답을 만들어야 했는데 신기하게도 답
이 만들어지며 헤쳐나가게 되더라. 의논할 곳이 없어 힘들어하니
하늘도 불쌍하게 생각했던 모양이다. 혼자서 지지고 볶으며 먹구
름도 소나기도 피하지 않았더니, 햇볕도 잠깐씩 얼굴을 내밀며

나를 쓰다듬고 안아주었다.

  그렇게 살아가고 있는데도 아직 모자랐는지, 이곳이 아니면 절대 경험할 수 없는 일들은 조금의 틈도 주지 않았다. 숨을 좀 고르려고 하면 또 문을 두드리는데, 그 옛날의 개척 시대도 아닌데 얼마나 어이없는 일이 기다리고 있었는지 아는가. 이곳 시골이 아니면, 아니 밀림 속의 삶이 아니면 절대로 겪지 못할 일이었다.

  어느 으스름했던 저녁 시간에 일꾼 한 명이 숨이 턱에 닿을 듯 뛰어오더니 큰일이 났다는 것이었다. "좀 천천히"라며 어깨를 잡았더니 "병원, 병원" 그러면서 주저앉아 울기 시작하는데, 흐느끼며 하는 말은 도대체 뭔 소리인지 알아들을 수가 없었다. 분명하지도 않고 알아들을 수도 없는 말을 더듬거리며 '병원 제발 병원' 그러길래, 사정을 알아야 병원이든 어디든 갈 것 아니냐며 숨 좀 고르고 천천히 말하라 했더니 글쎄 이런 내용이었다.

  일꾼 한 명이 소변을 보겠다며 숲속으로 갔는데 거의 한 시간 가까이 돌아오지 않아 찾으러 나갔지만, 근처에는 아무 곳에도 없더라는 것이다. 뭔가 예감이 좋지 않아 일꾼 모두를 불러 좀 더 깊은 숲속까지 뒤졌고, 이름을 부르며 이곳저곳을 헤매다 그를 발견했다. 자신들의 숙소에서 200m도 넘게 떨어진 곳에서 그는 눈이 뒤집힌 채 쓰러져 온몸을 벌벌 떨며 "살려줘"라고 하고 있더란다. 너무 놀라서 막 흔들며 이름을 불렀더니, '뽐베로, 뽐베로가 나를 이곳까지…' 그 말만 되풀이하다가 울다 기절하기를 반복한다며 빨리 병원에 가야 한다고 재촉했다.

이야기로만 들었던 실체 없는 동물인지 귀신인지 모를 그것이 정말 있다는 말인가. 사진으로만 보았고 이야기로만 익혔던 그것의 실체가 우리 농장에 나타난 것인가. 정신이 아주 쇼크 상태인, '뽐베로'를 만났다는 일꾼을 차에 싣고 도시의 큰 병원으로 달렸다. 병원에 도착해서 농장에서 있었던 일을 이야기했더니 의사도 간호사도 모두 고개만 끄덕끄덕할 뿐, 놀라지도 않더라. '뽐베로'를 본 적은 없지만 실제로 존재한다고 하며, 우선은 진정을 시켜야 한다며 주사를 놓았다. 그러고는 경과를 살펴보자며 하루 입원을 권했다.

어떻게 하겠는가, 우리 집에서 일을 하다 변을 당했는데. 착하고 마음도 여린 일꾼이었다. 다음 날 약을 처방받고 퇴원을 해서 농장으로 데리고 왔는데, 약기운이 있을 땐 조용하다가도 또 발작을 일으켰다. 이러다 남의 집 귀한 자식을 죽일 수도 있겠다는 생각까지 들었다. 거의 보름 동안 입퇴원을 반복하다가 그 친구가 자기 집으로 돌아가서 쉬어보겠다기에 병원비와 약값을 넉넉하게 쥐어주어 보냈다. 한참 후에 들은 소식은, 계속 힘들어하지만 조금씩 차도를 보이고 있다며 괜찮을 것이라는 이야기였다. 현지인 주인이었으면 절대로 있을 수 없는 베풂에 감동했다며, 외면하지 않고 도와주고 걱정해 주어 정말 감사하다는 인사가 전해져 왔다.

참고로 얘기를 더 곁들이자면, 이 나라 밀림 속의 전설의 동물이 뽐베로 외에도 많이 있다.

사진으로 전해져오지만 실제로 본 사람도 있다. 참고가 될까하
여 적어본다.

Hasta jatere (쟈스 자때레)
Luison (루이손)
Mboi tui (모이뚜이) - 첫발음은 ㅁ과 ㅂ이 섞여야한다
Aoao, Kurupi, jagua(자구아)
mala vision, pombero(뽐베로)
전설의 실체의 이름은 토속 과라니어이다.

촛불을 켜고 텔레비전을 보자던 아이와
갓난아기 머리 위의 상처

사는 게 무엇인지 매일이 의문이었다. 매일을 힘들어하면서도
죽기는 싫었는지 배고프면 꾸역꾸역 배를 채워가면서, 내 아이들
만은 제대로 키워야 한다고 다짐하고 또 다짐했다. 나처럼 살게
할 수는 없었기 때문이다. 하루 두 시간 발전 시설에 의존하는 시
간에라도 문명을 만나게 해주자 싶어 텔레비전을 구입했다. 말이
가장 중요했기에 귀를 열어주어야 배움에 속도가 붙을 것 같았
다. 워낙 후진 곳이라 안테나를 높게 세워야 시청이 가능했는데,
변변한 것 하나 없는 곳에서 높게 솟은 안테나만 반짝이는 모습
이 우습기도 했다.

나의 딸들이 유일하게 문명의 혜택을 체험하는 두 시간. 그 짧
은 시간을 이해하는 큰아이와 둘째는 석유 등을 켜고 책을 폈지
만, 두 살배기 셋째는 그저 텔레비전만 보고 싶어 했다. "엄마,

텔레비 더 보자요? 보고싶다요." 전깃불이 없어서 볼 수 없다는 나의 대답에, 두 살배기는 무슨 불이든 있으면 시청이 가능하다고 생각했는지 "촛불켜고 보자요."라고 했다. 그 말에 무너져 내리며 어김없이 가슴이 찢어지는 고통이 찾아왔다. 겨우 마음을 추스르고 "엄마랑 별 보러 나갈까?"라며 아이의 손을 잡고 밖으로 나오면, 올려다보는 하늘은 어찌나 예쁘던지. 한국 하늘에서는 절대 만날 수 없는, 먼지 하나 섞이지 않은 듯한 하늘은 반짝이를 흩뿌려놓은 듯 경이로워 눈을 뗄 수가 없었다. 시간 가는 줄 모르고 중얼거리며 나를 열고 있다가, 잠든 아이의 고개가 숙여지면 그제야 정신을 차리고 아이를 안아 들었다.

죽지 못해 사는 삶에도 보상이 있었는지, 내 나이 서른아홉에 늦둥이를 임신했다. 딸 셋을 둔 엄마의 주책에 대한 보상은 아들이었다. 입덧과 임신중독증으로 고생했던 딸들과는 다르게 견딜 만하게 지나갔다. 마흔에 얻은 아들은 때 묻지 않은 자연 속에서 커갔으나, 인정사정없는 지긋지긋한 파리에게 머리를 내주고 말았다. 두개골의 숨구멍이 다 닫히지도 않아 건드리기도 무서운 머리 한가운데였다.

이쁘다고 이 사람 저 사람 옮겨 다니며 자연을 먹고 자라던 아이가 언제 어떻게 쏘였는지 알 수 없었다. '진짜 다 때려치우고 그냥 어디로든 달아나고 싶더라.' 이렇게 사는 것도 삶이라고 운명 운운하며 살고 있는 나 자신이 너무나 저주스러웠다. 겨우 옹

알거리는 갓난쟁이의 머리에까지 그런 일이 생기다니. 목욕을 시키다 발견한 그 볼록거리는 움직임을 보며 해도 해도 너무한다는 생각만 들었다. 핀셋을 들어보지도 못할 만큼 위험한 부위라 아이 머리만 쳐다보며 밤을 지새우고, 다음 날 해가 뜨자마자 도시의 병원으로 내달렸다.

소아과 의사는 눈물범벅인 나를 다독이며 "진정해. 내가 제거할 수 있어. 아이 안 죽어."라고 하셨지만 그 말이 귀에 들어올 리 만무했다. 의사의 손에 들린 도구가 아이의 머리에 닿는 순간, 아이를 안은 팔에 힘을 주고 눈을 질끈 감았다. 아이는 바둥거리며 울었고 나는 더욱 아이를 끌어안았다. 그때 옹알이를 하던 아이의 입에서 "엄마"라는 소리가 터져 나왔다. 얼마나 아팠으면 그랬을까. 내 귀에만 그렇게 들렸을지 모르나 그것은 분명 엄마였다. 의사의 부름에 눈을 떴을 때, 내 입술에서는 피가 칼에 베인 것처럼 흐르고 있었고 아이의 얼굴은 눈물과 콧물로 목욕을 시킨 듯했다.

광활한 대지를 향한 무모한 꿈과
운명 같은 재회

이곳으로의 이민은 나름의 이유가 있었다. 친정 부친께서 오랫동안 로타리안으로 봉사활동을 하셨는데, 미국 모 로타리클럽에서 한국 로타리안 중 유망한 젊은이들을 추천해달라는 초청장을 보내온 것이 시작이었다. 다른 이들은 자신의 2세를 보냈으나 부친은 사위를 추천하셨다. 그렇게 초청받은 다섯 사람은 3개월 동안 미국 전역을 돌아보았고, 그 여행에서 남편은 광활한 대지에 완전히 매료되고 말았다.

미국 구석구석을 살피고 돌아온 남편은 고국에서의 평안함은 잊은 채 '땅덩어리 넓은 곳'을 노래처럼 부르기 시작했다. 그는 "이 좁은 땅덩어리에서 복작복작 싫어, 떠날 거야"라며 일도 마다하고 허송세월을 보냈다. 그러던 중 우연히 부친의 사무실에서 아버지께서 매일 읽으시던 '서울 경제신문'에 난 남미농업이민 기사를 접하게 되었고 남편은 보물이라도 찾은 듯 그 신문을 가지고 돌아와 드디어 답을 찾았다며 싱글벙글했다. 드디어 찾은 답은 어이없게도 남미농업이민이었다.

내 나라 대한민국에서 보내는 이민이었기에, 국가를 업은 농업이민은 기댈 언덕이자 자부심이 되어줄 단단한 버팀목이라 생각한 것이다. 그것이 일생일대의 돌이킬 수 없는 실수라는 것도 모른 채 들떠 있었으니 참으로 어처구니없는 안심이었다. 그렇게 보따리를 쌌고, 날아와서는 겪지 않아도 될 온갖 서러움을 만나게 되었다. 아이 셋까지 데리고 세상 위험한 도전을 했으니 한심하기 그지없는 선택이었다.

한번 아니면 절대 아닌 아버지가 무섭기도 했지만, 이런 비참한 모습으로 돌아가는 것은 나 자신도 차마 용기가 나지 않았다.

그래서 나는 남편의 18번이자 공수특전사의 군가인 '안되면 되게 하라'를 크게 써서 벽에 붙였다. 눈만 뜨면 쳐다보며 머릿속에 주입하다 보니 어느덧 '안 되는 게 어딨어?'라는 마음이 되어가고 있었다. 속마음은 그렇지 않았으나 애써 강한 척을 만들어내고 있었던 것이다.

그런데 이곳에서 살아야 할 운명이었는지, 어느 날의 만남을 통해 남편은 더욱 용기를 얻고 기세등등해졌다. 국가에서 보내준 농업이민이었기에 대한민국 대사관 방문은 첫 번째로 치러야 할 행사였다. 농장 트럭을 타고 비포장의 먼지 구덩이 길을 달려 대사관에 도착했다. 먼지도 제대로 털지 못한 초라한 모습 그대로 대사님 앞에 서서 인사를 드리고 고개를 들었는데, 우연도 그런 우연이 없었다.

그렇게 뵙게 된 대사님은 남편이 공수부대에 있을 때 상관으로 모셨던 분이었다. 이역만리 이곳에서 직속 상관을 만나게 될 줄 누가 생각이나 했겠는가. 당시 파라과이 대사관이 개설되고 첫 번째 대사로 오셨던 분이 바로 남편의 상관이었던 탁 대사님이셨다. 남편이 더욱 우쭐해진 것은 대사님께서 건네신 말씀 덕분이었다.

"자네는 분명 해낼 걸세. 우리가 누군가? 특전부대 용사 아닌가? 그 험한 훈련도 다 견뎠는데 이깟 농업이민? 공수훈련보다 더하겠어? 우리에게 실패란 없어. 그렇지?"

따삐라꽈이의 맨발과
기와지붕 학교가 일궈낸 기적

　나의 사랑스러운 딸들의 스페인어 실력은 걸림 없는 고속주행이었다. 더 이상의 개인교습은 필요하지 않다며, 현지인들과 어울려 부딪히며 배우는 것을 추천받았기에 집에서 가까운 학교를 떠올렸다. 그렇게 겸사겸사 학교를 방문했다. 그냥 지나칠 때는 그렇게까지 심각한 줄 몰랐는데, 막상 마주한 현실은 너무나 처참했다. 나무로 지어진 것까지는 이해했으나, 이것은 정말 아니었다.

　비 오는 날에는 수업조차 할 수 없는 지경이었다. 너무 낡아 벽구실을 하는 판자들은 망가져 있었고, 너와지붕의 학교 교실 안으로 들어가 위를 쳐다보니 군데군데 하늘이 들여다보며 인사를 건넸다. 이건 해도 너무했다는 생각과 함께, 아무리 도시와 떨어져 있는 시골 학교라지만 이 나라 교육부의 무능인지 혹은 예산이 모자라 관심 밖으로 내팽개쳐진 것인지는 몰라도, 이렇게 형편없는 시골 교육 현실에 욕이 나올 뻔했다. 그래도 배워야 한다며 매달려 있는 아이들이 너무 불쌍해 가만있을 수 없었다. 허리를 더 졸라매더라도 일을 저지르기로 했다.

우리의 형편도 하루살이였지만, 그래도 소를 키우고 있었기에 나의 보물들을 줄여서라도 바람과 비는 피하게 해주어야겠다는 결심을 실행으로 옮기기로 했다. 번듯하게 짓기에는 우리의 형편상 무리였으나, 그래도 새 건물을 선물하기로 하고 학부모들을 불러 모았다. 들어가는 재료는 우리 집에서 부담하기로 하고 노동력은 학부모들의 협력 봉사를 여쭈었더니, 학부모 모두가 환영했다. 시골 분들이라 남에게 의지하지 않고 손수 해결하는 데 어색하지 않았기에, 쇠뿔도 단김에 빼라고 바로 실천으로 옮겼다.

밤낮없이 움직인 결과는 기와를 지붕으로 한, 제법 학교라고 부를 수 있는 건물로 나타났다. 게으름 없는 노력으로 이루어져서인지 인물 괜찮은 번듯함도 갖추었다고 얘기해도 부끄럽지 않은 그야말로 학교였다. 새로운 학교를 가진 날은 동네 잔칫날이었다. 다들 너무너무 고맙다며 아이들도 어른들도 서로 끌어안고 울다 웃다를 반복했다.

여유로운 삶이 아니었기에 걱정은 더 보태졌다. 상환금도, 일꾼들의 노동에 대한 대가도, 그리고 삶을 위한 생활비도, 눈만 뜨면 돈돈 거리며 끼워 맞춰야 하는 삶이었으니 왜 복잡하지 않았겠는가. 하지만 아이들의 배움터를 선물한 것은 정말 뿌듯하고 보람찼으며 자랑스러웠다. 이 학교에 아이를 보내는 분들만의 잔치가 아니었다. 먼 곳의 주민들까지 방문하여 자신들의 일처럼 기뻐해주고 축하해주었다.

그런데 먼 거리에서 축하해주려고 걸어온 분들 모두가 한결같이 슬리퍼 혹은 신발은 손에 들고 맨발로 걷고 있었다. 왜일까? 가난을 숙명으로 알고 받아들이며 사는 사람들이 태반이라, 그것을 운명이라 여기며 아등바등함 없이 주어진 대로의 삶을 살았고 빈곤을 대물림이라 생각하며 살았으니 돈 한 푼이 귀한 것이었다. 그러니까 신발은 중요한 자리에서 신어야 하는 소중한 물건이었다. 그렇게 맨발로 걸어와서 학교 마당에 들어서서는 상대방과 인사하기 전 신발을 신었다. 그것이 상대방에 대한 예의라고 했다.

소문이 무섭다는 것을 다시 한번 체감했다. 돈만 알고 돈을 벌면 미련 없이 떠나는, 파라과이 속 미운털인 '꼬레아노'의 이미지가 희석되어가고 있다는 것을 몸소 느낄 수 있었다. 내가 살고 있던 그곳(따삐라꽈이)에서 조금 떨어진 도시에서까지도 만나면 눈빛부터 친절했고 말투도 무척 부드러웠다.

'아하! 이런 꼬레아노도 있구나' 하는 시선으로 말이다.

도시로 보낸 보물들과 맺힌 모정

그렇게 학교는 나름 갖추어졌으니 큰딸내미와 둘째를 또래들과의 어울림 속으로 보냈다. 생소한 환경임에도 착하디착한 나의 두 아이는 참으로 열심이었다. 어디까지나 내 생각이지만 부모의 생활에서 느낀 점이 많았던 것 같다. 하루하루를 허투루 하지 않고 꼭 복습과 예습에 게으름 부리지 않는 아이들이 얼마나 고마웠는지 모른다. 하지만 그 기간도 오래가지는 못했다. 교사의 부름에 '혹시 나의 보물들이 뭔잘못이라도'를 떠올리며 학교를 방문했다. 나는 잘못만을 생각했기에 얼굴이 어두웠을 것이다.

그랬더니 교장 선생님은 웃으시며 이곳에선 더 이상 가르칠 게 없는 아이들이니 도시로 전학을 시키는 것이 아이들의 미래에 도움이 될 것 같다며 강력하게 추천드린다고 말씀하셨다. 여윳돈도 없었고 정리되지 않은 삶의 매일이라 망설여졌지만, 아이들 미래를 위한 투자인데 잣대를 놓고 앞뒤를 가늠하고 있는 것은 도리가 아닌 듯했다. 해개공 지사장과 의논했고, 항상 지사장 곁에서 함께했던 이곳에서 제법 목에 힘을 주던 현지인의 도움을 받기로 했다.

당시에는 파라과이에서 제일 좋은 여학교에 문의를 했었는데 그 절차가 얼마나 까다롭던지…. 아이들의 IQ 검사부터 해보겠다며 양해를 부탁하기에 응했다. 외국인을 받아본 적이 없다면서 매우 조심스럽다며 우려를 표하던, 백 년이 훨씬 넘는 전통을 가진 철저한 가톨릭계 학교였다. 부딪쳐야 답이 나오는 법. 학교에서 원하는 모든 것에 만족한 합격 통보를 받았다. IQ는 상상보다 훨씬 높았으니 일단 합격의 답은 받았으나, 가장 중요한 돈이 문제였다.

당시 아순시온의 사립학교 학비가 생각보다 높았다. 하지만 내 아이들을 위한 투자인데 망설임이 어디 있겠는가. 조금 덜 먹고 더 졸라매더라도 들어가기 어려운 학교를 놓치면 나처럼 될까 봐 무서웠다. 그 당시 시부모님은 외아들인 아들 곁에서 생을 마감하고 싶다며 간절히 원하셨기에 이곳에서 모시고 있던 상황이었다. 그분들께 말씀드렸더니 교육자셨던 시아버지는 아이들 교육의 지킴이가 되어주겠다고 흔쾌히 승낙하셨다. 어른들이 이곳에 오신 지 얼마 되지는 않았으나 내가 아순시온으로 옮길 수도 없는 어쩔 수 없는 상황이라 부탁드릴 수밖에 없었다.

그렇게 두 딸은 조부모와 함께 도시 생활이 시작되었다. 옛날 분들이라 손자 노래를 달고 사셨던 분들과 손녀인 딸내미들과의 동거는 너무나 차가운 얼음이었다. 그런 상황이었으니 아이들은 눈치밥에 엄청나게 힘들어했지만 견뎌내 주었다. 워낙 의젓했던 큰아이는 겉으론 드러내지 않았으며, 내가 걱정할까 봐 조부모가 시키는 대로 행동하며 둘째와 나름 똘똘 뭉쳐 견뎌내고 있었다.

아들이 뭐라고 그렇게까지 티를 내며 하대를 하는지 도무지 이해할 수가 없었다. 하지만 방법이 없었다. 교육이 우선이었기에 감수해야만 했다. 방학이 되면 아순시온의 하루가 일 년 같다며, 방학한 그날 바로 농장으로 오겠다고 며칠 전부터 부탁 또 부탁을 하던 나의 딸들. 농장 정문에 들어서면 만세를 부르며 하늘에다 대고 "해방이다!"를 외쳤으니…. 딸의 얼굴에서 그림자가 사라지며 맑아지는 얼굴과 "해방이다!"를 듣고 있는 어미의 속은 과연 어떠했겠는가.

참기름 병을 든 교복 소녀들과
인고의 세월이 빚은 결실

　어미 손이 한참 필요한 나이임에도 떨어져 살아야 하는 현실이 원망스러웠으나, 지금이 편하자고 아이들의 미래를 멀리할 수는 없었기에 나 역시 냉혈한이 되어야만 했다. 참 많은 가슴앓이가 있었지만, 그렇게 방학 때만이라도 마음을 열어 치유의 시간을 만들어가며 아이들은 더욱 단단하게 한 발짝씩 성장을 향해 다가가고 있었다. 그런 생활 중에도 꿈쩍 않던 이 어미도 어쩔 수 없는 사정 앞에서는 무릎을 꿇어야 했고, 그동안 모든 것을 갈아 넣었던 농장을 내어주고 빈털터리로 떠나와야 했다. 하지만 도시의 아이들 곁으로 돌아와 생활하면서도 교육의 끈만은 결코 느슨하게 묶지 않았다. 그동안 고생한 아이들을 보듬어주고 다독여줘야 했음에도 나는 그리하지 않았다. 단단해져 가는 아이들에게 틈을 만들면 그동안 쌓아온 것들이 무너질까 봐 두려웠기 때문이다. 아이들이 스스로 자신들의 미래를 만들어가게 하면서도 발판은 되어주어야 했기에 곁에서 익히며 같이 움직였다. 아이들이 잠들기 전에는 절대로 잠자리에 들지 않았고, 아이들이 책상에 앉아 책을 펴면 나 역시 거실에서 책을 들고 앉았다.

　하지만 "이렇게 해야 한다, 저렇게 해야 한다"는 참견은 한마디도 건네지 않았다. 자신들의 인생은 자신들의 몫이기에, 간섭보다는 살아가기에 보탬이 되는 퇴비 노릇만 하기로 마음먹었다. 나의 아이들은 이런 어미의 냉정함에도 토를 달지 않고 잘 이겨

내 주었고, 고등학교 졸업 때까지 모두 상위권의 맨 앞자리를 놓치지 않은 참으로 모범적인 아이들이었다. 학교 행사 때마다 앞에서 기를 드는 행진의 선두 자리를 양보하지 않았다. 특히 나의 둘째는 일등 자리를 놓치면 세상이 끝나는 것처럼 지독스러웠는데, 국립 치대 합격 후 졸업할 때까지 침대에 제대로 몸을 뉘어본 적이 없는 참으로 악착스러운 아이였다. 그 어려운 의학 서적의 몇 페이지에 무슨 내용이 있는지까지 다 기억할 정도로 무섭게 파고들었던 아이인데, 졸업 역시 최우수의 자리를 양보하지 않고 지켜내었다. 아마도 어른들과 마주하는 불편한 무거움보다 책을 친구 삼는 것이 살아내기에 더 편해서 그랬을지도 모르겠다는 생각을 요즘은 자주 하곤 한다.

나의 큰아이는 참으로 속 깊은 장녀였다. 어미가 속상할까 봐 어떤 힘든 상황도 내뱉지 않고 혼자 짊어졌던 참 바른 아이였다. 이곳 국립 의대를 졸업한 후 장학생으로 한국 연세대에서 공부를 마쳤고, 이후 호주로 건너가 수도 캔버라 국립대에서 학업에 매달리더니 사위와 나란히 박사 학위를 받았다. 현재는 대학에서 강의하며 제 몫을 다하고 있다. 정말 칭찬해주고 싶은, 아니 칭찬을 아끼지 않아야 할 대견한 나의 딸내미들!

참깨도 고추도 정말 잘 자라주었다. 당시는 우리 교포의 수가 4만 명이 넘었으니 참기름도 고춧가루도 항상 동이 났었고, 농사 시작을 참 잘했다는 자찬까지 했었다. 그러나 나의 딸들이 조부모와 함께 보낸 매일은, 상황이 어쩔 수 없었다지만 지금도 그때를 떠올리면 그만 울컥하며 치밀어 오른다. 며느리가 미우면 며느리에게만 모질게 굴 것이지, 손자가 아니라는 핑계를 붙여 손녀들까지 지독스럽게 미워하셨나 보다. 수업이 끝나고 집에 온 딸들이 교복도 벗기 전, 할머니는 참기름 배달을 가야 한다며 독촉하곤 하셨다. 어린아이들이 교복을 입은 채로 무거운 참기름 병을 들고 나서는 길이 얼마나 힘들고 창피했을까. 하지만 "너희들 학비를 벌어야 한다"는 한마디에 딸들은 꾸역꾸역 할머니를 따라 배달을 다녔다고 한다.

속 깊은 내 새끼들은 이 어미에게 참기름 배달을 다녔다는 이야기를 단 한 번도 꺼내지 않았다. 아이들이 배달을 다녔다는 사실을 나는 정말 모르고 있었는데, 두 해 전인가 셋째가 비로소 입을 열었다. "엄마, 우리 그 옛날 마리아 학교 다닐 때 학교 갔다 오면 참기름 배달 다녔어요. 할머니가 너무 무서워 시키면 아무 말도 못 하고 참기름 병 들고 배달 갔어요. 알아요?" 세파에 일찍 뛰어들어서일까, 아니면 부모의 현실을 밀어낼 수 없으니 자신들이 기댈 곳은 스스로뿐이라고 생각했을까. 아이들은 정말 강하고 단단하게 살아왔고, 그렇게 살아내었으며, 지금도 꿋꿋이 살아가고 있다.

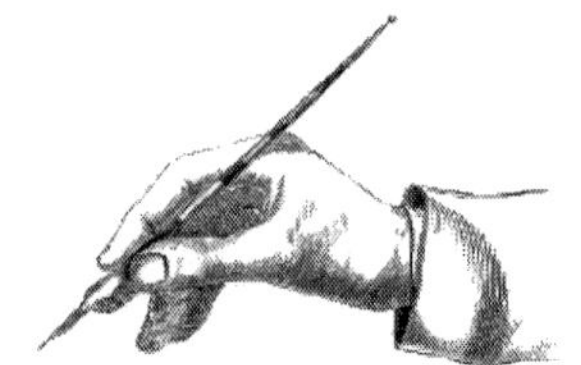

4부

엇갈린 신뢰와 끝없는 시련

탁상공론의 끝에서 길어 올린 삶의 오답과 정답

　아무것도 모르고 도전했던 농사는 이것저것 더하기 빼기를 하고 나면 항상 빠듯하거나 모자랐다. 심지어 수확물 자체가 순이익인 것도 아니었다. 처음에는 무엇이든 심어 결실을 보니 그저 돈이 되는 것 같아 신나기도 했으나, 참으로 바보 같은 생각이었다. 넓은 땅에서의 농사는 소작이 아닌 대농으로 해야 했고, 일꾼으로 메꾸는 것이 아니라 기계로 메꾸어야 경비도 줄이고 진정한 농사꾼의 면목을 이어갈 수 있는 법이다.

　하지만 우리 대한민국의 농업이민정책은 참으로 진정성 없는 '탁상놀음'이었다고 말해주고 싶다. 일본 정부의 농업이민정책은 이민자를 보내놓고 나 몰라라 팽개치지 않았으며, 정부에서 계속 눈여겨 살피며 관리해 왔다. 우리보다 훨씬 앞서 시작된 그들의 농업 이민이 지금까지 실패 없이 이어지는 이유다. 일본 정부는 정착할 수 있는 조건을 그때그때 충족시켜 가며 2세, 3세로 대를 잇게 하는데, 우리는 어떠했는가. 땅을 만들어 놓았으니 가서 살아보라는 식이었고 그 다음은 '모르쇠'였다.

　우리를 둘러싼 모든 조건은 그저 '농업이민'이라는 간판만 걸고 흉내를 내고 있는, 겉만 농사꾼 옷을 입혀놓고 밀어 넣은 뒤 "살든 말든 알아서 해라"는 식이었다. 각본만 만들어 놓고 눈길조차 주지 않는 대본뿐인 무대에서 홀로 장치를 하고 대사를 외우며 배우 노릇을 해야 했다. 이런 농사 방법으로는 아무것도 이를 수 없음을 알면서도, 돈이 된다면 무엇이든 부딪혀야 했다. 상환금의 독촉은 늘 무거운 짐을 '등어리'에 얹어놓은 것 같았기 때문이다. 빚을 갚아야 내 땅이 된다는 조급함과, 넓은 땅을 노래하던 남편의 소원을 풀어준 뒤 그다음은 어떻게 되든 천천히 걸으며 생각해도 될 것 같다는 마음뿐이었다.

정말이지 삶에는 정답이 없었다. 머릿속의 오답이 정답이 되기도 하고, 정해놓은 정답이 오답이 되기도 하는 것이 현실이었다. 처음 살아보는 삶이라서 그렇게 갈팡질팡했을까, 아니면 이런 삶도 있다며 경험의 보기를 가져다준 것일까. 이 나이까지 살며 얻은 나만의 답은 '답이 없는 답'이 곧 삶이라는 것이다. 어제는 경험으로 저장되고 오늘은 시험지를 들여다보며 답을 써넣어야 하는 시간이며, 내일은 답을 만들어 놓고 기다리는 날이다. 그러나 내일이 오늘이 되면 생각 속의 답은 쓸모없는 엉뚱한 답이 되어 다시 답을 찾아야만 했다.

모두의 삶의 방식이 다르기에 성공담을 본보기로 두고 그것을 따라 하는 것은 내 삶이 아닌 것 같다. 그저 참고로 저장해 두었다가 그 속의 일부가 나의 현실과 동질일 때 '꺼집어내어' 섞어가며 살아야 실패를 줄일 수 있을 것 같다는 생각도 든다. 도움이 될까 싶어 여러 곳을 기웃거리며 들여다보아도 대개 성공담만 앞세워져 있고, 그간의 고생담은 너무 부실하게 적혀 있는 듯하다. 경험담과 실패담이야말로 인생 공부에 더 크게 와닿으며 길을 가르쳐주는 주옥같은 것인데 말이다. 이는 어디까지나 나만의 생각일 뿐이다. 성공을 만나기까지의 험난했던 시간은 아주 조금만 저장되어 있으니, 성공한 현재만 각인되어 도리어 '내가 멍청한가? 바보라서 이루어내지 못한 건가?'라는 자책이 먼저 앞서게 되기 때문이다.

밀림의 유배지에서 증언하는 농업이민의 허와 실

50년도 넘게 함께 살아온 나의 동반자는 지금 기억을 잃어가는 병과 함께 살아가고 있으니, 나의 글에 남편의 보탬은 없다. 기록 남기기를 게을리하지 않는 내가 틈틈이 끄적여두었던 그동안의 기록과 내 머릿속에 저장되어 있는 기억을 끄집어내어가며 글을 써 내려가고 있다. 모든 것이 생소했던 삶에 뛰어들어 눈물 마를 날이 없었던 시간을 더듬어 남기면서, 남편의 기억도 보탤 수 있었으면 조금 더 많은 것을 남길 수 있지 않았을까 하는 아쉬움도 있다. 하지만 넘어지고 일어서고 추스르기를 함께했으니, 나의 기억만으로도 크게 부족하진 않을 거라 생각한다.

나의 젊음을 몽땅 쏟아부어 일구었던 그 땅을 어느 날 너무나도 허무하게 빼앗겨야 했었는데, 내 나라를 대신해서 동포를 감싸야 하는 대사관에서도 상처의 근본에 약을 바를 생각은 않고 붕대만 감아주며 상처에 약을 발랐다며 거짓말로 생색을 냈었다. 그 상처는 아직도 다 아물지 않았는지 지금도 건드리면 많이 아프다. 긴 시간 동안의 시련과 고통과 아픔을 쓸모없는 쓰레기처럼 미련 없이 버리기엔 내 삶에게 너무 미안하고, 그동안을 아무 일도 없었던 것처럼 지워버리기엔 나의 가슴이 너무 아려오고 시리다.

지금 현재 대한민국의 위치는 올려다보기도 힘든 저 높은 곳에 있으니, 그 옛날의 이런 허접스러운 농업이민은 아예 없었던 정책처럼 쓰레기통에 들어간 지 오래되어 기억조차 지워진 상태일 것이다. 하지만 나는 80년대의 농업이민자로서 이곳에서 농업이민의 허와 실을 생생하게 체험했고, 또 마지막까지 농장을 지켰으며 기록을 남길 수 있는 1세대 중 유일하게 남은 사람이기에 더욱더 남겨야겠다는 욕심이 생긴다. 재투자된 43년 전의 80만 달러, 그것은 결코 적은 돈이 아니었다. 그 많은 돈을 쏟아부은 땅이라고 했기에 나름 넓은 땅에서의 평화로운 풍경과 미래를 그려보지 않았다면 거짓말일 것이다.

하지만 현실은 그렇지 않았다. 허(虛)는 몽땅 우리 몫이었고 실(實)은 누구의 몫이었는지 묻고 싶다. 우리를 밀어 넣어놓고는 임무는 끝났다는 듯 우리의 힘듦을 비추기라도 하면 '누가 농업이민 오라 그랬냐?'라는 듯 먼 나라 얘기처럼 귀 기울여 들어줄 생각도 하지 않았다. 기다려야 하는 시간은 끝났으니 이제 돈을 갚으라는 소리만 들려왔다. 갚고 싶지 않아서 미뤄지고 있었겠는가. 주머니에 무엇이 있어야 갚을 것이 아닌가. 사방에 밀림뿐인 유배지 같은 곳에서 동쪽이 어디냐며 가슴을 치며 울었던 이민 첫날을 어떻게 지울 수가 있겠는가. 내 나라를 믿고 내 나라를 떠나온 농업이민자는 그냥 실험용인 듯했는데, 그 아팠던 세월을 어떻게 그냥 닫아버리고 자물쇠를 채워버리겠는가. 나는 이 기록을 꼭 남길 거다, 남기고 싶다.

밀림 속에 피어난 하얀 목화의 물결과 무모한 도전

땅은 놀릴 수 없었고 한 푼이 아쉬웠기에 무엇이든 심어야 했다. 여러 작물에 도전해 보았으나 주머니를 채워주는 것은 참깨와 고추뿐이었다. 그러나 그마저도 지속하기는 어려웠다. 교포들의 재이주가 유행처럼 번지기 시작하자 하루가 다르게 '누구누구가 어디로 떠났다더라' 하는 소식이 들려왔다. 오랜만에 아이들을 만나러 아순시온에 나가보면 정들었던 얼굴들이 보이지 않았다. 성황기에 열심히 살며 자리를 잡았던 이들의 재이주로 인해 우리 집의 여유도 막을 내릴 수밖에 없었다.

우리 같은 소작농은 소비자가 있어야 살아남는 법이다. 동포들만 믿고 사는 울타리에서 벗어나야 했다. 그래도 그동안 익숙했던 것이 농사라 다른 삶은 생각지도 않고 그저 작물을 바꿔야겠다는 궁리만 했다. 그것이 순수함이었는지 아니면 바깥세상이 두려웠던 것인지는 모르겠으나, 줄곧 익숙해진 농장만을 생각했다. 요즘 들어서는 간혹 그때 땅 욕심을 버리고 다른 삶을 택했더라면 현재의 나는 어떻게 변해 있을까 하는 생각에 쓴웃음을 짓기도 하지만 말이다.

더 나은 내일을 위해 동포들이 하나둘 떠나가니 얼마 지나지 않아 외로움이 깊어졌다. 서로 안부를 주고받던 이들이 그리워지는 지경에 이르렀다. 그때부터였을 것이다. 동포들끼리 만나면 첫인사가 "아직 안 떠나셨어요? 우린 곧 가요."가 되었다. 재이주로 미래를 계획하는 이들이 괜히 밉기도 했다. 왜였을까. 그저 그들의 용기가 부러웠던 것이리라. 주머니에 무엇이 있어야 생각이라도 해보지 않겠는가. 내 처지가 불쌍하고 초라하게 느껴지기까지 했다.

그런 비루한 생각도 잠시, 나는 목화에 마음을 빼앗겼다. 목화 농사라니, 그 옛날 솜이불 속의 포근함에 몸을 맡기고 잠들었던 기억 외에는 아는 것이 아무것도 없었으나, 젊음의 겁 없는 도전은 '알아야 면장을 하지'라는 마음으로 이어졌다. 도전은 용감해야 했기에 자문을 얻으려 부지런히 발품을 팔았다. 가끔은 그런 나를 두고 "미친 것 아니냐"며 비웃는 이들도 있었으나, 내 삶은 늘 미친 짓의 연속이었기에 대수롭지 않게 여기며 열심을 다했다. 아무것도 모르고 덤비는 나를 한심하게 보는 시선도 있었고, 하던 일이나 하며 조용히 살라는 충고나 무슨 떼부자가 되겠다고 저렇게 설치느냐는 핀잔도 있었다.

물불 가리다가 죄 없는 소만 줄어들 것 같았기에 생각에만 머물지 않고 파종을 서둘렀다. 파종 후에는 걱정이 앞서 아예 목화밭에서 살다시피 했다. 매일 들여다보며 제발 싹이라도 틔워달라고 땅에 말을 걸며 간절함을 쏟아부었다. 며칠을 그렇게 두 손 모아 빌었더니 마침내 싹이 땅을 뚫고 쏘옥 고개를 내밀었다. 키

가 자라고 잎이 돋으며 가지가 뻗어가는 모습이 어찌나 신기하던지 내 마음은 이미 목화를 수확해 돈을 만지고 있는 듯했다.

난생처음 마주하는 목화는 마치 첫아이를 낳아 키울 때와 같았다면 과장일까. 나의 수선스러움에 일꾼들은 웃기 바빴지만, 그 코믹함 덕분에 잠시나마 웃을 수 있었으니 그들이 더 고마워해야 할 일 아닌가 싶었다. 고맙게도 목화는 잘 자라주어 봉우리가 맺혔다. 나는 목화도 여느 꽃처럼 꽃을 피우고 그 꽃이 지면서 목화가 영그는 줄로만 알았다. 무지해도 이리 무지했을까. 참으로 한심한 일이었다.

맺힌 봉우리에서 목화솜이 영글더니 이내 입을 벌려 하얀 솜을 드러냈다. 겁도 없이 참 많이도 심었었다. 온 밭이 하얀색으로 뒤덮였을 때 지나가던 버스 안의 사람들이 고개를 내밀고 구경을 할 정도였다. 운전기사는 소란스러운 승객들을 진정시키려 잠시 차를 멈추기도 했다. 밀림과 목장을 제외한 거의 모든 밭이 하얀색이었다.

목화밭에서 만난 닮은꼴의 인연과
와자끼족의 사투리

참깨 농사도 완전히 손을 놓을 수는 없었다. 많은 교포가 떠나고는 있었지만, 이곳에 사시는 분들 중 우리 집 참기름만 고집하는 분들이 많이 계셨기 때문이다. 손이 많이 가는 목화 농사에 참깨도 잘라서 묶어 말리고 털기까지 일손이 많이 필요했다. 목화 수확철이 다가오니 손이 너무나 모자랐다. 수소문을 했더니 인디언 단체를 돕는 곳이 있었다. 현지인이 인디언 부족을 돌보며 일자리를 만들어 주는 곳이었는데, 나와 인연을 맺어 목화 수확을 돕게 된 부족은 '과자끼(와자끼)족'이었다. '과'와 '와'의 중간 발음을 내야 하는데 힘드니까 그냥 '와자끼족'이라 칭하겠다.

50명이 넘는 와자끼족들을 만나고는 나의 입에서 그만 한국말이 튀어나왔다. "어머!!! 얘들 동양인 같애. 우리처럼 생겼어 저 눈 좀 봐! 쌍꺼풀이 없잖아." 정말 우리와 너무나 비슷했다. 첫 만남에 그저 불쌍하다는 생각이 들면서 밉지가 않고 정감이 갔다. 모든 걸 신기해하며 살피는 그들을 보니 '얘들은 도와줘야 해' 하는 마음이 먼저 자리를 잡았다. 그냥 우리 집에서 일하는 동안은 베풀자는 마음만을 가졌다. 그 앞섰던 마음 때문에 힘들기도 했지만 말이다.

일꾼 개개인의 능력에 따라 차이는 있었지만, 하루 목화 수확량은 보통 70~80kg에서 많게는 120kg 정도다. 그런데 비슷하게 생겼다고 정을 쏟았던 와자끼족들의 수확량은 한 사람당 겨우

30kg 정도에서 조금 더 되는 수준이었다. 날씨의 변덕을 생각하면 일손이 빠른 일꾼을 불러야 했으나 그들을 차마 내칠 수는 없었다. 알다시피 목화는 비를 맞아 시간을 끌면 품질이 현저히 떨어지고 수확량도 줄어들기에, 우리의 ‘빨리빨리’가 아주 많이 필요한 작물이다.

하지만 일을 만나 돈을 번다며 그렇게 좋아하고, 간식으로 맛본 콜라를 생전 처음 마셔본다며 병에 남아있는 마지막 한 방울까지 놓치지 않으려 혀를 내밀고 기다리던 아이들. 설탕 역시 처음 맛보는 단맛이라며 자꾸만 입에 집어넣으며 좋아하는 그 불쌍한 아이들, 우리와 비슷한 모습의 닮은꼴을 어찌 모른 척하겠는가.

그것뿐이었을까. 우연히, 정말 우연히 듣게 된 그들만의 말 속에서 내가 꽂혀버린 단어들이 있었다. ‘지일’과 ‘셰 주깠다’, 그리고 ‘마에?’. 나도 모르게 한국말로 “너 뭐라고 했니?”라고 물었다. 확인해 보니 길을 ‘지일’, “아이구 죽겠다”를 ‘셰 주깠다’, “뭐?”를 ‘마에?’라고 했다. 그냥 경상도 사투리를 접하는 것 같았다.

많은 비슷한 말들을 주고받고 있었지만, 인디언 토속어와 이곳 토속어인 ‘과라니’어를 섞어서 대화를 나누던 그들의 말 속에서 발견한 구수한 경상도 사투리 같은 그 말에 더 도와야겠다는 생각이 앞섰다. 과라니어 중에도 뜻은 다르지만 우리말과 비슷한 단어가 제법 있다. 토속 과라니족은 인디언의 피가 아주 많이 섞여 있기 때문이다. 그런 아이들을 내 호주머니 조금 더 채우자고 안면 몰수하며 모른 척하는 것은 내 마음이 허락하지 않아 정말 할 수 없었다.

철조망 너머 숲의 주인에게 내어준 마음

정이 고팠던 걸까? 아니면 보기와는 전혀 다른 나의 여린 마음이 동했던 걸까? 우리와 비슷한 키와 외모, 특히 현지인의 쌍꺼풀진 큰 눈이 아닌 작은 눈을 더욱 가느다랗게 만들며 콜라와 설탕이 고맙다고 눈웃음을 남기는데 어떻게 그들을 미워할 수가 있겠는가.

목화 수확이 끝나면 언제 또 만날지 모르는 이들이기에, 일하는 동안만이라도 몸에 그리 좋은 식품은 아니겠으나 많이 먹는다고 '별탈이야 있겠어?' 하는 마음으로 넉넉하게 맛보게 해주었다. 그런데 그것이 너무 편했던 모양이다. 시간이 조금 흐르자 목화 수확은 뒷전으로 밀려났고, 그들은 식용으로 쓸 수 있는 동물들에 혈안이 되어 눈만 뜨면 숲속을 헤집고 다녔다. 숲이 울창했으니 마음만 먹으면 잡을 수 있는 동물들이 널려 있었고, 그들에게 숲속은 곧 먹거리 보관 창고였던 셈이다.

먹거리를 찾겠다고 부지런을 떠는 그들에게 수확에 집중하라고 일러보아도, 배가 고픈 그들에게는 '소귀에 경 읽기'였다. 그들에게 매달리기보다 차라리 포기하는 것이 마음 편했기에 그냥 그러려니 하며 내버려 두게 되었다. 다행히 날씨가 도와주어 1차 수확은 별 탈 없이 끝낼 수 있었다. 2차 수확 때까지는 시간이 필요했으므로 그들은 떠나야 했다.

얼마 후 2차 수확 시기가 다가오자 그들의 관리자가 다시 일자리를 부탁하며 찾아왔지만, 선뜻 대답이 나오지 않았다. 2차 수확은 1차 때만큼 양이 많지도 않았고 곁에 있는 일꾼들만으로도 충분했기 때문이다. 목화는 수확량의 무게로 임금을 지불했기에 주머니 사정에 큰 영향을 끼치지는 않았으나, 숲속에 서식하는 동물들에게 더 이상의 미안함을 갖고 싶지 않았다.

그런데 와자끼 친구들은 자신들이 사는 곳과 우리 농장 사이의 먼 거리에도 불구하고, 그 길을 오가며 농장 속 밀림을 헤집고 다녔다. 차마 정문으로는 들어오지 못하고 경계 철조망을 미안함도 없이 자르고 들어오는 것이었다. 와자끼 덕분에 매일 아침 철조망 보수가 일과가 되어버렸지만, 그래도 그들을 미워하지는 않았다. 불쌍한 마음이 앞섰고 얼마나 배가 고팠으면 저럴까 싶은 안쓰러움이 뒤따르니 '그깟 철조망 보수하면 되지' 하며 신경을 끄게 되더라.

남미, 이 땅의 본래 주인은 인디언들이 아니었던가. 전쟁을 치르고 외부인이 들어오면서 그들은 쫓기듯 밀려나 숲속으로 들어가야 했고, 그렇게 힘들게 매일을 버티고 있다는 생각에까지 미치니 마음이 숙연해졌다. 사는 게 무엇인지, 당장 배를 채우는 게 우선인 그들에게 어떻게 들어오지 말라며 내칠 수가 있겠는가. 그저 열심히 철조망을 수리하며 기다렸더니, 다른 일거리를 찾았는지 어느 날부터 그들이 보이지 않았다. 그렇게 와자끼들과의 인연도 끝이 났다.

새벽의 비상과 밀림이 남긴 지독한 상흔

목화 수확이 마무리되어갈 즈음 참기름 주문도 밀려 있었다. 목화도 내다 팔아야 했고 참기름도 짜야 했기에 마음이 무척 바빴다. 기름을 짜기 전에는 깨를 씻어 햇볕에 널어 웬만큼 물기를 말려야 볶기가 쉬우므로, 일꾼을 나누어 일부는 참기름을 짜기 위한 깨를 씻어야 했다. 그런데 새벽에 일어나 깨를 가지러 창고에 들어간 일꾼이 참깨 자루를 내리다 자루 사이에 또아리를 틀고 숨어 있던 뱀에게 물려버리고 말았다.

고함소리와 함께 "병원, 병원!"만을 외치며 우왕좌왕하는 완전비상 상태였다. 어쩜 이렇게 하루도 조용한 날이 없는지 모든 게 너무 밉고 원망스러워, 죄 없는 모두를 불러 원망을 쏟아내기도 했다. 뱀 독이 퍼지면 일꾼은 죽기에, 우선 물린 부위 근처를 있는 힘껏 묶어 피가 통하지 못하게 응급조치를 하고 병원으로 내달렸다. 사방이 잠에서 깨어나지도 않은 그 새벽에 전조등을 켜고 클랙션을 쉴 새 없이 울리면서, 낼 수 있는 속력의 최대치를 밟았을 터다.

그 아이가 죽으면 어떻게 되겠느냐는 생각에 일단 살려야 했으므로, 새벽이라는 것도 의식하지 않고 병원에 도착할 때까지 소음을 내며 달렸던 것이다. 뱀이 많은 시골에 대비하여 도시 병원은 위급 상황을 위한 해독제를 구비하고 있었으나, 양이 많지 않아 다른 병원의 해독제까지 끌어와 주사했더니 한참 시간이 지나 서서히 피부색이 제자리로 돌아왔다. "그놈의 뱀 뱀 뱀!" 내가 무슨 죄를 얼마나 지었길래 이렇게까지 몰고 가는지, 얼마나 더 밀어내고 그만둘 거냐며 누구를 향한 것도 아닌 원망을 마음이라도 편하고자 막 쏟아 뱉었다.

뱀에 물린 일꾼을 본 후의 후유증은 정말 오래갔다. 길에 떨어져 있는 나뭇가지도 뱀으로 보이고, 조용한 시간에 무슨 소리만 들려도 뱀이 지나가는 소리 같아 깜짝깜짝 놀라곤 했다. 뱀을 보기는 했지만 공격당하는 것은 처음 보았기에 당시 상황은 경황이 없어 우왕좌왕했던 기억밖에 없었는데, 남자는 확실히 담력이 나보다 훨씬 침착했던 모양이다.

한참 지나 그때 당시를 이야기해 주었는데, 다행히 새벽 시간이라 도로가 조용해서 더 빨리 달릴 수 있었고 큰 병원이라 주차장도 넓었으나 경적은 멈추지 않았다고 한다. 병원 입구에 들어서면서부터 '뱀에게 물렸다'를 쉬지 않고 외쳤고, 그 고함에 주위 분들이 모두 도와주어 다행히 빠르게 처치할 수 있었다고 했다. 그렇게 위험했던 순간을 넘기고 나니, 어려움을 접할 때마다 외면하지 않고 건너게 해주고 손을 잡아준 세상의 모두가 고맙고 감사하다는 마음만이 비집고 들어왔다.

식구들이 잠들고 나면 밖으로 나와 지금까지의 것만으로도 충분하니 더 이상의 시련은 거둬가 달라며 나를 나무었다. 그때 올려다보는 하늘은 어쩜 그렇게도 예쁘고 아름답던지, 날개가 있다면 훨훨 날아서 가고만 싶었다.

밀림의 농장에서 마주한 미확인 비행물체

우리 농장을 중심으로 뒤쪽으로는 '징골로'라는 분의 큰 목장이 있었고 옆에는 '데가스페리'라는 분의 더 큰 목장이 자리하고 있었는데, 두 곳 다 아주아주 큰 목장이었다. 소를 1,000마리도 훨씬 넘게 키웠다. 주인은 도시에 거주하고 있었고 목장엔 여러 명의 목동들만 상주했으며, 목장 관리인이 매주 다녀가며 그때그때의 상황을 해결해주는 우리 같은 목장은 목장도 아니었다. 비교하자면 대저택과 단칸방이라 표현해도 과언이 아닐 것이다. 사람 구경은 정문까지 2km를 걸어 나가야 도로가에 사는 분들을 만날 수 있는 참으로 외로운 곳이었다.

워낙에 더운 나라이다 보니 큰 목장들 역시 소들이 쉬어야 하는 그늘이 많이 있어야 했기에 여러 곳에 큰 나무들이 있었다. 각자 목장의 경계 역시 철조망으로 표시를 하지만 넓게 숲으로 막혀 있어 함부로 건너갈 수는 없었다. 어느 날 새벽(80년도 후반), 남편은 새벽 일찍 트랙터에 밭가는 기계를 장착하고 밭을 갈고 있었는데 갑자기 고함을 지르면서 트랙터는 버리고 전속력으로 뛰어와서는 "저기 저기" 그러면서 숨 넘어가는 사람처럼 엎드리더니 손가락으로 한쪽을 가리키며 "괴물체가…"만 반복하며 숨을 몰아쉬는 것이었다.

나는 일하다 다친 건 아닌 것 같고 처음 보는 짐승을 만났나 싶어 가리키는 쪽을 쳐다봤더니, 정말 괴물체가 '쉬익' 하는 소리와 파란 빛을 쏘면서 위아래 오르락내리락 몇 번 하더니 순식간에 하늘로 솟구치는데 진짜 무서웠다. 조금 정신을 가다듬은 남편이 건넨 말은, 일을 하고 있는데 갑자기 뒤쪽에서 '쉬익' 하는 소리가 들려 돌아보았더니 새파란 불을 뿜으며 남편 머리 위로 뭔가가 확 치솟았다는 것이었다.

그렇게 얘길 하다 말고 "저기 저기" 그러길래 하늘을 쳐다봤더니 파란 빛을 뿜으면서 위아래 이곳저곳으로 빠르게 움직이다 잠깐 사이 사라졌다가, 또 나타나서는 내려오는 듯하다 순식간에 아주 높은 곳으로 그것도 직선으로 올라가더니 금방 또 보이지 않더라. 정말 무서웠다. 내 손을 잡고 쳐다보고 있던 셋째는 무섭다면서 후다닥 집으로 들어가 버리고, 그 물체는 아주 높은 곳에서 데가스페리, 징골로, 우리 목장 주위를 계속 맴돌았다.

그러다 또 순식간에 안 보였다가 몇 초 지나지 않아 불쑥 나타나고, 그러기를 계속 반복하길래 일꾼들에게 뭐 같냐고 물었더니 '샛별' 같다고 했다. 그래서 내가 "별이 저렇게 파란 불을 뿜고 저렇게 빠르게 왔다 갔다 하니?" 그랬더니 고개를 갸우뚱하며 모르겠다고 하더라. 그것은 사진으로 익혔던 UFO였다. 믿어지는가?

내가 UFO 같다고 했더니 남편 하는 말이 "야! 너 뭐 잘못 먹었
니? 너가 뭘 알아? 그런 소리 하지 마" 그러면서 날더러 미쳤다
고 했다. 하지만 움직이는 것이며 파란 빛을 내뿜는 것하며 소리
를 내지 않는 것, 순식간의 움직임 모두가 책에서, 신문에서 보았
던 그대로였다. 그래서 남편에게 '쉬익' 소리를 내며 빛이 보였던
곳에 가보자고 했더니 정말 미쳤다며 "너 농장에서 고생하더니
정신이 완전 헷까닥한 것 아니냐?" 그러더라. 그렇게 뱉어놓고는
혼자가 아니니 안심했는지 잠깐 생각하는 척하더니 "한번 가볼
까?" 그러더라. 생각해보라. 당연히 궁금했겠지.

트랙터로 근처에 가봤는데 근처의 풀들이 모두 누워 있었다.
소가 먹는 풀들이 키가 엄청 크거든, 그런데 그 주위 풀들 모두도
놀랐는지 힘없이 누워 있었다. 모두 나보고 미쳤다며 아무도 믿
어주지 않더니, 다음 날 모든 신문의 첫 장은 UFO 소식이었다.
칠레 신문에도 대서특필된 것을 보니 남미 하늘을 싹 훑었던가
보다. 그러고는 귀환했을까? 한적한 곳에 살다 보니 UFO를 직접
보는 행운까지 가지게 됐다.

라파쵸 사라진 밀림에서 장작 판 돈을 떼인 날

우리가 가진 땅은 1000헥타르가 분명 맞다. 한국 평수로 300
만 평이었다. 여의도가 65만 평이라고 들었으니, 그렇게 보면 여
의도의 거의 5배 가까이 되는 엄청나게 넓은 땅이었다. 겉으로는

정말로 땅부자였다. 사방이 밀림인 땅에 돈이라도 있어 개간해버릴 수 있는 능력자라도 되었다면 정말 땅부자로서 무엇이든 할 수 있었겠지만, 어디 한두 푼으로 개간이 되겠는가. 그렇다 보니 겨울이면 정말 아무것도 없었다. 밥은 먹어야 했기에 나무 장사도 생각해 보았다.

파라과이에는 파라과이의 상징인 '라파쵸'라는 나무가 있다. 봄을 알리는 나무라고도 한다. 나무 자체가 기름기를 많이 머금고 있어 100년이 가도 썩지 않는 값이 꽤 나가는 나무다. 겨울이 지나고 봄이 오면 나무 전체가 꽃으로 덮여 정말 아름다운 나무다. 분홍색 꽃이 제일 많고 노란색, 흰색 라파쵸도 드물게 있다. 값이 나가는 나무이니 그 나무라도 베어서 팔아 겨울나기를 해볼까 하는 생각을 했다. 소문으로는 라파쵸 나무가 아주 많다고 들었기에 살폈으나 보이지 않았다. 80년대 이민자인 우리를 위해서일 리는 없을 테고, 재투자의 비용으로 얼마의 땅을 개간하면서 라파쵸 나무는 몽땅 돈으로 바뀌어 어디로 사라졌나 보다. 정말 단 한 그루도 보이지 않았다.

그래서 무엇을 했겠는가. 숯과 장작을 만들어 팔아보기로 했다. 오죽했으면 그런 생각까지 했겠는가. 정말 부끄럼과 체면은 잠시 보관해두고 돈이 된다면 도둑질 빼고는 온갖 짓을 다 했다. 살아야 하는데 무엇이 문제가 되겠는가. 장작과 숯이 과연 돈이 될까 하면서도 일단은 부딪혀보자며 만들어보기로 했다. 모터톱은 부지런을 떨었고 숯을 구울 가마도 흉내 내어 만들었다. 그렇게 모두 갖추었고 숯도 장작도 상품이 되어가고 있었다. 처음 해본 일이었지만 일꾼들이 있었기에 순조롭게 진행되었고 대체로 만족스러웠다.

그렇게 만든 장작을 아는 이의 소개로 모 공장에 납품하러 가게 되었는데, 우린 그 공장과는 처음이니 공장을 소개해 준 사람은 당연히 동행해야 했다. 장작을 모두 내리고 돈을 받으러 사무실로 갔더니 수표로 결제를 해주었다. 하지만 그때 우린 은행 거래가 없었기에 이곳의 은행은 근처에도 가보지 않았었다. 머뭇거리고 있으니 동행했던 현지인(친분이 있던 사람이었다)이 자신이 현찰로 바꿔다 주겠다며 수표를 가지고 은행으로 들어갔다. 우리에게 필요한 건 현찰이었기에 감사하다며 인사까지 건네고 밖에서 기다렸는데, 아무리 기다려도 나오지 않는 것이었다. 하도 감감무소식이라 기다리다 못해 은행 안으로 들어가 봤더니, 친절의 가면을 썼던 그 사람은 돈과 함께 벌써 줄행랑을 쳐버리고 없었다. 어쩜 그렇게까지 뒷통수를 칠 수 있는지. 장작 만드느라 들어간 임금과 싣고 아순시온으로 나오느라 들어간 임금 및 기름값은 고스란히 내 몫이 되었다.

우리가 이곳에 와서 아는 사람이 어디 한 사람이라도 있었겠는가. 모두 해개공 지사장 곁의 사람으로 소개를 받았고, 또 그 사람에게서 다른 사람과 안면을 텄으며 그렇게 연결되었던 인연들이었다. 피치 못할 사정에 부탁을 하면 도움도 주었기에 믿고 또 믿었는데, 그렇게 돈 앞에서는 이런저런 곁다리 필요 없다며 안면을 몰수해버렸다. 그랬으면 우리 앞에 나타나지 않아야 당연한 것 아닌가. 잠깐의 친절과 이곳 사람을 너무 몰라 당했다고 생각하고 마음을 비웠는데, 달을 넘기고 어느 날, 시골 구석에 있는 농사꾼이라고 하찮은 인간이라 생각했는지 아니면 '꼬레아노' 내 까짓 것들이라 여겼는지 태연하게 웃으면서 나타났더라.

권력 앞에 삼킨 눈물과 손바닥 위 지폐 두 장

"내 돈은?"이라는 말이 금방 입 밖으로 튀어나올 것 같았지만 차마 삼켜야 했다. 그 친구는 딸들을 이 나라 최고의 여학교에 전학을 시켜준 은인이기도 했고, 그의 말발은 그 당시 파라과이에서 대단했기에 시골 구석의 촌뜨기가 감히 입을 열어 '그때 수표로 바꾼 내 돈은? 돈 줘!'를 내뱉을 수 없었다. 그는 장기 집권 중이던 대통령 아들의 둘도 없는 친구라 대통령궁에도 그냥 들락거렸던 인물이었다.

그런 막강한 힘을 가진 사람에게 가진 것 없는 이방인인 우리가 어떻게 뒤끝을 둘 수 있었겠는가. 우리에겐 천금 같은 돈이었지만, 그런 부류에게는 호화로운 곳에서의 하루 저녁 술값으로도 모자랄 돈이라 생각했을 테니 그리 크게 와닿지도 않았을 터였다. 쓰리고 아픈 처지가 너무나 불쌍했지만, 그저 없었던 일처럼 삭혀야만 했다.

장작과 숯을 함께 만들었으니 숯 이야기도 해야겠다. 당시 이곳 시골 주택은 거의 목조였고 난방 시설이 아예 없어 잠깐의 겨울이지만 추위에 약한 그들에겐 숯화로가 필수였다. 나름 돈이 될 것 같았고, 직접 나서는 장사이니 돈을 떼일 일도 없어 몽땅 수익이라 생각했다. 그런데 날씨마저 우리를 외면하여 죽으라는 법인가 싶었다. 숯을 실은 트럭이 출발하고 반나절 만에 비가 쏟아지는데, '와… 어쩜 이렇게까지 철저하게 외면하지?'라는 생각에 허탈한 웃음만 나왔다.

시골이니 방문 판매를 해야 했다. 날씨는 춥고 비는 추적거리는데, 집안 온기가 새어 나갈까 봐 문도 잘 열어주지 않더란다. 그래도 몇몇 집은 추운데 고생이 많다며 문을 열어주고 몸을 녹이라며 친절을 베풀었다. 한국의 '정' 문화에 익숙한 우리는 그 친절에 보답하고자 주문한 양보다 덤을 더 얹어주었다. 배가 고파 빵과 음료를 사 먹으며 돌아다니다 보니 어느덧 날은 어두워졌고, 집으로 돌아갈 생각에 남은 숯을 주는 대로 돈을 받고 처분해버렸다.

돌아오는 길에 트럭 기름을 가득 채우고 전통 음식인 '찌빠'를 몇 개 사서 무사히 집으로 돌아온 남편. 숯을 다 팔았다며 으쓱해하길래 고생했다며 등을 두드려주었다. '돈 벌어왔어'라며 남편이 호주머니를 뒤적여 '돈 받아' 하고 내 손바닥에 얹어준 것은, 제일 단위가 낮은 지폐 두 장과 동전 몇 개였다. 나는 소리 내어 막 웃었다. 그 웃음이 과연 웃음이었을까. 남의 나라에서 살아낸다는 것이 이토록 비참하고 우스꽝스러울 줄이야.

완벽한 목동의 가면과 빗장 풀린 믿음

파라과이는 농축산물 수출국이다 보니 농축산법이 대체로 엄격하다. 축산 중에서도 소고기 수출 비중이 훨씬 커서 소에 관한 법은 더욱 엄격한 편이었다. '나의 소'라는 것을 증명하는 마크 등록이 그 첫 번째 절차인데, 마크를 만들어 신청하면 기존 업자들의 것과 중복되는지 전수 조사를 거친다. 비슷한 것이라도 있으면 재등록과 확인을 반복해야 한다. 중복이 없다고 인정되어 마크 등록 서류와 수첩이 지급되면, 그때부터는 철저하게 법이 정한 규칙을 따라야 한다. 예방접종 때는 담당자가 직접 나와 확인하고 시청의 인정 도장을 받아야 다음 단계를 통보받을 수 있다. 나는 오히려 이런 엄격한 법을 따르는 것이 훨씬 편하고 좋았다.

법이 엄격한 만큼 더 세심한 관심을 두게 되었고, 목동에게 일을 시키는 것도 개인적인 간섭이 아니라 법에 따른 것이니 훨씬 수월했다. 그동안 여러

목동을 거치며 속앓이를 많이 했으나, 이번에는 기존의 목동들과는 결이 아주 다른, 정말 특별한 목동을 만나게 되었다.

그가 그렇게 철두철미하게 긴 시간 계획을 세워 실행에 옮길 줄은 꿈에도 몰랐다. 그 이야기를 한번 풀어보려 한다.

소개를 받아 식구가 된 목동의 첫인상은 나쁘지 않았고 모난 곳도 없어 보였다. 농장 정문 옆 작은 집에서 혼자 숙식을 해결하며 일도 열심히 했다. 항상 위험이 도사리는 곳이라 늘 불안했는데, 그가 경비처럼 그곳에 거주하니 외부인 통제도 될 것 같아 안심이 되고 고맙기까지 했다.

매일 그날의 일들을 빠짐없이 보고했고, 소에 관한 일은 잡음 없이 스스로 해결했기에 이번에야말로 제대로 된 목동을 구했다며 만족해했다.

한 달에 한 번은 의무적으로 소를 모아 상태를 살폈다. 접종을 하고, 새로 태어난 송아지를 확인하며, 젖을 뗄 시기가 온 개체들을 분리했다. 마크를 찍을 송아지를 가려내고 아픈 소를 살피는 날은 많은 일꾼이 필요했다. 새벽부터 왁자지껄하게 시작해 쉬는 시간도 없이 일해야 해질녘쯤 끝이 났는데, 그는 피곤하다는 말 한마디 없이 마무리를 깔끔하게 해주었다.

소금 하나까지 신경 써야 할 일이 한두 가지가 아님에도 그는 일꾼이 더 필요하다는 말도 없이 묵묵히 제 역할을 해냈다. 소에 관한 부탁에는 무조건 "Si Sr"라 답하며 항상 웃고 친절했으니, 어찌 그를 믿지 않을 수 있었겠는가. 너무 믿은 나머지 그만 정신

줄을 놓아버렸던 모양이다.

남편과 나는 그동안 숱하게 뒷통수를 맞았으면서도 다시 고삐를 느슨하게 풀어두고 있었다. 그들이 우리를 공동체의 일원으로 끼워주길 바라는 마음과, 기댈 곳 없는 타국에서 살아남으려면 그들과 함께해야 한다는 생각이 앞섰기 때문일 것이다. 정이 고파서였다는 것 외에는 달리 변명할 길이 없다.

신뢰라는 이름의 덫과 음흉한 배신의 서막

한참 동안 진실하게 보이려 열심으로 일했으니, 아무것도 모르던 우리의 눈빛에 의심 없는 부드러움이 가득하다는 것을 그는 분명 의식했을 터다. 그렇게 긴 시간 공들여 밑바닥을 다지며 신용을 얻었으니, 이제는 계획대로 실천에 옮기려 첫발을 내디뎠나 보다.

어느 날, 그는 목장을 둘러본 후 자신의 숙소에 들르지도 않고 곧장 나를 찾아왔다. 새벽 일찍 일어난 데다 아침도 거르니 당연히 힘겨운 모습이었다. 일부러 계획한 그 피곤한 기색이 내게 더 잘 먹힐 것이라 계산했을지도 모른다. 그러나 속마음을 몰랐던 나는 그 모습이 측은하여 "무슨 일이 있느냐?"는 물음을 먼저 던지고 말았다.

그는 가족과 떨어져 사는 게 너무 힘들다며, 자신이 머무는 집에 가족들을 데려와 함께 살면 생활비도 절약되고 아이들 교육에도 도움이 되지 않겠느냐고 조심스럽게 물어왔다. 그동안 보여준 모습에 의심의 여지가 없었기에, 가족이 곁에 있으면 더욱 헌신적으로 일하리라 생각하고 흔쾌히 허락해주었다.

얼마 지나지 않아 그는 부인과 딸 하나, 아들 둘을 데리고 인사를 왔다. 딸은 거의 성인이었고 아들들은 초등학생이었는데, 화목해 보이는 그 가정에 나는 "어려운 일 있으면 언제든지 말하라, 도울 수 있는 만큼 돕겠다. 이제 가족이 모였으니 행복하게 살아야 한다"는 덕담과 함께 아이들에게 용돈까지 쥐어주어 보냈다.

그 따뜻한 덕담이 화가 되었을까. 가족과 함께한 지 얼마 지나지 않아 그는 또 다른 부탁을 해왔다. 월급만으로는 생활이 힘드니, 최근 새끼를 낳은 소 몇 마리를 제 집 근처에서 방목하며 우유를 짜 치즈를 만들어 팔면 보탬이 될 것 같다며 들어줄 수 있겠느냐는 것이었다. 나 역시 아이들을 키우는 입장이었기에 그 형편이 오죽할까 싶어 또다시 허락하고 말았다.

음흉했던 검은 속내의 시작은 그때부터였던 것 같다. 가끔 손수 만든 치즈를 가져와 맛보라 건네기도 하고, 시간이 나면 말동무가 되어주기도 하니 나는 그저 고마울 따름이었다. 하지만 그 모든 행동이 배신으로 가기 위한 '밑밥'이었다니.

목장은 그리 넓지 않았고 소의 숫자는 늘려야 했기에, 우수한 종자소 몇 마리를 제외한 나머지 숫소는 적당히 크면 팔아야 했다. 그리하여 나는 소의 마릿수에 상당히 민감했고 촉을 곤두세웠다. 반면 이래도 저래도 항상 '허허허'였던 나의 동반자는 계산이라면 머리 아파하며 숫자는 관심 밖으로 밀어내는 사람이었다. 목동은 그런 우리를 파악하고 나를 아주 못되먹은 주인으로 몰아세우면서도, 민감한 부분을 건드리지 않으려 교묘하게 머리를 굴리며 나의 허점을 찾고 있었다. 현지인 주인에게 그런 짓을 저질렀다면 당장 교도소로 직행했겠지만, 힘없는 이방인이 주인인 것을 알고 '네까짓 것들쯤이야'라고 생각하며 더욱 머리를 굴렸던 것이다.

낙인 없는 소와 빗나간 믿음

독수리가 목장 근처에 날기만 해도 아픈 소가 있는지, 소가 죽었는지 마음을 졸여야 했다. 독수리는 귀신같은 새다. 아픈 소가 있거나 다쳐서 상처가 있는 소가 있으면 어김없이 나타나 순간을 노리며 계속 근처를 빙빙 돌며 떠나지 않는다. 농장에서 생활하는 동안은 하루도 그냥 생각 없이 살아본 날이 없는 것 같다. 항상 긴장 상태였고 바스락 소리만 나도 벌떡 일어나 사방을 살피는 이상한 버릇까지 생겼다.

농사를 짓고는 있었지만 소작이라 큰돈을 만진다는 생각은 없었다. 하지만 땅을 묵히면 그놈의 풀들은 인정사정없이 자라버려 다음 해엔 더 많은 돈이 들어가고 힘들어지기에 무엇이든 심어야 했다. 그래도 운이 따라주는 해엔 주머니에서 소리를 내며 웃음을 선물해 주기도 했다. 총을 머리맡에 두지 않으면 잠도 편안하게 잘 수 없는 곳이니 곁에 일꾼 몇 명이라도 있어야 마음도 놓였고 살아있다는 느낌도 와닿았다. 농사를 완전 놓아버릴 수는 없었고, 붙들고 있어야 말동무도 있고 이곳 돌아가는 소리도 들을 수 있었으니 호주머니 사정을 뒷전에 두면 겸사겸사 서로에게 도움이 되었다.

소는 내가 정성을 들여 돌보는 만큼의 보답은 안겨주는 고맙기만 한 자산이다. 그런 소를 돌봐주는 목동은 정말 고마운 존재이기에 베풀고 잘해주었던 것이다. 그렇게 애착과 정성을 담아 키우고 있는 나의 소들을 목동 자신의 호주머니를 채워주는 돈으로만 보고 나에게 너무나 큰 죄를 짓고 있었다는 사실은 생각할수록 억장이 무너진다. 내 눈으로 확인했던 그날은 정말 '세상에 믿을 놈 하나도 없다'는 말이 너무나 선명했던 날이다.

혼자 살 때는 "뭘 도와줄까" 물어보면 "괜찮다"며 "고맙다"를 달고 살던 목동이 가족을 데려다 놓은 후부터는 부탁을 당연하게 여기기 시작했다. 나의 대답은 모두 'OK'라고 정해놓고 행동했다. 나는 친정 부친을 쏙 빼닮았다. 닮아도 너무 닮았고, 심지어는 필체까지도 구별이 힘들 정도로 똑같다. 아버지 사무실에서 일을 할 때였다. 그날은 아버지께서 바쁜 일이 있어 자리를 비우셨는데, 급하게 서류에 몇 가지 답을 적어야 하는 일이 생겨 연락을 드렸더니 오실 수 없다고 하셨다. 사정을 얘기하며 문항을 읽어드렸더니 이렇게 적어라 저렇게 적어라 하며 일러주시는 것이었다. 거의 모두 한자로 적어야 했는데 나름 한자에는 자신이 있었기에 아버지가 불러주시는 대로 적어서 보냈다. 한참 후에 그 서류가 관공서에서 통과되어 돌아왔는데, 훑어보시던 아버지께서 이 서류가 그때 네가 나의 답을 듣고 적었던 것이냐고 물으셨다. 맞다고 하니 아버지께서 말씀하셨다.

"너 내 싸인도?" 내 대답은 "네"였다. 그랬더니 아버지는 "제발 부탁인데 은행 일에는 건드리지 마" 그러셨다.

성격 역시 똑 닮아 간혹은 나도 내가 무서웠다. 아주 예민했다. 꽂히면 답을 찾을 때까지 잠도 잊어버리고 파고들었고 순간의 '촉' 또한 거의가 들어맞았다. 목동의 행동에서 무언가가 느껴지기 시작했다. 하지만 이곳은 내 나라가 아니니 심증만 가지고 나섰다간 더 당할 것 같았기에 좀 더 집중해서 살펴보기로 했다.

어느 날 또 부탁이 있다며 찾아왔다. 자신의 가족이 살았던 그곳에 자신의 소가 몇 마리 있는데 어른들에게 맡겨놓았더니 소가 너무 야위어간다며, 데려와서 키우고 싶은데 허락해달라는 것이었다. 사람도 아니고 사람 손이 필요한 동물인데 너무 가엽지 않은가. 순간 내가 지금 목동을 지켜보고 있다는 것을 잊어버리고 또 나의 대답은 "그렇게 하라"였다.

그것은 크나큰 함정이었다. 며칠 지나서 보니 우리의 마크가 없는 소가 목동의 집 근처에 있었다. 물어보니 자신의 소를 데려왔다고 했다. 그래서 "아 데려왔구나" 했다. 싣고 와서 내리는 것까지 확인했어야 하는 것을 놓친 것이다. 너무 믿었기에 의심을 하면서도 순간순간 허술했던 것이다. 목동이 나의 허술함을 놓치지 않고 낚아챈다는 것을 잊고 말았다.

이곳의 소는 거의가 흰색이다. 낙인을 찍은 부위는 쉽게 눈에 띈다. 모든 것에 완벽이 없다는 것은 머리에 두지도 않고 나의 '가똑똑이' 노릇이 완벽하다고 생각하면서 소를 모두 모아 접종하는 날엔 낙인 확인과 머릿수에만 예민했으니…. 넓은 목장을 내가 어떻게 다 확인할 수 있었겠는가. 다 돌아보지 않는 한 어떻게 알 수가 있겠냐고. 몇 마리씩 빼돌려놓고 소를 집합시킬 거라는 생각을 먼저 했다면 나쁜 여자다. 그런 생각을 어떻게 상상이나 할 수 있었겠는가. 그렇게 낙인을 피한 소는 한 마리씩 목동의 소가 되어가고 있었던 것이다.

정문 앞의 불빛과 어느 완벽했던 목동의 그물망

목장이 그렇게 넓지 않으니 내가 나의 소를 건강하게 키울 수 있는 숫자는 300마리에서 조금 더 이쪽저쪽이었다. 숫소를 제외하고 계산해 보면 한해에 몇 마리가 더 불어난다는 대충의 계산은 머릿속에 갖고 있었다. 매달 소를 모으고 낙인을 확인하며 기억으로 적고 있었는데, 조금씩 아닌 것 같다는 의문이 머리에서 떠나지 않았다. 나의 계산기로는 나올 수 없는 답이 맞는 답처럼 내 앞에 적혀 있었지만, 크게 차이가 나지 않았기에 '플러스마이 너스의 오차' 정도로 생각했던 것이다.

항상 친절했고 가족들까지 다 데리고 와서 살도록 도움을 주고 있는데 설마… 라면서도 머리는 개운하지 않았다. 계속 무거웠지만 물증을 잡지 못하고 있는 상황이니, 섣부르게 행동했다가 화를 더 키울까 봐 나를 붙들어 매는데도 의심은 자꾸만 나를 건드리면서 걸림돌처럼 비켜나질 않았다. 손을 잡으려고 하니 나는 더욱 예민해진 것이었다. 웬만큼 당했으면 눈에서 망원경을 떼지 말든지 '쌍심지'를 켜든지 해야 하루라도 더 빨리 불편함을 털어 낼 텐데도 그게 왜 그렇게 어려웠는지 모르겠다. 아버지를 너무 닮아 거의 '완벽한 나'라고 여기고 있었는데, 정반대의 나라까지 날아와서 살다 보니 머리도 반대로 방향을 바꾸었는지 답이 잡히지 않았다.

송아지의 여린 가죽에 불에 달군 쇳덩이를 갖다 대는 건 할 짓이 아니지 않은가. 어느 정도 키워서 어미 곁에서 독립을 해야 그때부터 독립체가 되니 기다려야 하는 시간이 필요한 법이다. 이 나라는 전쟁으로 많은 땅을 잃었고, 현재 파라과이라고 이름 불리는 나라의 지형은 전체적으로 낮은 야산으로 이루어져 있다. 지형이 평평하지 않은 것이다. 우리 농장도 그랬다. 우리의 둥지가 있는 곳은 좀 높았고 목동이 살고 있는 정문 쪽은 낮았다. 집에서 목동 집까지 거리는 꽤 있었지만 밤에는 불빛으로 가늠이 되었기에, 정문 앞에 불빛이 보이면 '누가 왔나?' 하며 주시를 하게 된다.

나중에 현장을 내 눈으로 확인하고 나서 보니 그 불빛을 '누가 왔나?'로 넘기면 안 되는 불빛이었다. 중간 소만 빼돌린 게 아니었다. 소 머리 숫자에 민감한 나의 헛점을 어쩜 그렇게까지 이용을 했는지…. 간혹 정문에서 자동차의 불빛이 보였을 때는 나의 소중한 성년 소가 돈으로 바뀌는 순간이었는데 난 그것을 몰랐던 것이다. 소를 모아야 할 때는 목동이 주도를 하지 주인이 일일이 따라다니지는 못하지 않는가. 다 모았다고 하면 그런가 보다 하고 목동을 믿는 것이다. 몇 해 동안 그런 짓을 했으니 그동안 목동의 주머니를 채워주느라 낮 시간도 모자라 밤 시간까지도 나의 소를 가만두지 않았으니, 그동안 희생된 소의 숫자는 대체 몇 마리였을까.

치즈를 만들겠다며 소를 자신들의 곁에 둘 때부터 시작된 도둑질로도 모자라, 자신의 소를 데려왔다며 우리 소를 자신의 소로 둔갑시켜 키워가면서 그는 더 간 큰 도둑이 되었다. 어미 소 곁에 송아지를 두어 같이 키우다가 젖을 떼면 송아지만 내 소가 되었고, 어미 소는 자신의 소가 되어 주머니를 채워주었으니 정말 머리가 영리한 목동 아닌가. 내 책임도 있다. 너무 믿었고, 너무 맡겼고, 너무 베풀었으니까.

그렇다고 이 나라 사람들 너무 욕하지 마라. 이해관계가 없으면 정말 친절하다. 가벼운 부탁은 절대 외면하지 않고, 지나치면서도 꼭 웃는 얼굴로 인사를 건넨다. 내가 지었던 업이 많아 그 빚을 갚게 하느라고 그런 류의 사람이 내 곁에 많이 꼬였던 것이리라 그렇게 생각하면서도 마음이 편하진 않았다. 배신의 맛을 보고 나면 나는 속이 터져 미쳐버릴 것 같은데도 남편은 그때마다 '그냥 나눠 먹었다고 생각해'라며 넘겼다. 계산에 둔해서 그런 건지 돈에 대한 감이 쉽게 와닿지 않는 것인지, 속이 있는 건지 없는 건지 도대체 알 수 없는 사람 곁에서 내가 내 탓을 해야지 누구 탓을 하겠는가.

나라에서 정해놓은 법은 큰 틀이니까 그 큰 틀에서 허술한 곳이 없을 순 없다. 그런데 그 허술한 곳의 헛점을 이용하는 사람들 정말 천재 아닌가? 나쁜 쪽으로만 발달한 머리를 가졌던 우리 집 목동도 완벽하진 않았는지, 어느 날 자신이 만든 그물망에 그만 자신이 걸려들어 버리더라.

저승사자가 되돌려 보낸 생의 시간

그런 삶, 다시 나에게로 찾아올 일은 없겠지만 찾아온다면 천금 아니 이 세상을 다 준다 해도 마주하지 않을 것이다. 지옥? 지옥이 있다면 현재의 삶에 지옥과 천국이 존재하는 것이라 확신한다. 하루도 조용한 날이 없었지만 그래도 견뎌낼 수 있었던 것은 나의 딸들 덕분이었다. 딸들 얼굴을 떠올리면 그 무엇도 어렵지 않았기 때문이다. 한 달에 한 번씩 딸들을 만나러 아순시온으로 나가는 날은 하루에 한 번 다니는 버스를 놓칠까 봐 걱정하며, ‘만날 수 있어’ 만을 반복했다. 아순시온으로 나가는 버스가 우리 농장 근처를 지나가는 시간은 새벽 3시쯤이었는데, 그것은 정해져 있는 시간일 뿐이고 탑승 승객의 숫자에 따라서 운전기사의 의지대로였다. 새벽 3시를 정확하다고 생각하면 버스를 탈 수 없었다. 새벽 1시 혹은 2시에 지나갈 때도 있었기 때문이다. 그러니까 아순시온 나들이를 계획하면 전날 밤 12시부터 도로에 나가 기다려야 다음 날 딸들의 얼굴을 볼 수가 있었다. 이것이 1980년대 이곳 파라과이 시골의 현실이었다. 아순시온으로 나갈 때는 딸들을 만나러 간다는 마음 하나만으로 피곤한 것도 느끼지 못했지만, 만나고 농장으로 돌아오면 그냥 앓아누웠다. 혹시 버스를 놓칠까 봐 한밤중에 길가에서 하염없이 기다려야 했고, 운이 좋아 빈자리를 만나면 앉을 수 있었지만 아니면 5시간 넘게 서서 비포장도로의 굴곡을 몸소 체험하며 아순시온까지 가야 했으니, 다녀오면 나의 몸도 ‘나도 좀 살자’라며 모든 것을 거부했기 때문이다. 그렇게 다니는 게 너무 힘들어 꽤 나이를 먹은 중고 짚차를 구입한 후엔 버스에 대한 나의 매달림도 끝이 났지만 말이다.

딸들과의 만남은 한 달을 버티게 해주는 원동력이었다. 뒤따르는 여운도 있었지만 버텨야 했다. 어미를 만나면 웃는 얼굴이었지만 그늘 가득한 웃음의 의미를 이 어미가 알아채지 못했을까. 애써 아닌 척 묻어야 했고 삭혀야 했던 그때 그 현실은, 속으로만 울어야 했던 참음도 한계가 있었던지 어느 날부터 웃음이라는 단어 자체가 벗어버리고 싶은 겉옷 같아지더니 아무것도 하기 싫어지더라. 지금 생각해보면 우울증의 시작이었던 것 같다. 보고 싶은 얼굴들은 생각만 해도 울컥했고 그 생각은 하루 종일 나를 묶었으며, 그러다가 나의 이 모습을 누가 반기겠어? 그냥 죽어버릴까? 라는 생각이 확실한 답인 듯해 준비를 그려가며 혼자 웃었다가, 그러다가 또 그냥 다 때려치우고 한국으로 도망가버릴까 생각했다가도, 한국까지 18,000km가 너무 멀어 어찌할 바를 몰랐다. 그러다 갑자기 모든 게 남편 탓인 것 같아 꼴도 보기 싫어지더니 그냥 죽여버릴까 라는 세상 험한 나쁜 생각으로 하면 안 되는 상상의 그림까지 그리면서 혼자 웃기도 했다.

그런 날의 연속이었던 어느 날, 한밤중이 조금 지난 사방이 조용한 아주 새벽녘에 정신은 일어났는데 눈은 뜨이지 않았고 정말 옴짝달싹, 손가락 하나도 꼼짝할 수 없었다. 그냥 숨만 쉬고 있었던 것 같다. 내 의지대로 되는 게 하나도 없었다. 온몸의 기운은 눈곱만큼도 남아 있지 않은 정말 몽땅 다 빠져나가 버린 상태였고, 갑자기 무서움이 다가오더니 살아야 한다는 생각에 옆으로 돌아누워 보고 싶었지만 생각뿐이었다. '아, 이러다 잘못되는구나' 하는 생각이 든 순간 내 방문을 벌컥 여는 소리가 들렸다. 생각으로 '누구지?' 그러면서 눈을 뜨려고 꿈쩍거리다가 그다음은 꿈도 생시도 아닌 나도 모르는 세계의 연속으로 들어가 버렸다.

검은색의 긴 두루마기와 챙이 큰 모자를 쓴 사람이 내 침대에 걸터앉았다. 그것도 내 머리맡에 앉아 나를 한참 들여다본 후, 무슨 노트의 페이지를 막 넘기는 듯한 소리가 아주 또렷하게 들리더라. 한참을 앞뒤로 넘기며 살피더니 앞에 서 있는 사람을 막 꾸짖었다. 같이 온 분? 정말이다. 얼굴은 전혀 보이지 않았고 앞에 서 있는 사람은 형체도 보이지 않았으며 노트 역시 그러했다. 하지만 내 침대에 걸터앉은 사람의 검은색 긴 옷과 챙이 큰 모자는 뚜렷했다. 들렸던 말은 "아직 데려갈 사람이 아니라며 시간이 안 된 사람인데 잘못 찾아왔다면서 왜 이런 실수를…" 그러더라. 너무나 또렷했다. 그러면서 화를 엄청나게 내더니 노트인지 뭔지를 같이 온 사람에게 던져버리고는 일어나 날 다시 한번 내려다보고는 휙 나가버렸다. 아마도 그 노트는 데리고 갈 사람의 이름이 적혀 있는 것이었나 보다. 검은 옷의 그 사람이 나가버리고 2, 3초 정도 지났을까, 몸이 예전 나의 몸으로 돌아왔다. 움직여지는 것이다. 정말이다. 과장 하나도 섞이지 않았다. 믿기지 않겠지만 체험했던 현실이다. 그 일을 겪은 후 그렇게 무기력하고 나쁜 생각만으로 지냈던 일상은 어디로 가버렸는지 살아야 한다는 생각뿐이었다. 나한테 아직 시간이 아니라고 알려주려고 일부러 실수를 만들어 방문해준 '저승사자'?

초록을 집어삼킨 검은 물결과 다시 잡은 생의 의지

저승사자의 다녀감은 내가 아직 이 세상의 세파와 더 맞서야 한다는 알림으로 다가왔다. 나의 경솔했던 지난 시간들이 죄스럽게 느껴졌고, 나의 목숨이라 하여 내 마음대로 할 수 없다는 큰 깨달음을 얻은 것이다. 어제는 어제였을 뿐! 요즘까지도 진행형이며 나도 모르게 습관이 되어 흥얼거리는 노래 구절이 있다. "지나간 것은 지나간 대로 그런 의미가 있죠" 라는 가사다. 앞뒤 다 잘라버리고 그 구절만 읊조리곤 한다. 좀 힘들기는 했지만 "내 운명인가 봐!"라고 받아들이며 복잡했던 마음을 접으니 한결 편해졌다. 참 우스운 변덕이다. 태산 같은 걸림돌이 앞을 가로막아도 치워가며 살아야 한다는 마음을 먹으니 나름의 평온이 찾아왔다. 물론 약의 도움은 절실한 상태였지만 말이다.

그렇게 또 살아가고 있었다. 그런데 나는 조용히 살면 안 되는 운명을 타고난 모양인지, 삶은 내게 또 다른 시련을 선물했다. 어느 날 새벽, 거친 바람 소리 같기도 하고 여러 사람이 줄지어 깊은 숲속을 헤치며 걸어가는 것 같기도 한 '스르르르' 하는 소리가 들려왔다. 소리는 점점 가까워지더니 무언가를 뜯는 듯한 소리까지 겹쳐 들렸다. 무서웠지만 궁금함을 참지 못해 밖으로 나갔더니, "세상에나" 소리가 절로 나왔다. 색깔도 까맣고 크기 또한 징그럽게 큰 메뚜기 떼가 내 눈앞의 세상을 온통 새까맣게 덮고 있었다.

너무 무서워 후다닥 집 안으로 들어와 버렸다. 잠은 이미 달아났기에 새벽이 밝기만을 간절히 기다렸다. 신문에서나 보았던 메뚜기 떼가 지금 내 주위에서 살아있는 초록색 세상을 갉아먹고 있다니 믿기지 않았다. 날이 밝아 밖으로 나가보니, 집 뒤쪽의 만디오까(카사바) 밭과 목화밭의 초록색 잎은 온데간데없었다. 일꾼들의 주식인 만디오까는 없어서는 안 될 주요 먹거리라 해마다 꼭 심어야 했다. 다행히 땅속에 감자나 고구마처럼 파서 먹을 수 있을 만큼 자란 상태라 마음을 놓을 순 있었지만, 나의 목화밭은 폭풍이 지나간 폐허 그 자체였다. 긁힌 자국만 가득한 앙상한 나뭇가지들을 보니 울고 싶어졌다.

어떻게 초록색이란 초록색은 하나도 남기지 않고 이토록 싹쓸이를 할 수 있을까. 진짜 "밤새 안녕하십니까"를 제대로 경험한 셈이다. 그런데 큰일이 생기기 전에는 꼭 어떤 알림을 주는 모양이다. 메뚜기 떼의 습격을 겪은 후로는 작은 소리에도 눈이 뜨여 밖으로 나가보는 버릇이 생겼다. 그날도 뚜벅뚜벅, 사람의 발자국 소리는 아닌 것 같고 짐승의 발소리 같은 것이 들렸다. 나도 모르게 벌떡 일어나 밖으로 나오게 되었다.

새벽의 목격과 꼬리 밟힌 목동의 가면

참으로 맑은 공기에 감사해하며 밖으로 나왔다. 먼지 한 톨 섞이지 않은 듯한 맑은 바람의 내음과 하늘은 언제든 내가 원하면 나를 반가워하며 맞아주었다. 그런데 목동이 젖을 떼고 본격적으로 풀을 찾을 때가 된 송아지들만 몰고 목장으로 가고 있는 것이 아닌가. 조용한 새벽이니 소를 모는 소리도 아주 작게 내뱉으면서, 그 시간은 아직 목장을 둘러볼 시간도 아닌데 말이다.

송아지가 어미 젖을 뗐다고 해서 어미 곁을 스스로 떠나지는 않는다. 이건 아무리 좋게 생각하려고 해도 앞뒤가 맞지 않는 일이었다. 아직 밝지도 않은 그 새벽에 어미도 없이 홀로 뒤뚱거리는 송아지들에게 이리저리 채찍질을 해가며 그렇게 급하게 말을 몰고 있는 것이 너무나 이상했다. 생각해보니 예방주사와 낙인 확인 날짜가 다가오고 있었다. 소를 모을 때마다 숫자에 신경을 곤두세우는 내가 그 인간은 은근히 걸렸던 모양이다. 내가 그 시간에 밖에서 서 있을 것이라고는 꿈에도 생각을 못 했을 터다. 세상 모르게 자고 있어야 하는 시간이라 여겼을 테니, 숫자 맞추기만 생각하고 그 밤중을 흔들까 봐 소리도 죽여가며 세상 아무도 눈치채지 못할 것이라는 자만심에 도취되어 소몰이를 하고 있었던 것이다.

나를 발견하고는 귀신이라도 만난 듯 화들짝 놀라며 말 위에서 벌떡 일어서는 것이었다. 놀랐겠지, 놀라야 정상이다. 저지르고 있었던 그 행동은 정상적인 패턴이 아니었으니까. 나 또한 정상이 아니었기에 그 시간에 밖에서 들었던 소리의 근원을 찾겠다고 겁도 없이 나와서 얼쩡거렸다. 물론 총은 내 동무가 되어 내 곁에 있었다. 메뚜기 떼의 습격 후유증은 그동안 심증만 가지고 힘들어했던 나에게 물증을 잡을 기회를 제대로 데리고 온 것이었다.

어미 소는 돈으로 바꿔 호주머니를 채우려 급하게 새벽 나들이를 하다가, 어미에게서 떨어지기 싫어 억지 걸음을 걸어야 했던 송아지들이 "송아지 살려" 라며 나에게 무전을 쳤던 것이리라. "우리 엄마도 살려줘" 라는 속마음도 섞어서 말이다. 그 새벽에 만났던 송아지들 덕분에 그들의 어미도 팔려가기 전에 나의 소로 돌아왔다.

심증만 있고 물증이 없어 항상 눈길이 날카로운 의심 많은 나쁜 여자로 찍혀 있었는데, '꼬리가 길면 밟힌다'고 너무 길어 처치 곤란이었던지 제대로 밟힌 것이다. 어리숙한 듯한 얼굴에 속아 가면을 벗기지 못했던 시간이 몇 년이나 되니 생각하면 뒤집어질 만큼 화가 앞서지만, 치밀하게 짜놓고 작전에 들어가 앞뒤 다른 짓거리로 속이는데 약이 있었겠는가. 요즘 세상이었으면 그렇게까지 속앓이를 하지 않았겠지만 그때 그 시절엔 세상도 나도 모두 느렸었다. 그렇게 현장이 잡히지 않았다면 의심만으로 연결되어 가며 더 긴 시간을 끌어가고 있었겠지만, 목동이 직접 밝혀주었으니 눈치싸움은 끝이 났다. 하지만 머릿속은 정말 불이 난 것처럼 뜨거웠다.

이방인의 삶, 찢어지고 꿰매며 걸어온 길

소도둑은 분명 나쁘다. 아주 몹쓸 짓을 한 것이 맞다. 하지만 그런 소도둑의 소라는 것을, 나쁜 짓이라는 걸 알면서, 누구의 소라는 것까지 뻔히 알면서도 자신의 호주머니를 좀 더 채우겠다고 공정 가격보다 훨씬 싼 맛에 맛을 들여서는 공공연히 저지르는 그들이 더 나쁜 사람 아닌가.

시골 구석이다 보니 매일매일 잡아서 파는 것이 아닌, 일주일에 한 번씩 한두 마리씩 도살하는 것까지는 법이 미치지 못했기에 그 약점을 이용해 이익을 챙겼던 그 사람들이 더 밉다. 겉으론 아닌 척하면서 구린내가 새어 나갈까 봐 꽁꽁 싸매가면서 말이다. 그런 곳이 어디 한두 군데였겠는가. 큰 목장들의 현지인 주인들은 엮여 있는 윗손이 엄청 많아 잘못은 절대 용납이 안 되니까, 우리 같은 힘없는 이방인의 아픈 곳을 이용해서는 그렇게 뱃속을 채웠으니 말이다. 소를 잡기 전날, 그것도 밤에 몰래 구입해서 싣고 가면서 죄의식이란 걸 가지기나 했을까.

바보처럼 당했던 일들을 글로 남기고 있는 지금의 나, 무슨 자랑이라고 이렇게 적고 있을까 그런 생각을 하면서도 남기고 있다. 숱한 속임수, 아직 다 풀지 않았다. 정말 혀를 내두를 만큼 더 큰 일도 당했었고 그냥 모른 척해야 했던 일까지, 기다리고 있는 사연들을 다 풀어놓을 것이다.

나는 지금 내 나라에서의 삶이 아닌 남의 나라에서의 삶을 적어 내려가고 있다. 기댈 곳 없는 이방인의 삶을. 그 이유는 앞으로 시간이 더 지날수록 지금보다 훨씬 더 많을 내 나라 사람들의 외국 살이가 있을 텐데, 조금이라도 보탬이 될 수 있다면 하는 바람이 있기에 바보스러웠던 지난 시간을 담담히 적어 내려가고 있는 것이다.

숱한 속임수에 찢어지고 꿰매고, 또 찢어지고 다시 꿰매어 성한 곳이 없는 지난 삶이지만 더불어 붙이고 싶은 한 가지는 지금이 어렵다고 앞으로도 어려울 것이라며 힘들어하는 사람 중 단한 분이라도 내 글을 만나 조금의 도움이라도 되었으면 하는 마음이다. 죽지 못해 살았던 시간이었지만 잠시 멈추고 돌아보니, 험한 길을 만나지 않았던 사람들보다는 좀 더 억척스러워졌고 단단해졌으며 웬만한 시련엔 쉽게 흔들리지 않고 잠시 쉬어가는 법도 익혔던 것은 확실하다.

한때는 이렇게 험한 고통만 안겨주는 이유가 도대체 뭐냐고, 어쩜 이렇게까지 몰고 가냐고, 차라리 날 죽여달라고까지 외쳤다. 억울함에 미련이 남고 가슴이 찢어지는 듯해서 하늘을 원망하기도 했고 가슴을 치며 통곡을 하기도 했지만, 살아보니 또 살아지더라. 다시 말하지만 삶에는 답이 없더라.

그냥 부딪히고 상처 나면 약 바르고, 서 있을 힘이 없으면 잠깐 앉아도 된다. 여기까지 살아오면서 얻은 것은 이 세상에 오면서 자신의 앞으로의 길을 가지고 태어나는 것 같다. 다만 내가 모를 뿐이지, 분명히 풀어야 하는 숙제가 한가득인 보따리를 메고 와서 열어놓고는 한 가지씩 덜어내어 답을 만들어가며 걷고 있는 것이다. 걷다가 어두운 터널도 만나고, 그렇게 걷다 보니 터널 끝에 닿아 빛도 만나 반가워서 잠깐 쉬며 하늘을 올려다보았더니 살아갈 수 있는 에너지도 충전받게 되어 또 걷고….

양계장 창고의 낯선 불빛과 무너진 신뢰

발품 팔아 심어보았던 첫해의 목화 농사가 그런대로 수익을 안겨주어 나름 뿌듯한 마음에 이듬해 다시 도전을 결심했다. 수확이 시작되자 날씨가 도와주지 않을까 염려되어 나름 분주히 움직였다. 밭이 한곳에 모여 있지 않고 여기저기 흩어져 있었는데, 도로와 가까운 목화밭은 목화를 저장하는 창고와 제법 거리가 멀었다. 마침 도로 인근에 양계하던 분이 쓰던 창고가 사용 가능하기에 그곳에 목화를 모았다가 트랙터로 한꺼번에 실어 오기로 했다. 수확기에 비라도 내리면 모든 일이 번거로워지니, 햇볕이 날 때 일 분이라도 아껴 일손을 늘려 수확하는 것이 효율적이라 판단했다. 그렇게 양계장 창고를 열어 수확한 목화를 집 근처 본 창고로 옮기기 전까지 임시로 보관했다. 오랫동안 함께 일해온 일꾼들이라 정말이지 믿었다. 열심히 일해주는 모습이 눈에 보여 그들에게 많이 의존했던 것도 사실이다.

그렇게 모아 한꺼번에 실어 오는 과정에 허점이 있을 것이라고는 꿈에도 생각지 못했다. 오랜 세월 함께한 일꾼들이라 내 가족처럼 여겼고 늘 고마운 마음뿐이었다. 임금을 지불할 때도 남는 장사인지 아닌지 따져보기보다 돈을 더 얹어주곤 했는데, 진짜 세상에 믿을 사람 하나 없더라. 내 마음 편하자고 베푼 친절이었다. 그들이 착실하다고 느꼈고 오랜 시간 우리를 도와왔기에 집안 사정도 훤히 꿰뚫고 있어, 내가 말하기 전에 손발을 척척 맞춰

주는 모습에 어찌 의심을 할 수 있었겠는가.

이곳은 내 나라도 아니고, 지금이야 많이 달라졌지만 당시만 해도 '꼬레아노'를 좋게 보아주기나 했는가. 무슨 일이 생기면 항상 손해를 봐야 하는 위치였고, 당시 내 나라는 뒷받침이 든든한 강대국도 아니었기에 더더욱 한발 물러선 자세로 살아야 했던 우리였다. 그런 상황에서 열심히 일해주는 그 아이들이 그저 고마웠을 뿐이다. 그것이 지나고 나서는 참 미친 짓 많이 했다며 자책하는 후회로 바뀌었지만 말이다.

일을 시킬 때는 정말 이곳 현지인들처럼 해야 했다. 부리는 만큼 돈을 주고 그 뒤는 없는 것으로 해야 뒷탈도 없고 서운한 일도 생기지 않는 법인데, 베풀면 따라올 것이라 믿고 마음을 열었던 게 실수였다. 나의 친절이 그들에게는 수월한 사람, 혹은 '멍청한 여자'로 보였나 보다. 목화 수확 때는 행여 비라도 올까 봐 버릇처럼 하늘을 올려다보며 내일을 부탁하곤 했다.

그날도 어김없이 하늘에 내일을 부탁하고 별들과 이야기를 나누고 싶어 밖으로 나왔다. 그런데 무심코 바라본 건너편 양계장에서 보이지 않던 불빛을 발견했다. 혼잣말로 '사람이 살지 않는 곳인데 웬 불빛이…?' 하고 생각했으나 이내 지나가는 생각처럼 잊어버렸다. 1차 수확이 끝날 때까지 몇 차례 마주했던 그 불빛. 그러다 불빛이 보이지 않으면 '오늘은 불빛이 없네' 하며 대수롭지 않게 넘겨버렸다. 그곳에도 자신들만 챙기는, 결코 믿어서는 안 될 함정이 도사리고 있었다.

홀가분한 해방감 뒤로 찾아온 뽕나무의 경고

다음 해 목화 농사도 결실은 만족스러웠다. 부지런을 떨어 1차 수확은 끝냈는데, 2차 수확을 위한 잠시의 기다림은 하염없이 내리는 비로 인해 접어야 했다. 이곳에선 그렇게 긴 시간, 그렇게 끝도 없이 비가 내리는 경우는 정말 없었다. 잠깐 혹은 몇 시간 쏟아붓고는 끝나는데 이번은 이변이었다. 하염없이 추적거리는데 목화나무는 보름 넘게 햇볕을 볼 수 없었으니 축 늘어졌고, 영글던 목화 또한 너무 많은 수분을 견디지 못하고 모두 썩어버리고 말았다. 결국 한 번의 수확으로 그해의 농사는 끝을 맺어야 했다. 하지만 가벼움을 가져다주는 일도 있었다.

항상 짓누르고 있었던 상환금은 정말 무거운 빚이었는데, 그 돈을 갚아야 한다는 일념으로 참 열심히 살았던 것 같다. 정말 많은 일들을 겪으면서 전신은 성한 곳을 찾아보기 힘든 멍투성이였지만, 포기하지 않고 도전했던 덕분인지 대한민국에 진 빚은 다 갚을 수 있었다. 남편이 그렇게 원했던 우리 땅이 된 것이다. 빚에서 벗어났다는 그 홀가분함은 짊어지고 있었던 돌덩이를 내려놓은 듯했다.

즈음해서부터 한국에서 남미 쪽으로 사업 확장 혹은 원자재 수입을 원하는 사람들의 대사관을 통한 문의도 시작되었고, 개인적인 인연으로 만나게 된 사람들도 있었다. 남미는 땅도 넓었고 노동력도 많았고 인건비도 저렴한 데다 원하는 만큼의 모든 조건도

대체로 양호한 편이었으니, 진출을 원하는 사람들에겐 기회의 땅이기도 했다. 그렇게 해서 다시 도전하게 된 사업은 대사관을 통해 실크 사업을 하는 분을 알게 된 것이었다. 그분은 뽕나무를 심어서 누에를 키우겠다고 했고, 실크의 원자재인 누에고치를 수입하면 플러스가 훨씬 많을 것 같다는 사업 계획을 이야기했다. 대사관의 적극 추천과 함께 또 맞아떨어진 남편의 전공까지, 시작의 삼박자는 훌륭했다. 남편은 농대 잠사학과 출신이었기 때문이다. 모든 게 정말 잘 맞아떨어진 것 같지 않은가?

정말 큰 비극의 시작의 신호탄은 성공을 금방 불러올 것 같은 희망으로 가득했던 것이다. 다른 농사는 모두 접고 뽕나무를 심기로 결정을 하고 생각해 보니 정말 잘한 선택 같았다. 이것저것 벌여 속 썩이지 말고 목축과 실크의 원자재 누에를 키우는 것만으로도 앞길은 평탄할 것 같다는 생각이 들어, 그동안 수고한 나를 다독여주며 '고생했어'라는 말을 나에게 전하기도 했다.

일꾼들에게 이제 다른 작물은 모두 그만두고 뽕나무를 심겠다고 했더니, 일꾼 모두의 첫마디는 **"No Señora"** 그리고 "절대로 심지 마라"였다. 그동안 공들였던 모든 게 무너질 수 있다면서 "다시 한번 더 생각해 보라"며 제발이라는 말까지 하는 것이었다. 이곳 토질은 구태여 정성 들여서 심지 않고 가지를 꺾어서 그냥 툭 던져놓기만 해도 뿌리를 내리고 너무나 잘 자란다면서, 만약 실패를 한다면 밭을 다 망쳐 앞으론 다른 작물을 영영 심을 수 없게 된다는 것이었다. 그러면서 또 얼마나 잘 자라는지 뽕나무가 자리를 잡게 되면 그 밭은 기계를 동원하는 개간이 아니면 절대로 뽑아낼 수 없는 아주 흉측한 괴물 같은 나무라며 두고 보라더니, 우리에게 "너희가 파라과이를 얼마나 안다고 이렇게 겁이 없냐"며 화를 내기까지 했다. 제발 부탁이니 한 번만 더 생각하라는 말을 전하고는 가버렸다. 나도 은근히 화가 났다. 일꾼들의 충고는 귀에 들어오지도 않았고, 우리의 탄탄대로를 막는다는 생각만 들어서 서운하기까지 하더라니까.

뽕나무 숲에 드리운 그늘과 케세라세라의 나날들

결국 뽕나무는 심어졌으며 일꾼들 말처럼 단 한 곳에서도 잘못되는 것 없이 무섭게 자라났다. 일꾼들은 일을 하면서도 나에게 일침을 놓았다. "너가 시키는 일이니까 심기는 하겠는데 너 언젠가는 적극적으로 말렸던 우리 생각하며 후회하게 될 거야"라는 말까지 남기더라.

한국의 사장님은 얼마 지나지 않아 기술자 두 사람을 보내왔고, 우리 식구들과의 동거가 시작되었다. 어쩌다 보니 뒷바라지는 나의 몫이 되어 있었다. 재이주한 사람들의 비어 있는 집에서 생활했기에 거처는 해결되었으나, 삼시세끼 식사는 내 담당이었다. 한국에서 장기간 파견 온 사람들이라면 스스로 해결해야 함이 마땅한데, 남편에게 물어볼 수도 없었다. 원래 말을 아끼는 사람이기도 했지만, 무언가 물으려 하면 "여자가 왜 내가 하는 일을 알려고 하냐”는 답이 돌아왔다. 주어진 대로 군소리 없이 해야 하는 게 나의 일이라 생각하고 받아들여야 했던 그 시절의 구닥다리 아줌마였으니 말이다.

누에 사업 역시 한국 사장님이 다녀가신 후에야 내용을 알았다. 이야기를 듣고는 ‘이젠 정말 뭔가 되는구나’라며 나름 좋아했던 것도 사실이다. 사실 나는 결혼 전 아버지가 운영하던 여러 사업체를 도우며 나름의 안목이 있었으나, “여자가 어딜 감히”라는 남편의 무조건적인 거부 앞에 엮이고 싶지 않았던 마음도 컸다. 식사 담당은 온전히 내 몫이었고, 끼니때마다 그들은 조금의 미안함도 없이 당연하게 생각했으며 원하는 맛까지 요구했다. 식비에 대한 말은 아예 지워버린 듯 없었다. 두 사람의 월급은 한국의 가족들이 받았으나, 정작 그들의 식비는 내가 부담해야 하는 어처구니없는 상황이었다.

장기 파견 출장임에도 나는 한마디 내뱉지 않았다. 그렇다면 일하는 시늉이라도 해야 하거늘, 잠사학과 출신과 경험 기술자가 뭉쳤음에도 머리를 맞댈 생각은커녕 매일 한다는 소리는 공기 맑고 자연 천지인 파라과이가 너무 좋다는 말뿐이었다. 마치 휴양지에 온 사람들 같았다. 해도 너무하다는 생각은 했으나 내가 직접 주인도 아닌데 어떻게 감 놓아라 배 놓아라 하겠는가. 눈치 볼 사람 없으니 그저 편안한 마음으로 자연을 즐기며 하루를 메워가는 듯했다.

사업이란 튼튼한 바탕과 치밀하고 세밀한 계획, 협력자의 희생이 보태진 출발이어도 초창기엔 일어서기 힘든 법이다. 지팡이든 도우미든 잡고 일어서야 겨우 걸음을 뗄 수 있는데, 두 사람은 완전 '케세라세라'였다. 사업을 계획한 사장님의 열정은 대단했으나, 대신 보낸 이들은 무엇 하나 하는 것 없이 어슬렁거리다 밥때만 되면 정말 부지런히 찾아왔다.

뽕나무 숲에 갇힌 희망과 이방인의 애간장

정부 빚을 청산했으니 이제는 탄탄대로가 기다린다고 생각했는데, 오히려 혼란스러워지면서 나의 내일이 두려워지기 시작했다. 이 사업이 잘못되면 작물을 심어 그나마 돈 구경을 할 수 있었던 밭도 못 쓰게 되는데, 일꾼들이 제발 뽕나무는 심지 말라며 말렸던 게 현실이 될까 봐 너무나 두려웠다. 새로운 사업에 기대면서 생판 모르는 두 사람을 떠맡아, 불어나는 뱃살에도 마다않고 불러대는 고기 타령을 만족시켜 주느라 불어난 생활비까지 감당하고 있었다. 그러다 보니 또다시 한숨과 함께 "인복이라고는 지지리도 없는 년, 이놈의 팔자는 어쩜 이렇게도…" 라는 말이 그냥 나왔다. 말이 씨가 된다고 다시는 뱉지 않겠다고 맹세했던 말인데, 눈앞에 보이는 것에 몹시도 불안해서 그만 나도 모르게 뱉어버리고는 후회했다. 그러면서도 마음 깊숙한 곳에선 '제발 이번 사업만은 고난 없는 성공을 달라'며, 나의 그동안을 알지 않느냐고 제발 부탁한다며 두 손을 모아 세상의 모든 신을 다 찾았다.

사업을 벌인 한국의 사장님은 나보다 더 간절했겠지만, 현장을 매일 접하는 나는 애간장이 타들어 갔다. 애들 학비며 월세, 농장 생활비, 일꾼들 임금에 더 보태진 식비까지 끼워 맞추느라 매일이 줄타기였다. 하지만 그동안 몇 번을 다녀가신 사장님에게는 한마디도 하지 않았다. 나의 걱정까지 보태주기는 싫었기에 함구했다.

얼마 되지도 않는 개간된 땅이 쓸모없는 땅으로 변해버린다면, 개간지의 많은 곳을 잃어버린다면 그러면 우리는 어떻게 될까. 이렇게 흐지부지로 마감된다면 하는 갖은 불안한 생각이 현실이 될까 봐 너무 두려웠다. 요즘처럼 모든 시스템이 원하는 시간에 제까닥 도움을 주는 시대도 아니었으니, 한국은 이곳에서 너무나 멀었다. 보따리 싸서 떠나버리면 감감무소식이 되던 그 시절, 모든 불리한 조건은 우리 몫이었다.

대사관의 적극 추천과 최선을 약속하며 열성적이었던 사장님과 우리의 협업으로 시작은 했지만, 이곳에 상주하던 두 사람은 전혀 도움이 되지 않는 사람들이었다. 잘못되지 않기만을 빌었지만 걱정은 현실로 다가오고 있었고, 결국 현실이 되어버렸다. 사장님도 우리가 모르는 나름의 많은 사정이 있었음은 부정하지 않는다. 참 열성적이었고 정말 좋은 사람이었다. 서로 열심히 해보자며 손을 잡았고 믿음도 주었다. 하지만 세상이 어디 그렇게 호락호락한가. 두 사람의 자연 천지 맑은 공기 듬뿍 마시던 조용한 휴양지 생활도 접어야 했다.

다른 사람으로의 교체를 이야기하고 다녀간 후 얼마 지나지 않아 두 사람을 한국으로 불러들였고, 그 후로 소식은 뜸해지기 시작했다. 당시의 시스템은 팩스가 유일한 수단이었고 이곳에서 우리가 아는 건 회사 이름과 전화번호, 성함뿐이었다. 그렇다고 내가 비행기를 타고 한국으로 가겠는가. 당시 이곳에서 한국까지 비행기 삯이 2,400달러였으니 우리에겐 너무나 큰 돈이었다. 만날 수 있다는 보장도 없었고 해결책 역시 불투명한 데다 체류 경비까지 생각하면 막막했다. 보장된 만남의 약속도 없었는데 확실하지도 않은 답을 듣겠다고 내가 한국 나들이를 해서 무엇을 얻겠는가. 그것도 쥔 것 없는 나는 소를 팔아야만 가능한 일이었다.

신뢰를 배신으로 갚은 야반도주와
어느 뻔뻔한 재회

못사는 나라에 사는 사람은 아무렇게나 이용하고 버려도 되는 것인지. 한국에서 이곳에 무언가의 이용 가치가 있겠다고 생각하면 어쩜 그렇게 또 귀신같이 찾아내어 이용하는지 신기하기까지 하다. 또 다른 한 사람의 이야기다. 도와달라는 말에 자신의 현재는 생각지도 않고 아주 친했었다는 친분, 동기의 누구라며 발 벗고 나서는, 아무 의심 없이 받아들이고 무슨 도움이라도 주려고 안부를 물으며 챙겼던 나의 남편. 그의 천생은 무엇이었을까.

이곳에 사는 이민자의 고충 따위는 자신의 사정이 아니라서 그러는지 모르겠지만, 그들은 참으로 씁쓸한 마무리를 하더라. 우리 가족이 처음부터 이곳에서 고생이 기다리고 있을 팔자였는지, 아니면 내 나라를 미련 없이 떠난 벌을 받았는지. 간혹 내 나라에 살았다면 하소연할 곳이라도 있어 마음이라도 풀었을 텐데 라는 소용없는 후회가 자리하기도 했다. 도착하고부터 베베 꼬인 실타 래만 두르고 총알 없는 총으로 전쟁터에 던져진 삶이었지 않은 가.

소문은 무시하지 못할 것이었다. 우리가 깨 농사를 한다는 소식을 접하고는 이곳에서 깨를 모아 한국으로 가져가겠다는 사람을 만났다. 이곳 사정에 둔하다며 도움을 부탁했던 사람은 남편의 고등학교 동기의 동생이었고, 그 동기는 고등학교 때 산악클럽에서도 함께했던 아주 친한 사이였다. 당시 우리의 참깨 농사바람은 사방으로 번져 많은 현지인이 더 많은 참깨 농사를 짓고 있던 때였으니, 조금만 도움을 주면 수월하게 깨를 모을 수 있었다. 남편은 동생을 도와야 한다며 전화 개설까지 자신의 이름으로 해주는 편리를 봐주었다.

그리고는 별소식이 없어 일을 잘하고 있나 보다 생각했는데 어쩜 그럴 수 있는지. 어느 날 이런저런 사정으로 이곳에서 비행기를 탈 수 없어 아르헨티나로 건너가 비행기를 타야 하는데, 현재 가진 돈이 하나도 없다며 아르헨티나로 건너갈 수 있는 버스비까지 더해 도움을 청해왔더란다. 잠깐 의아한 생각이 들었지만 급한 일이 생겼나 보다 하고는 비용을 보태주었고, 그렇게 떠나간 동기의 동생 소식은 끝이었다. 깨는 모아서 한국으로 보내고 있다는 소식은 듣고 있었기에 별스러운 생각 없이 사정이 있었겠지, 정도만 여겼다.

처음 와서 형님만 믿는다는 부탁에 많은 지인에게 동기 동생이라고 잘 좀 돌봐달라며 부탁까지 하며 이 사람 저 사람 엮어주었는데, 그들에게서 많은 도움을 받았으면서도 후유증을 크게 남기고 떠났더라. 그 사연도 남편이 비행기 탈 일이 없어 공항에 나가는 일이 없었다면 영영 몰랐을 것이다. 당시에는 공과금 미납이 죄였다. 공항에서 출국 수속을 받다가 전화 요금 미납 리스트에 남편 이름이 있었던 것이다.

전화 요금 미납, 어떻게 생각하는가? 무언가 있는 것 같아 지인들에게 알아봤더니 그때야 지인들이 이야기를 했다. 이곳에 많은 빚을 남겼고, 그래서 출국 정지를 시켜놨더니 사정을 모르고 있는 남편에게 도움을 청했던 것이다. 남편은 그가 무사히 한국으로 갈 수 있게 아주 야무지게 야반도주를 도와준 꼴이 되었다. 한국 돈으로는 몇 푼 안 되는 돈이었지만 이곳의 생활 수준에서는 적지 않은 돈인 전화 요금까지 남편 몫으로 남겨놓은 것도 모자라, 모두를 속이고 떠났으니 남편은 지인들에게 면목 없는 체면이 되어버렸다.

2년 전쯤 동료 교사에게서 전화가 왔다. "선생님 혹시 무슨 일 있어요?" 묻기에 아무 일도 없는데 왜냐고 했더니, 인터넷 방에서 선생님 가족을 찾는다는 글이 떴는데 이민 시기부터 아주 상세한 정보가 다 올라와 있다며 "한번 들어가 보세요"라고 하더라. 들어가 봤더니 우리 가족의 모든 것이 적혀있었다. 어이가 없어서 일부러 연락을 했었고 이내 연락이 닿아 왜 찾았냐고 물었더니 첫마디가 "돈을 벌게 해주겠다."라면서 식용유 사업 운운하며 재료를 모아서 어쩌고저쩌고 막 늘어놓는 것이었다. 양심이 남아있긴 했는지 지은 죄가 있으니 들어오지는 못하고, 세월이 흘러 잊었을 거라 생각하고는 어리숙한 형의 친구를 이용하려고 찾고 있었던 것이다.

당시 상황을 이야기했더니 신용과 체면은 밥 말아 먹었는지 뭐라고 했을까? "그깟 돈 몇 푼이나 된다고." 였다. 인터넷 방에 왜 그렇게 우리 가족 정보를 상세하게 올렸냐고 물었더니, 아르헨티나에 있는 아는 사람에게 부탁을 했더니 그 사람이 그렇게 올렸다고, 자신은 잘못한 게 없다며 시키는 일이나 하라는 식이었다. 매일 메시지로 일을 시키는 진짜 체면 없는 사람이었다. 너무 열이 받아 전화를 해서 쏟았던 나의 대답은 이러했다.

"나 돈 필요 없어요. 먹고살 돈 있어요. 우리가 사업하겠다고 대답도 안했는데 이것 알아봐라 저것 알아봐라 그렇게 명령하듯 행동해도 돼요? 그것도 손윗사람인데 그리고 우리 가족이 죄짓고 이곳으로 도망 왔어요? 무슨 지명수배자를 찾는 것도 아니고 왜 내 딸내미 이름만으로도 모자라 현재 무슨 일을 하고 있다는 것까지 그렇게 상세하게 밝혀요? 사정을 모르는 사람들이 그 글을 읽고 어떤 생각을 할까는 염두에 두지도 않고… 우리 인연은 여기까지이니 이제 차단합니다.”

그랬더니 마지막 남긴 말이 “참 나 돈 벌게 해주겠다는데도 무슨…” 이었다. 그렇게 끝이 났다.

양계장 창고의 진실과 목석이 되어버린 마음

비밀은 존재할 수 없는 것인가 보다. 단체 생활에서 뭔가가 뒤틀렸던 것은 뱉어야 속이 편해지는 것이었는지, 아니면 베푸는데도 나쁜 짓을 하는 사람이 있으니 그건 아니라고 생각했는지 모르겠다. 내 생각엔 마지막 떠나면서 비워야 편하게 떠날 수 있다고 생각했던 것 같다. 알려주어서 고맙기는 했지만 말이다.

몇 년 동안 많이 의지하고 식구처럼 지내며 일해줬던 일꾼들과도 헤어져야 했다. 보상 없이 너무나 허무하게 끝나버린 누에의 밥 뽕나무 덕분에 농사지을 밭도 거의 없었고, 몸도 마음도 약이 있어야 견뎌지기에 더 이상은 정말 못하겠더라. 그래서 당분간은 휴식이 절대 필요했던 나의 사정을 이야기하고 그동안 함께 해준 고마움에 감사해하며 인연 닿으면 또 만나자는 마무리 인사를 했다. 그런데 한 일꾼이 가지 않고 내 곁에 머물기에 무슨 할 말이 있느냐며 물었더니, 이것은 꼭 이야기해 주고 떠나야 베풀어준 은혜의 보답이 될 것 같다며 얘기해도 되겠냐고 묻는 것이었다.

"이야기하라" 그러고는 귀를 기울였는데 그 일꾼이 전해줬던 말은 누가 목화를 빼돌려 팔아먹었는데 눈치채지 못했냐는 것이었다. 수확한 목화를 건너편 창고에서 모두 싣고 오지 않고 얼마는 빼돌렸다가 팔아먹었으며, 모두가 알고 있으면서도 모른 척했다고 했다. 그제서야 목화 수확 때 사람이 살지도 않는 건너편 양계장의 창고에서 간혹 보였던 불빛이 생각났다. '무슨 불빛이지?' 그러다 잊어버렸는데 다시 더듬게 해준 그 말. 믿었던 일꾼조차도 그렇게 나를 건드렸더라. 헤어지는 마지막 날까지 씁쓸한 마음을 가져야 했던 현실은 정말 쓴 맛이었다. 하지만 '너희는 우리보다 많이 가졌잖아'라는 생각으로만 함께하는 일꾼들의 생각을 우리가 어떻게 뜯어고칠 수가 있겠는가. 그렇게 끝나는 작별도 개운하지 않게 막을 내렸다.

몸이 한계에 다다르니 마음 줄 곳은 동물밖에 없더라. '이젠 목장에만 집중해야지' 그러고는 어미 젖을 그만 먹어도 되는 송아지 몇 마리를 집 근처에 두고 함께하며 돌보기로 하고 데려다 놓았다. 아침에 일어나 밖으로 나오면 풀을 뜯다 말고 나를 발견하고는 반갑다고 껑충껑충 뛰어와서 쓰다듬어달라며 기대고 한쪽 발을 들었다 놓았다 얼굴을 가까이 갖다 대었는데, 그러면 나는 쓰다듬으며 말을 건네기도 했다. 사람에게 많이도 지쳤던 것인지, 세상에 믿을 건 사람이 아니고 말하지 않아도 베풂에 감사할 줄 아는 짐승들인 것 같았다. 곁에 있던 일꾼들이 떠난 농장, 허전하긴 했지만, 머리는 청소가 되는 듯 맑아지고 있었다.

　소들을 자세히 살펴보니 그냥 소라고만 생각했던 나의 생각이 부끄러웠다. 똑같은 줄 알았던 소가 가까이서 바라보니 그들도 사람처럼 각각의 얼굴이 있다는 것도 알게 되었고, 표정을 살피고 읽어가며 이름까지 붙여 불러주며 익혀가는 재미 또한 그동안 지친 나의 몸과 마음 치유에 큰 도움이 되었다. 마음이 어느 정도 안정이 되니 모든 게 새롭게 보이면서 '사는 것 별것 아니네' 라는 생각이 들었다. 처음 도착해서 한숨만 쉬었던 집 같지도 않은 집도 '자는데 뭔 문제 있어?' 그런 생각이 들면서 괜찮아 보였다. 담배를 풀어놓아야 안심하고 자던 버릇도 어디로 가버렸는지 담배를 풀어놓지 않아도 걱정되지 않았고, 비구름이 걷고 있는 나보다 더 빨리 도착해 뽀송뽀송 거의 다 마른 빨래를 다시 적셔놓아도 '그 구름 성질 한번 급하네' 그러면서 다시 헹궈서 널면서도 화가 나지 않았다. 창고문을 열다가 뱀과 두꺼비가 밤새 싸웠는지 엉켜 늘어져 있는 모습이 보여도 '너희들 왜 그러고 있니?' 라며 덤덤하게 넘기고... 무뎌진 것인지 안정이 되어가고 있는 것인지, 약 덕분이었는지 신경을 건드리던 모든 게 사라져버려 그랬었는지는 모르겠다. 좌우지간 그랬다. 나라는 사람, 감정 없는 목석처럼 그렇게 긴 시간을 살아가고 있었다.

야구공만 한 우박과 창고 안의 통곡

난 내가 그렇게 아주 도의 경지로 들어가고 있는 줄 알았는데, 그게 약의 힘으로 잠시 잠자고 있었던 것이었다. 생전 처음 있는 일이 눈앞에서 벌어지니 그 무엇도 그냥 무용지물이더라. 세상에서 제일 강한 것이 모성애의 힘이라더니…

화창했던 날씨에 마음도 편안해 늦둥이 아들을 안고 '넌 커서 뭐가 될 거니?' 혼자서 아기와 눈을 맞추면서 한가하게 시간을 보내고 있었다. 그런데 시커먼 먹구름이 순식간에 덮이더니 갑자기 우박이 쏟아지는데 엄청 당황했다. 이곳에 살면서 처음 본 날씨였다. 두렵더라. 이곳 날씨가 간혹 예측 불가능한 모습을 보여주기에 잠깐일 것이라고 생각했다. 간혹 사방은 햇볕에 바짝 마르고 있는데 우리 집을 중심으로 반경으로만 비가 쏟아지는 경우도 봤었기에 잠깐일 줄 알았다. 그런데 아니더라. 심상치 않았다. 더욱 세게 쏟아지는 우박은 슬레이트 지붕을 뚫고 집 안 이곳저곳으로 쏟아지는데…

슬레이트 지붕, 스티로폼 천장이 뚫어지고 쪼개지고 힘없이 내려앉는데, 정말 이러다 우박이 내 머리 위에 떨어지면 죽을 수도 있겠다는 생각에 막둥이 머리를 수건으로 감싸 내 얼굴로 덮고는 피할 곳을 찾았다. 목욕탕 문틀이 그나마 넓은 듯해 아들 머리만 다치지 않게 내 손으로 덮고는 문틀 아래 서 있었는데, 내 몸은 야구공만 한 우박을 견디며 맞고 있었다. 그렇게 한 시간 가까이 쏟아붓고는 잠잠했다!

 그것도 집이라고 '자는데 뭔 문제 있어?'라며 예쁘게 봐주고 있었는데, 우박이 지나간 집의 처참한 몰골은⋯ 그만 또 화가 치솟았다. 비와 함께 잠깐 더 내렸던 우박은 크기도 위력도 없었기에 밖으로 나와 봤더니 우리가 지은 싸구려 너와(나무) 지붕의 창고는 멀쩡한데, 대한민국 돈으로 지어져 모양만 갖췄던 안식처는 속된 말로 완전 개판이었다. 그만 웃음이 터져 나오더라. 그러면서도 우박의 크기가 궁금해지는 것이었다. 집 주위를 살피다가 발견한 우박, 세상에나!⋯ 내 두 주먹을 보탠 것보다 더 컸다. 진짜 조미료 하나도 치지 않은 사실이다.

 그 우박을 들고는 '나 안 죽었네' 라는 말이 그냥 흘러나왔다니까! 집 안으로 들어와 이곳저곳 살폈더니 성한 것 찾기가 더 힘들 만큼 완전 박살이 나 있었다. 하늘은 뚜껑 열린 집 안을 살피고 있었고 그릇이란 그릇은 거의 다 금이 가 있고 침대며 이불이며 심지어 장롱까지 몽땅 물 먹은 모양새가⋯ 정부 돈으로 우리에게 선물해준 장롱은 틀을 제외한 모든 곳이 얇은 합판으로 적당히 모양이 잡힌 정리함이었다. 그동안 그 장롱을 이용하면서도 그렇게까지 허술한 장롱일 거라는 생각은 안 했었기에, 그 속에 있던 옷가지가 성한 게 있었을까. 그래도 서랍장 속의 옷 몇 가지와 수건은 뽀송뽀송 보물처럼⋯ 건졌다.

 제까닥 아순시온으로 출발했어야 했는데 다른 짓 하며 '세상에나!⋯' 만 내뱉다가 너무 어두워져 내일 새벽에 출발해야겠다 싶었다. 밤 세울 곳을 찾아보니 창고밖에 없더라. 뱀이랑 두꺼비가 사흘이 멀다 하고 엎치락뒤치락하는 공간이었고 뱀들의 쉼터이기도 했지만 밤을 보낼 곳이 없는데 어떻게 하겠는가. 통나무를 잘라 만들어놓은 간이의자에 앉아 애써 진정하려고 나의 침착함을 모두 끌어모았다. 또 터져버리면 그동안 다스려놓은 내가 위험한 상황이 될 수도 있으니까. 통나무 의자에 걸터앉아 청승을 떨고 있는 내 모습과 허술하기 그지없는 그 창고 안에서도 엄마 품이라고 새근새근 자고 있는 아기를 내려다보니까 그만 울음이… 아니 통곡이 터져 나왔다.

무너진 보금자리와
딸들에게 보내는 억척스러운 연가

아순시온에서 며칠을 보내며 집을 고쳐야 농장으로 돌아가든 말든 할 텐데 싶어 이곳저곳을 알아보게 되었다. 기와지붕은 턱도 없는 일이었다. 시멘트가 거의 섞이지 않은 채 벽돌만이 겨우 서로를 의지하며 기대고 있는 상황에 기와를 어떻게 얹겠는가. 기와 무게를 이길 수 없는 그런 집에서, 그래도 집이라고 나를 뉘었고 아이들을 키웠다니. 하도 기가 막혀 견적을 내는 분에게 "이렇게 짓는데 돈은 얼마나 들어갔을까요?" 하고 물었다가, 돌아온 답에 억장이 무너져 할 말을 잃었다. 판자촌의 대충 지은 집도 이렇게 위험하진 않을 거라며, 차라리 나무집이 더 안심할 수 있는 집이니 조심하라는 당부까지 들어야 했다.

어쩌겠는가. 그래도 나의 보금자리인데 찾아 들어가야지. 별수 없이 시멘트를 잔뜩 섞어 벽을 재보수했지만, 기와는 꿈도 꿀 수 없어 다시 슬레이트를 겹으로 얹어 보수했다. 기가 막힐 노릇이었다. 찜통 같은 더운 나라에서 그나마 스티로폼 천장이 열기를 막아주어 버렸던 집. 다시 남편이 원망스러워지며 쳐다보는 것조차 싫어졌다. '너 때문이야!'를 되뇌다 가슴을 치며 '아이구 내 팔자야'만 내뱉으며 삭혔다.

하지만 내 아이들, 오직 내 아이들 때문이었다. 이곳을 고향처럼 생각하고 단단하게 뿌리를 내리고 있는 아이들을 흔들고 싶지는 않았다. 나 하나 희생하면 우리 아이들은 날개를 펴고 세상 어디로든 날 수 있다는 생각만으로 살겠다며 희생하고 또 희생했다. 나 하나 희생하는 마음만 열심히 심었다.

살 만큼 살은 나이가 되어 요즘 친구들을 보면 부러운 마음이 가득하다. 그 옛날 며느리들의 설움, '남자는 하늘 여자는 땅'이라며 말 한마디 제대로 뱉지 못하고 속으로만 삭혀야 했던 시절. 아무리 고되고 서러워도 '출가외인'이라는 말도 안 되는 딱지를 이마에 붙여놓고는, 죽어도 시집 귀신이라며 썩어 문드러지는 마음조차 열지 못하고 살았던 '벙어리 3년, 귀머거리 3년'의 세월. 사람 취급조차 못 받았으며 서방은 무슨 짓을 하든 괜찮았고, 하는 짓이 못마땅해 한마디라도 뱉으려고 하면 "어디 감히 하늘 같은 서방에게"라며 먼저 질러댔다. 아들 못 낳는 것도 여자 탓이라며 온갖 설움을 안겨주다 그것도 모자라면 내쫓기까지 했으니, 그것이 말이 되는 소리인가.

그걸 받아들이며 산다고 쌓인 화는 몽땅 병으로 남아 평생 달고 살면서도 입을 다물어야 했다. 요즘 친구들이 할 말 당당하게 하며 잘잘못 가리고, 사유가 되면 이혼도 흠이 안 되는 세상이 너무나 부럽다. 예전에도 그럴 수 있었다면 난 나 홀로 서기를 했을 것이다. 대를 이어야 하니 어쩌니 하면서 손자가 아닌 손녀가 태어나면 그 아이들까지 눈치밥을 먹어야 했던 참 어이없는 그 옛날의 썩어 빠진 관습이라니.

딸이 더 좋은 요즘, 딸들은 참 좋은 시절에 태어난 것이다. 옛날 딸들의 설움까지 보태서 더 당당하고 행복하게 살아야 한다. 파이팅!!!

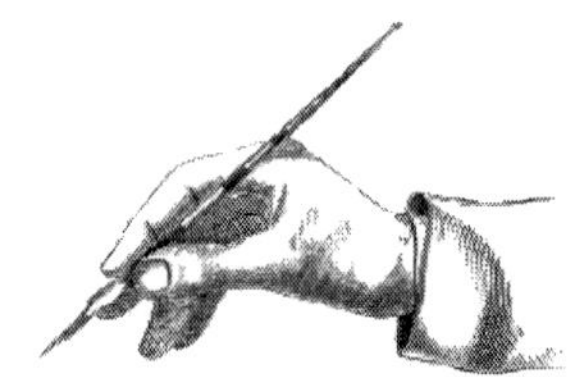

5부

십 년 만의 귀향과 아버지의 사랑

일곱 살 딸아이의 당찬 일침과 10년 만의 용서

막둥이가 다섯 살쯤 되었을 때, 친정 부친께서 손자가 보고 싶다며 한번 다녀가면 안 되겠냐고 하셨다. 딸딸딸이 엄마라고, 아들 못 낳았다고 만나기만 하면 내 죄인 양 상처 되는 말만 하셔서 많이 속상했는데, 손자가 너무 보고 싶으니 꼭 다녀가라며 비행기 삯이 없어서 못 나오면 빌려서라도 나오라고, 그러면 돈을 주겠다며 그것이 아버지 소원이라고 하셨다.

이민을 준비할 때 하셨던 말씀이 생각나더라. '가고 싶다는 사람만 가라고 그래. 너랑 아이들은 이곳에 남아있어. 내가 공부도 시키고 먹여 살릴게' 그때 난 아버지 말씀을 들었어야 했는데…. 어처구니없게도 아주 당당하게 부러지는 목소리로, 무슨 새로운 세상이 날 반길 것이라고, 무슨 용기로, 난 이민 갈 것이라고 아들 타령도 듣기 싫고 새로운 도전도 해보고 싶다며 아버지 가슴에 상처를 안겼었다. 이민 오고 10년, 아버지께선 드디어 딸년을 용서하신 것이었다. 그사이 단 한 번도 연락이 닿지 않았었는데…. 불현듯 옛날 생각이 떠올랐다. 혼자서 기억 속의 아버지와 나의 큰딸과의 그때 대화가 생각나며 내 딸 정말 버릴 것 하나 없는 똑똑이라는 걸 다시 새겼다. 한번 이야기해 보겠다.

이민 오기 전 명절날 딸내미 셋을 데리고 친정에 갔을 때였다. 오랜만에 만난 식구들과 한참 동안 그동안의 이야기를 나누느라 옆에 딸이 없어진 것도 몰랐다. 아버지랑 큰아이가 안 보이기에 혹시나 하고 안방에 가보니, 아버지의 차분한 목소리와 딸의 화난 목소리가 들리는 것이었다. 버릇없이 행동하고 있는 것 같아서 쬐끔은 죄송한 마음이 들어 조용히 문을 열고 들여다봤더니, 글쎄 큰아이는 부친 곁에 바싹 붙어 마주 앉아 검지 손가락을 자신의 외할아버지 턱 밑에 갖다 대고는 이렇게 말하고 있었다.

"딸만 낳았다고 엄마보고 뭐라 그러지 마세요. 할아버지도 딸 셋 낳았잖아요. 그러니까 할아버지를 똑 닮은 엄마도 딸 셋을 낳았지. 그게 엄마 죄예요? 네? 딸을 낳으면 안 되는 이유를 말해보세요. 딸은 사람 아니에요? 할아버지도 그러다가 아들 낳았으면서 왜 큰소리에요?"

너무 황당해서 딸을 부르려고 하니 부친이 나를 보고 입에 손가락을 갖다 대며 조용히 하고 가라는 신호를 보내시더라. 돌아서려는데 큰아이가 남긴 말은 정말 쇼크였다.

'할아버지, 내가 묻는 말에 꼭 대답해야 해요. 알았어요?' 아버지 말씀은 '그래 해봐!'였다. 그러니까 아이가 '할아버지 엄마는 딸 아니에요? 딸이었으니까 할아버지를 낳았잖아요. 아니에요? 여자 없으면 남자가 있어요? 아들 아들 그러지 마요. 말도 안 되는 소리로 사람 신경질 나게… 한번만 더 그런 소리 하면…'

그때 나의 첫아이, 겨우 일곱 살이었다. 어떻게 생각하는가? 일곱 살의 머리에서, 아마도 만날 때마다 편하지 않아 많이 쌓였던 모양이다. 어릴 때부터 좀 특이한 아이였다. 두 살 때 혼자 TV 어린이 프로그램을 보면서 한글을 익힌 아이다. 정말 단 한 글자도 내가 직접 가르치지 않았다.

일곱 살 딸의 당돌한 일침과
십 년 만의 설레는 귀국길

아버지는 아무 말씀도 못 하시고 손녀를 내려다보고 계시더니 "할아버지가 큰 잘못을 했네. 그래 너 말이 맞아. 할아버지가 잘못했다 이제 다시는 그런 소리 안 할게."라고 말씀하셨다. 그러자 딸내미는 더욱 기세등등하여 "내가 묻는 말에 대답도 못 하면서 앞으로 말조심해요. 알았어요?"라고 받아쳤다. 나는 아버지와 딸의 신경전이 끝난 듯하여 식구들이 있는 곳으로 와 딸의 당돌했던 말과 행동을 전하고 있었다. 얼마 후 아버지는 손녀의 손을 잡고 나타나 첫마디를 떼셨다. "ㅇㅇ야, ㅇㅇ이 앞으로 변호사 시켜라. 내 말에 한마디도 안 지더라."

모여있던 모두가 "졌다, 졌어."라며 혀를 내둘렀다. 거기서 끝났으면 좋았으려만, 딸은 허리에 손까지 올리고 나를 한 번 쳐다보더니 쐐기를 박았다. "엄마 보고 또 그러면 아주 그냥... 나한테 이기지도 못하면서. 할아버지 앞으로 조심해요 알았어요?" 친가며 외가며 만나기만 하면 가슴 아픈 소리를 들으니, 나의 큰아이가 단단히 벼르고 있었던 모양이다. 외가였기에 망정이지 친가에서 그랬다면 아이를 버릇없이 키웠다며 어미인 나에게 화살이 쏟아졌을 터다. 딸이 외할아버지를 목표물 삼아 내 스트레스를 풀어주는 모습에, 짐짓 꾸짖으면서도 속으로는 얼마나 시원했는지 모른다.

그러셨던 아버지가 손자가 보고 싶으니 다녀가라 하셨을 때는 분명 생각이 많으셨을 것이다. 손자를 낳았다는 소식에 친히 작명가에게서 이름까지 받아 보내주셨던 아버지. 그러면서도 끝내 나를 용서하지 않으셨는데, 아들이 무엇인지 혹은 손자가 핑계였는지 알 수 없었다. 얼마나 가고 싶었고 그리웠던가. 꿈만 같은 10년 만의 외출이었다. 아들과 함께 그리운 가족을 만나러 비행기를 탄다는 설렘에 얼음물을 끼얹는 사람도 있었다.

차마 밝힐 수 없고 죽을 때까지 입 밖으로 꺼내고 싶지 않은, 지금도 생각하면 가슴이 미어지는 한 사람이 있었다. 10년 동안 생사조차 관심 없던 그는 갑자기 연락해 자신의 사정을 들먹이며 한국 나들이를 조금만 미뤄달라 청했다. 눈앞에 띄지 않겠다고, 아는 척도 않고 해를 끼치는 일은 없을 거라고, 난 한다면 하는 사람이니 믿어보라고 부탁했다. 10년 만의 외출인데 무엇인들 못 하겠는가. 나 하나 숙여 모두가 편하다면, 어차피 사람 취급도 못 받았는데 못 숙일 게 무엇인가. 우여곡절을 겪었지만 결국 비행기를 타게 되었다. 아버지가 그토록 원하던 손자와의 첫 만남을 앞두고, 나는 참으로 설레고 또 설레었다.

십 년 만의 귀국과 아버지의 엇갈린 통곡

　당시 이곳 파라과이에서는 브라질 아니면 아르헨티나를 경유해야 했기에, 아마도 남미에서도 다른 나라들보다 이곳이 제일 긴 비행시간이었을 것이다. 그래서 농담 같은 진담도 있었다. 공항에서 제일 피곤해 보이고, 제일 지쳐 있으며, 제일 촌스런 사람은 '파라과이에서 온 사람'이라는 이야기 말이다. 경유에 경유를 거듭해도 피곤한 줄을 몰랐다. 모든 게 꿈만 같았고 그리운 사람을 만난다는 설렘에 그동안 이곳 살이의 고단함은 하나도 기억나지 않았다. 그저 설레기만 했다. 그리던 공항에 도착하니 완전히 다른 세계가 펼쳐졌고, 나랑 닮은 얼굴들을 마주하자 그냥 웃음과 함께 눈물만 쏟아졌다.

　서울에서 부산으로 향하며 만남이 가까워질수록 오히려 두려움이 앞섰다. 그렇게도 그리웠던 나의 나라였지만, 십 년이라는 세월에 너무나 변해버린 나의 모습을 보고 가슴 아파할 가족의 얼굴이 그려지니 '괜히 왔나?'라는 생각이 들어 아들과 나의 매무새를 이리저리 만지며 다듬기도 했다. 그 십 년이라는 시간 동안 한국은 참 많이도 변해 있었다. 드디어 도착한 부산, 공항에는 부친께서 보낸 차가 나를 기다리고 있었다. 차에 오르려는데 부친의 얼굴이 잠깐 스치며 두려움이 몰려왔다. 나름 마음의 준비를 했다고 생각했는데 그것은 그저 생각뿐이었나 보다. 새로운 풍경을 마주한 아들은 모든 게 신기한지 계속 쫑알거렸다. "엄마, 이 차 크다요. 참좋다요. 여기 한국사람많다요” 하며 아들은 그저 싱글벙글이었다.

갖은 생각으로 정신없이 헤매다 보니 어느덧 친정집 앞이었다. 현관 앞에서 나와 아들을 기다리고 계셨던 나의 아버지. 아버지는 나를 보자마자 욕을 쏟아내셨다. “ㅇㅇ새끼, 내딸을… ㅇ새끼!” 그러시고는 돌아서더니 그대로 안방으로 들어가 버리셨다. 뭐라 뭐라 그러시며 안방 문을 집이 부숴져라 ‘쾅’ 하고 닫으시는 것이었다. 지독스럽게도 아버지 속을 썩였던, 청개구리 짓만 골라 했던 딸이었지만 십 년 만의 만남인데 왜 반갑지 않으셨겠는가. 하지만 나의 모습이 얼마나 초라했고 얼마나 억장이 무너졌으면 손도 한 번 잡아주지 않고 그러셨겠는가. 백번 이해하면서도 눈물만 쏟아지는데, 그렇게 부녀의 상봉은 상처만 남겼다. 그 모습을 지켜보고 있었던 나의 아들은 많이 놀랐던 모양이다. 나의 손을 더욱 꽉 잡으면서 말했다. “엄마, 저 할아버지 너무 무섭다요. 우리 그냥 우리집에 가자요. 여기 싫어요.”

긴 여정에 시달린 몸은 쓰러질 것 같았고 마음은 찢어질 듯 아팠지만, 내가 선택한 나의 잘못이니 감수해야지 어쩌겠는가. 도우미 이모의 부축을 받아 겨우 정신을 차리고 방으로 들어갔으나, 세상의 모든 것을 잃은 듯한 마음에 아무 생각도 들지 않았다. 하지만 아버지의 속상함은 또 얼마나 컸겠는가. 아버지가 추스러질 때까지 기다려야 했다. 나름 한국 간다고 옷도 신발도 아

들과 깔맞춤으로 새것을 구입해 입고 갔지만, 이곳에서의 고단한
세월이 어찌 숨겨지겠는가. 결혼 전에는 부산 제일의 멋쟁이였고
부산의 유행은 내가 만든다 할 정도로 부친의 덕택에 감각을 뽐
내며 맘껏 누리고 살았었는데, 바뀌어도 너무 바뀐 딸의 모습. 새
까맣게 그을린 얼굴에 비쩍 말라 뼈만 앙상했던 볼품없는 모습에
다 장시간의 비행으로 제대로 먹지도 못했으니 오죽했을까. 아버
지께서도 어느 정도는 짐작하셨겠지만, 이 정도까지일 줄은 상상
조차 하지 못하셨을 것이다.

십 년 만의 귀국과 아버지의 투박한 사랑

고생을 온몸에다 덕지덕지 붙이고 그것을 숨기겠다고 그 위에
다 화장을 하여 눈가림을 한들, 아버지가 그것을 눈치채지 못하
셨겠는가. 아닌 척하는 것이 통하지 않았던 것이다. 어떻게 해야
할지 그저 까마득하기만 했다. 그렇게 원하던 손자를 보여주려고
꿈에 부풀어 그 먼 거리를 날아왔는데….

나의 아버지, 그 옛날의 직업 탓인지 성격 탓인지 워낙 속내를
드러내지 않는 분이라 옛날부터 항상 거리를 두고 아버지 앞에
섰다. 세월이 한참 지났으니 얼마큼은 다가갈 수 있을 줄 알았으
나 역시나 아니었다. 그러니 지금의 상황은 더욱… 어떻게 해야
조금이라도 마음을 풀어드릴 수 있을지 생각할수록 더더욱 깜깜
하기만 했다. 공항에 내려 "한국 사람 많다요. 참 좋다요"만 반복

하던 아들을 쳐다보니 또 서러움이 몰려왔다.

그렇게 한 시간쯤 지났을까, 나름의 마음 정리가 되셨는지 아버지가 내가 있는 방으로 오셨다. 나에겐 눈길도 주지 않고 아들의 손을 꼬옥 잡으시더니 말씀하셨다. "내가 외할아버지야, 너 이름이 ㅇㅇ이지? 할아버지가 너에게 선물한 이름이야. 잘생겼네 이리온 할아버지가 한번 안아보자." 그렇게 말하는 아버지를 힐끗 쳐다보니 아버지의 눈은 충혈되어 퉁퉁 부어 있었다. 얼마나 가슴이 미어지던지…. 애써 외면하며 아들에게 "할아버지에게 인사해야지" 했더니, 나의 아들은 일어서서 고개를 꾸벅하며 인사했다. "안녕하세요 할아버지, 내가 ㅇㅇ이에요."

그러고는 아버지를 한참 쳐다보더니 아들이 한마디를 덧붙였다. "엄마하고 나하고 30밤 자고갈거에요. 그러니까 30밤만 화내지마세요." 그 모습에 나의 아버지는 아무 말씀도 않고 쳐다보기만 하셨다. 나의 아들은 어색한 분위기를 눈치챘는지 나를 슬쩍 쳐다보더니 할아버지 손을 잡고 밖으로 나가자고 재촉했다. 아버지는 정원 가꾸기를 좋아해 틈만 나면 많은 시간을 정원에서 보내셨다. 집도 넓었지만 깔끔하게 정돈된 넓디넓은 정원은 방문하는 사람들 모두가 탄성을 쏟아낼 만큼 정성이 가득했다. 할아버지와 손자는 손을 잡고 정원을 거닐며 무슨 이야기를 나누는지 한참을 그렇게 계셨다.

그렇게 하루를 보냈지만 아버지 마음속의 불은 꺼지지 않았던 모양이다. 다음 날 아침, 화살은 죄 없는 동생에게로 향했다. 아침부터 전화를 해서는 "오늘 니 언니 데리고나가 당장 옷부터 사 입혀라." 하시는 것이었다. 내가 사는 나라는 너무 더워서 좋은 옷이 필요 없다고, 매일 빨아 입을 수 있는 면티와 청바지만 있으면 된다고 몇 번을 얘기해도 통하지 않았다. 정말이다. 내가 사는 곳은 옷에 대한 편견이 전혀 없다. 편하고 깨끗하면 그만인, 그것 하나만은 참 편한 나라다. 하지만 아버지는 한국에서는 통하지 않는 나의 복장이 그저 쓰레기 같으셨나 보다. '저런 옷을 입고 살아야 하는 불쌍한 내 딸…' 이라는 생각만 하셨던 것 같다. 내가 자꾸만 좋은 옷 필요 없다는 말만 되풀이하니 아버지는 말씀하셨다. "너 그 복장으로나가서 택시 한번 잡아봐, 택시기사도 널 외면해, 택시도 안태워줘."

　현재 머무는 곳은 파라과이가 아니니 어쩔 수 없었다. 한국에 머무는 동안은 갖춰 입어야 했다. 그런데 동생과의 나들이에서 정말 놀랐다. 와!… 진짜 옷값이 너무나 비쌌다. 나는 시장 옷에 더 정이 가는데, 시장에서 여러 벌을 골라도 지금 고르고 있는 한 벌 값보다 훨씬 저렴할 것 같다는 생각이 들면서도 고급스러운 옷을 만나니 입은 웃고 있었다. 좋긴 좋았나 보다. 그 옛날 겁도 없이 꾸미고 다녔던, 겉만 사치스러웠던 시간이 떠오르기도 했다.

　그러면서도 한편으로는 이런 생각이 들었다. '이 옷 가지고 가서 어디서 입을 거야? 내가 누굴 만난다고? 어디 외출을 한다고?

걸어놓고 매일 쳐다보며 아버지가 사준 옷이라며 만져만 봐?' 십 년은 나를 참 많이 바꿔놓았다. 좋은 일인지, 아니면 없이 사는 나를 애써 보호하려고 스스로를 치켜세운 것인지 모르겠으나, 좌우간 십 년의 세월은 나를 실용성 있는 아줌마로 만들어놓았다.

바다 없는 나라에서 찾아온 자갈치 시장의 추억

십 년 만에 만난 내 나라, 뭔가 생소한 것 같으면서도 익숙했다. '그래 맞아, 내가 그때는 여기에서 그랬지' 하며 추억을 끄집어내기도 하면서 즐겼다. 바다 내음도 덤으로 얹어주는 부산만의 살아 숨 쉬는 듯한 독독한 그 무엇. 이 순간이 지나가지 말고 그대로 멈춰 내 곁을 지켜줬으면 얼마나 좋을까라는 생각이 들게 하는 숱한 눈 호강거리들을 보며, 떠났다가 돌아와 보니 눈에 띄는 모든 것이 이렇게 좋은데 무슨 마음으로 그 감사함을 망각하고 헛된 꿈을 쫓았을까 생각했다. 지워버릴 수만 있다면 그 시간만 지워서 빼버리고 다시 예전의 내가 되어 시작하고 싶다는 마음도 들었다. 되돌릴 수 없는 짓거리를 해놓고는 말도 안 되는 생각을 끌고 온 것은 나에게 미안한 내 마음이었다고 얘기해야겠다.

아들과 함께 버스를 타고 어디든 가보고 싶다는 생각을 하다 떠올린 곳은 자갈치시장이었다. 그 옛날 자갈치시장은 시장 건물이 있긴 했지만 거의 바다를 끼고 있는 작은 상점들이 죽 늘어서 있었다. 그곳에서 내가 제일 즐겨 찾았던 것은 말린 갈치였는데 그것이 먹고 싶어졌다. 파라과이는 바다가 없다. 해산물은 칠레나 브라질에서 수입해서 들여오기에 살아 숨 쉬는 싱싱함은 구경도 힘들다. 도우미 이모를 따라 자갈치시장을 구경하게 되었다. 깔끔한 대한민국의 버스는 하루 종일 타고 다니라고 해도 타고 다니겠더라. 파라과이 거리의 차들을 보며 내가 항상 하는 말이 있다. '2차 대전 때의 차부터 최신의 차까지, 차의 역사가 궁금하면 파라과이에 오면 다 만날 수 있다'는 말이다. 거짓말이 아니다. 버스는 연식이 너무 오래되어 내릴 때까지 불안한 파라과이의 이동 수단에 익숙한 눈은 한국 대중교통의 깨끗함에 반해버린 것이다.

들어선 자갈치시장, 모든 게 살아 숨 쉬는 곳이라 정말 사람이 사는 곳 같았다. 수족관에서 한가하게 노니는 생선을 만난 아들은 너무 좋아하며 막 뛰어다녔다. 계속 물 공급을 받고 있는 수족관에서 흘러나오는 물에서도 첨벙거리며 뛰어다니더니, 종류도 다양한 생선에 흠뻑 빠져 이곳저곳 가게마다 들여다보며 즐기는 아이를 도리어 신기해했던 가게 주인들은 "이곳에 사는 아이가 아닌 것 같다"며 어디서 왔냐고 묻기까지 했다. 이곳저곳 눈여겨 살펴도 그 옛날 길게 누워 나를 기다리던 말린 갈치는 찾을 수 없었다. 좌판에 누운 말린 것들은 없었고 모두가 예쁘게 포장되어 상점에 진열되어 데려갈 주인을 기다리고 있었다. 흐른 세월에 좌판에서 햇볕을 쬐고 있던 먹거리들이 보이지 않으니 향수가 없어진 듯 약간은 아쉽기도 했다. 해운대며 광안리며 바다를 처음 만나 신나 하는 아이를 바라보고 있으니 바다 없는 곳에서의 삶에 미안해지면서, 비록 다섯 살 때의 추억이 되겠지만 잊지 않고 기억해 줬으면 하는 간절함도 스며왔다.

파도에 실어 보낸 걱정과 아버지 가슴의 대못

머무는 동안은 파라과이며 농장이며 몽땅 버리고 그렇게나 그리워했던 내 나라를 많이 많이 담고 싶어서 열흘 정도는 미친 듯이 즐겼다. 그러다가 문득 하루하루 지워져 가는 한국에서의 시간이 두려워지기 시작했다. 마음만 먹으면 만날 수 있는 바닷가 해운대와 광안리. 그 옛날에는 모래에 담기는 발이 싫어서 걷기도 피했던 모래사장, 파도에 젖는 발이 싫어서 멀리서만 바라보던 그 바다가 이렇게나 아름답다는 것을 그때는 왜 몰랐을까. 그때는 그저 내일이 오고 원하면 만질 수 있는 돈에 세상은 그렇게 돌아가고 모든 것이 내 손안이라는 철없는 생각에 젖어 앞으로도 그럴 것이라 생각했었나 보다.

밀려왔다 다시 멀어지는 파도에게 "내 걱정도 데려가줘"라며 헤매게 되더라. 그러면서도 함께 찾아오던 울컥거림은 진정되지 않았고, 그저 모든 것을 팽개치고 눌러앉아 버릴까, 나 없다고 파라과이의 가족이 설마 무너질까 그런 생각만 맴돌았다. 추억이 많았던 내 나라가 이렇게나 좋은데 시간은 가고 있었고, 다시 돌아가야 한다는 어두운 생각에 나의 표정도 감정도 어두워져 가고 있었던가 보다. 나의 둘째가 김치를 꺼내다가 김치통이 뒤집어져 김치를 다 쏟았다며 빨리 오라던 소리도 다시 들려오는 듯했고, 아침에 일어나 밖으로 나오면 날 반기는 듯 와닿던 맑은 바람과 파란 하늘, 때 묻지 않은 초록색, 올려다보면 쏟아질 듯한 별들, 반갑다며 껑충거리던 송아지까지 모든 것이 되살아나면서 '돌아가야 하지 그래 돌아가야 해'라는 생각에 말은 더 줄어들었다.

나의 마음을 전하고 싶은 기회를 찾느라 아버지의 눈치만 살피게 되었고, 잠깐이라도 편하고 싶어 애써 파라과이의 싱그러움만 찾아보려 애를 썼다. 하지만 돌아가면 또 '돈돈'거려야 할 현실이 나를 가만두지 않고 다가오는데, 말은 입안에서 뭐 하냐며 재촉하고 있었다. 아버지 곁에 있는 동안 아버지는 단 한 번도 어떻게 사느냐고 물어오지 않으셨고 나 역시 뱉지 않았다. 이렇게 좋은 시간에 초대하고 싶지 않은 손님이었기에 굳이 꺼내어 남은 시간을 어둡게 만들고 싶지 않아 애써 누르고 있었던 것이다.

그러면서도 시간이 더 가까이 올수록 잠도 오지 않았고 마음은 초조해지는데... 부모라는 자리는 참! 말이 없어지고 더욱 어두워져 가는 나의 모습을 아버지가 모르셨을까. 물어오진 않았지만 아프고 안쓰러우셨을 터다. 아버지가 조용히 물으셨다. 그동안 어떻게 살았냐고, 견딜 만은 했냐고, 아이들은 잘 적응하고 있냐고. 아버지의 물음이 끝나기도 전에 눈물은 터져버렸고 그냥 무릎을 꿇었다. 아들 앞이라 조심하려 했지만 어떻게 지냈냐는 물음에 나도 모르게 그동안의 세월이 밀려와 무릎을 꿇고 두 손을 모아 싹싹 빌었다.

한번만 도와달라고, 날 좀 살려달라고, 숨을 쉴 수가 없다고. 빈손으로 돌아가면 나를 기다리는 것은 다시는 뵐 수 없는 시간뿐이라고, 다시는 부탁하지 않을 테니 한번만 제발 살려달라며 엉엉 통곡을 했다. 나 편하자고 또 한 번 아버지 가슴에다 대못을 갖다 대고 망치질을 한 것이다. 아버지는 화를 냈다가 침묵했다가 가슴을 쳤다가 하셨다. 아버지가 내뱉은 말씀은 "교육자 집안이라고 믿고 내 새끼 보냈더니… 나쁜 인간들, ㅇㅇ새끼"였다. 아버지의 원한 섞인 화는 훨씬 더 길었지만 차마 이곳에 다 담을 수 없어 생략한다.

가만히 지켜보고 있던 내 아들이 식구들이 귀엽다며 줬던 돈을 몽땅 가져오더니, 외할아버지에게 어느 돈의 단위가 제일 크냐고 묻더라. 다섯 살 아이가 느끼기에도 뭔가 와닿았던 모양이다. 아버지가 대답을 않으시니 아이가 다시 물었다. 어느 돈이 무엇을 더 많이 살 수 있는 돈이냐고. "이 돈이다"라는 아버지의 말씀이 끝나자마자 아들이 말했다. "할아버지 이젠 이 돈만 주세요. 엄마가 돈이 있어야 돼요" 내가 지금 무슨 짓을 하고 있는 것인가. 그냥 천진해야 하는 아이 앞에서 도대체 무슨 짓을 한 것인가.

소머리 수육과 옷 벗은 초밥,
그리고 아버지의 깊은 속내

　나와 아들이 떠날 날짜가 다 되어가니, 아버지는 뭐라도 더 먹여서 보내고 싶으셨던 모양이다. 그날은 내 아들 덕분에 모두가 놀랐던 날이었다. 소가 흔한 나라에 사는 내가 고기도 못 먹고 사는 줄 알았는지, 주문했던 고기를 찾아왔다며 소머리 눌린 수육을 식탁 위에 올려놓으셨는데 정말 양이 많았다. 한국 고깃값은 비싸지 않은가. '이 비싼 걸 이렇게 많이' 그러면서 이걸 언제 다 먹느냐며, 그곳에도 고기 많고 내가 소 키우고 있는 것 모르냐는 말까지 보탰다. 아버지가 얼마나 안타깝게 생각했으면 내가 소를 키운다는 것도 잊어버리셨을까 싶어 괜히 미안해졌다.

　하지만 나는 고깃간에서 사 온 고기는 젓가락질을 했지만, 내가 직접 키우던 소의 고기는 절대로 먹지 않았다. 좀… '위선적?' 이지 않은가. 아순시온에는 축구 친목회가 많다. 다들 주중엔 열심히 일하고 휴일에 여유가 있는 분들은 골프, 중간쯤은 테니스, 보통 사람은 축구를 즐기며 일주일의 피로를 푸는 게 보편화되어 있었는데 남편은 부담 없는 축구를 즐겼다. 간혹 아순시온에서 친목 회원들이 버스를 대절해 농장을 방문하기도 했는데, 그러면 우리가 대접할 수 있는 것은 담가놓은 뱀술과 함께 소 한 마리의 희생이었다. 마음 아픈 일이지만 대접할 것이라고는 그게 전부이니 어쩔 수 없이 중간 소 한 마리를 희생시켜야 했다. 하지만 내가 키우던 소의 고기는 한 점도 남기지 않고 실컷 먹게 하거나, 남으면 가져가게 하거나 일꾼들에게 나눠주었다. 내가 키우던 소의 생전 모습이 훤하게 떠오르는데 어떻게 먹겠는가. 나는 절대 먹지 않았다.

그런데 지금 눈앞에는 정말 오랜만에 만나는 수육이 한가득 차려져 있었다. 파라과이에서 소머리 요리는 땅을 깊게 판 후 그곳에 장작불로 오랜 시간 구덩이를 데워 엄청 뜨겁게 만든다. 후에 장작불을 모두 걷어내고 양념 곁들인 소머리를 여러 겹의 바나나 잎으로 꽁꽁 싸매어 집어넣고, 그 위에 두꺼운 천이나 포대 같은 것으로 덮은 뒤 다시 흙을 덮고 걷어내 두었던 장작불을 올려 긴 시간 익힌다. 한국 요리의 찌는 것과 같은 원리인데, 한번 맛들이면 빠져나오기 힘든 오묘한 맛이다. 같은 소머리 요리지만 한국식 수육과는 맛이 완전히 다르다.

아들은 처음 보는 수육에 푹 빠져버렸다. 우리가 이야기를 나누느라 수육을 잊고 있는 사이, 누군가의 탄성에 모두의 눈길이 식탁으로 모였다. 수육의 반은 이미 흔적도 없이 사라져 있었다. 깜짝 놀랐다. 나의 아들은 주위의 놀람도 귀에 들어오지 않는지 수육 맛에 빠져 계속 '냠냠' 소리를 내며 먹고 있었다. 고기를 한 번도 먹어보지 못한 녀석처럼 굴기에, 수육은 처음이었지만 그 모습이 참 민망했다. 부지런히 먹는 아이를 보며 어미로서 부끄럽고 창피한 마음이 들어 그만 먹으라고 말리는데, 나의 아버지가 "고기도 먹어본 놈이 더 잘 먹어. 그냥 놔둬." 그러면서 허허 웃으시더라.

이후 아버지는 매일 먹을 것을 싸 들고 오셨다. 어느 날은 퇴근 후 누굴 만나기 위해 일식집에 들렀다며, 손자 생각에 초밥과 새우튀김을 사 오셨다. 아마 몇 인분은 될 듯 한가득 들고는 아들 이름을 부르며 들어오셨다. 초밥과 새우튀김을 펴놓고는 "할아버지 옷 갈아입고 올 테니까 잠깐만 기다려라" 하고 자리를 비우셨다. 나는 그때 방에 있었는데, 아버지께서 어서 와보라길래 갔더니 글쎄, 초밥 위에 올려져 있던 생선만 몽땅 벗겨 먹어버려 밥은 '옷을 벗고' 있었다. 튀김 새우는 꼬리도 남기지 않고 흔적 없이 사라져버렸으니, 나의 아들은 남은 며칠 동안 계속해서 신기록을 수립하고 있었다.

잿빛 하늘의 그리움과
다시 마주한 초록빛 땅의 현실

할아버지에게 '30밤만 자고 갈 거니까 30밤만 화내지 말라'던 아들은, 열 밤이 넘어가면서 할아버지와 어느덧 둘도 없는 사이가 되어 있었다. 아이는 할아버지가 돌아올 시간이 되면 대문 앞에서 기다렸고, 할아버지 손에 들려온 무언가를 나에게 전하고는 다시 할아버지 손을 잡고 정원을 거니는 일과를 매일 반복했다. 무슨 이야기를 나누는지 서로 마주 보며 웃기도 하며 한참을 그러다 들어와서는, 초밥 위의 생선은 자신이 먹고 밥은 할아버지 입에 넣어주며 웃던 그 다정했던 시간도 점차 짧아져 가고 있었다. 아들은 생선회보다 초밥이 더 좋다고 했다. 생선은 제 입에, 밥은 할아버지 입에 나누는 재미를 더 즐기며 할아버지가 좋아 할아버지와 살고 싶다 말하는 아이였다. 아버지는 "얘가 그곳에서도 초밥을 잘 먹냐"고 물으셨다. 나는 내가 사는 곳에는 바다가 없어 강에서 잡는 생선은 있지만 그조차 비싸고, 바다 생선은 칠레나 브라질에서 들여오는데 비싼 데다 회로 먹기에는 깨름직해 잘 사 먹지 않는다고, 그러니 생선이나 실컷 먹고 가야겠다 답했다. 부산 토박이인 네가 생선을 구경 못 하고 사냐며, 하필 그런 나라에 사냐고 안타까워하시던 아버지는 마른 해산물이라도 많이 가져가라며 마음을 쓰셨다.

 떠나야 할 시간이 가까워오니 한국을 애써 지우고 가야겠다는 생각이 들어 공연히 트집 잡을 거리를 찾기 시작했다. 그냥 심술이 났던 모양이다. 도우미 이모에게 "이모, 날씨가 왜 이래? 해가 안 보이잖아. 흐린 날씨야?"라고 물었더니, 이모는 '언니야, 흐리긴 무슨 맑은 날이야'라고 답했다. "해가 보이지 않잖아"라는 나의 되물음에 이모는 '항상 이래'라며 웃었다. 아하, 공해가 심해서 하늘이 이렇게 잿빛이구나 싶었다. 그것으로 끝내지 않고 초록색이 없지 않으냐며, 온통 회색빛의 높은 건물뿐이라 숨이 막혀 어떻게 사느냐고, 파라과이는 어떠니 저쩌니 하는 말도 안 되는 자랑거리를 만들어내며 나 자신을 달랬다.

등받이 없는 의자에 앉아 있다가 등받이를 만난 듯 편안함을 느꼈던 것인지, 아니면 가족이라는 울타리의 고마움을 새삼 깨달은 것인지. 피도 눈물도 없는 지독한 년이라는 소리까지 들었던 내가 내 나라가 무척이나 고팠던 모양이다. 누군가 다가와 손만 잡아줘도 고장 났던 눈물샘이 뚫린 듯 눈물이 쏟아졌으니, 오죽했으면 아들이 '아이들만 우는 건데 엄마는 아이도 아니면서'라고 했을까. 그렇게 또 내 나라 대한민국을 뒤로하고 지구 반대편을 향해 날아야 했다. 돌아오기 위해 싸는 짐보따리는 새것으로 가득 채워졌으나 마음은 빛바랜 헌 옷처럼 너덜너덜해져 있었다. 아버지께서는 제법 큰 돈을 쥐어주며 잘 살아야 한다고 응원을 주셨지만, 나는 또 한바탕 울음잔치를 벌였다.

언제가 될지 모르는 만남을 약속하고 다시 향해야 했던 파라과이. 만나러 갈 때는 하나도 지루하지 않았던 길이었는데, 돌아오는 길은 어쩜 그렇게도 멀고 지루하던지 정말이지 너무나도 멀게 느껴졌다. 그래도 시간은 흘러 브라질에 도착했다. 이제 두 시간 후면 나의 딸들이 있는 곳에 나도 보태질 것이다. 10년 만의 외출은 가끔 꺼내 보는 추억으로 보관해야 하고, 다시 출발선에 서야 하는 이전과 다름없는 생활이겠지만, 아버지 덕분에 멈춤 없이 달려왔던 나를 잠시 쉬게 해 줄 수는 있을 것 같았다. 파라과이에 도착해 덜 세련된 모든 것들에 다시 눈길을 주며 "우리 힘내자"라고 약속을 남겼더니, 희미하게나마 웃음이라는 여유도 돌아오는 듯했다.

6부

허무를 딛고 일궈낸 나눔의 삶

인연이라는 이름의 덫과 달콤한 땅의 유혹

만난다는 것은 인연이 닿아 만나는 것이겠지만, 누구를 만나느냐는 나를 맡기는 것이었고 그 길을 따라 걷게 되며 솔깃하면 그냥 따라가는 것 같더라. 겨우 쌓아놓은 탑을 쓰러뜨려 다시 밑바닥을 경험하게 만들기도 하고, 벼랑 끝의 사람에게 손을 내밀어 힘을 실어주기도 하지만 후자는 드문 법이다. 특히 남의 나라 살이에서는 처음 인연에 정말 신중해야 하며, 신념과 확신의 계산기를 잘 두드려야 살아남을 수 있다는 것을 꼭 기억해야 한다. 정말 너무나도 세게 두드려 맞아 완전 정신줄을 놓아버린 큰 사건이 있었기 때문이다.

이곳 생활을 악으로 버텨 여기까지 왔는데, 총구 앞에서 그렇게 허무하게 무너지며 당할 줄은 몰랐다. 처음 만난 현지인은 장기 집권자의 아들 친구였다. 농업이민이라는 이름으로 아는 사람 하나 없는 이곳에 와서 맺은 처음 인연은 해외개발공사 지사장이었고, 그를 통해 만난 현지인은 지사장 곁에서 일을 봐주던 당시 대통령 아들의 친구 C 씨였다. 우리의 어려움을 쉽게 해결해 준 믿음이 인연이 되어 가까워졌고, 그를 통해 여러 사람을 알게 되었다. 각양각색의 직업군으로 이루어진 그 집단의 연결고리는 아주 단단했다.

부정부패의 모범인 이 나라에서 잘나간다는 그들 속에 언제부터인가 남편의 얼굴이 살짝 닿아 있었다. 지금 생각하면 이용 가치가 있다고 판단한 누군가가 순한 인상의 남편을 끌어들인 것 같다. 어쩜 그렇게 앞뒤를 살필 줄 모르는지 항상 모두가 자신 같다고 생각하고 어울리니, 나는 '제발 좀'을 달고 살았지만 '여자가 어디서…'라며 무시당하기 일쑤였다. 당하려고 하니 모든 게 교묘하게 맞아떨어지는 것이 정말 신기할 정도였다. 그야말로 눈 뜨고 코 베인 기가 막힌 사건이다.

어느 날부터 남편은 아순시온 근교의 땅 이야기를 슬쩍 흘렸다. 여태껏 내 말은 무조건 잔소리라며 의논 한마디 없이 마음대로 행동한 대가는 비참한 삶뿐이었는데, 또 무슨 땅 노래를 부르는 것인가. 넓은 땅을 쫓다 여기까지 왔고 그놈의 땅 때문에 당한 일이 한두 가지인가. 덕분에 약이 없으면 하루도 버티지 못하는 아내의 고통은 안중에도 없는지 원망스러웠다.

남의 나라에서 한국 사람이라면 무조건 '봉으로 생각'하거나, 돈 벌면 떠나는 이 나라에 도움도 안 되는 '못되먹은 꼬레아노'로 취급받기 십상이다. 겉으론 친절해도 속으론 무시하다 쓸모없어지면 매정하게 돌아서는 사람들인데, 조용히 가진 땅이나 지키면 될 것을 누구의 꼬임에 귀가 솔깃해졌는지 화가 치솟았다. "어디에? 얼마인데? 돈은 있어? 누구의 소개야? 믿을 수 있어? 심사숙고해. 이곳 우리나라 아니야. 얼마만큼 바보짓을 더 해야 정신 차릴래?" 귓등으로도 듣지 않는 것 같았지만 나는 생각나는 대로 막 쏟아부었다.

당시 시아버님께서 병중이라 남편은 아순시온 왕래가 잦았다. 핑계는 간호였지만, 아이들의 말로는 매일 저녁 현지인들이나 동포들과 어울려 술잔을 즐긴다고 했다. 그런 속에서 말빨을 자랑하는 그들을 만나 세상 돌아가는 소리에 솔깃해졌나 보다. 남 속이기 좋아하는 사람들의 말은 항상 달콤하지 않은가.

아순시온에서 42km 떨어진 곳에 100헥타르가 조금 넘는 땅이 매물로 나왔는데, 주인이 장기간 병중이라 병원비 마련을 위해 싸게 내놓았다는 것이다. 아주 좋은 기회라고 던지는 말에 나의 대답은 한마디, "싫어, 그 땅 사고 싶은 마음 없어"였다. 그 후론 한마디도 꺼내지 않길래 포기했나 보다 생각했다.

돈 보따리와 식탁 위에 놓인 권총

그 땅을 소개한 사람은 이곳 정보부에서 경찰공무원으로 근무하다가 전직한 경찰 출신이었다. 나도 한두 번 만난 적이 있었는데, 경찰 출신답게 상당히 예리했고 쳐다보는 눈길이며 행동 또한 가까이하고 싶지 않은 유형이었다. 그래도 그때까지는 이해관계가 없었으니 그냥 그런 사람인가보다 하고 크게 관심을 두지 않았다. 다만 나의 걱정은 남편이 그 사람을 너무 가까이하지 말고 거리를 좀 두었으면 좋겠다는 정도였다. 만약 거기서 끝났더라면 내가 이 이야기를 이렇게 풀어놓지도 않았을 것이다.

한국을 다녀온 후 아버지의 도움으로 돈 걱정은 잠깐 물러섰기에 나름 편안한 매일을 살아가고 있었다. 그러다 보니 소의 숫자가 많이 불어나 있었다. 우리 목장의 경우 300마리가 넘어가면 모든 여건이 안정되지 못하므로, 소의 숫자를 줄여야 남은 소들을 제대로 키울 수 있었다. 건강이 보장되는 숫자만큼만 남기고 꽤 많이 팔아야 하는 상황이었다. 소를 팔 때마다 마음이 너무 아파서 속앓이를 하곤 했으나, 돈 걱정에서 조금 안정이 되어 그냥 두었더니 숫자가 한계를 넘어선 것이었다. 어쩔 수 없는 상황이라 남편도 동의를 했고, 남편이 아순시온으로 나간 후 언제 어떻게 누가 소를 가져갈 것이라고 연락을 주었다. 그런데 그것이 돌이킬 수 없는 큰 사건을 불러왔다.

남편의 입은 자랑할 것이 그렇게도 없었는지, 소를 판다는 소리를, 그것도 이번에는 대량으로 판매하여 대금이 얼마쯤 될 것 같다는 상세한 정보까지 순간을 노리는 독수리 같은 경찰 출신의 그에게 흘리고 만 것이다. 땅 이야기를 꺼냈던 시기와도 두어 달 정도로 큰 차이가 나지 않았다. 전직 경찰답게 기회는 이때다 싶었는지 그는 마다하지 않고 다시 땅 매입을 권했고, 남편 역시 '땅은 거짓말을 안 하니까 돈 있을 때' 사두자며 상세하게 파고들었다. 어쩜 그렇게 교묘하게 시기까지 맞아떨어졌는지 지금 생각해도 신기할 정도다.

밤에는 머리맡에 총을 두고 자야 하는 농장 생활이었다. 무법천지인 이곳에서 소를 대량으로 팔았다는 소문이 나면 쥐도 새도 모르게 죽임을 당할 수도 있었다. 소문이 나기 전에 돈을 아순시온으로 옮겨야 생명 보존에도 도움이 될 것 같아 상세하게 의논했건만, 남편은 그 돈 쓸 곳을 이미 정해놓고 나에게는 의논 한마디 없었다. 그러더니 아순시온에 머물고 있던 남편에게서 연락이 왔다. 몇 시쯤 V가 어디로 갈 테니까 소 판 돈을 가지고 그곳으로 가서 전하라는 것이었다. 'ㅇㅇ씨'라는 존칭도 아까운 인간이라 그 인간의 성 첫 글자인 V로 칭하겠다.

남편이 농장으로 올 수 있는 상황이 되지 않아 V가 우리를 도와주느라 일부러 농장 근처의 소도시까지 와준 줄 알고 고마운 마음까지 가졌었다. 목장 관리도 좀 더 정확하게 해야겠다고 생각하며, 임신한 소와 중간 크기의 소를 남겨 더 건강하게 키우자는 마음으로 성인 소 205마리를 팔았다. 당시만 해도 단위가 큰 돈이 없었기에 205마리를 판 대금은 그야말로 돈 보따리였다.

그 돈 보따리를 들고 인간 V가 기다리는 곳으로 갔다. 인사를 건네고 마주 보고 앉았다. 그런데 그가 허리춤에 차고 있던 총을 꺼내더니 슬그머니 식탁 위에 올려놓는 것이 아닌가. 순간 이게 뭐지 싶었다. 아무리 개판인 세상이라도 많은 사람이 왔다 갔다 하는 이곳에서 겁도 없이 총을 꺼내다니 말이다.

식탁 위의 총구와 소 이백다섯 마리의 행방

나의 표정이 순간 굳어졌을 것이다. 웃으면서 습관이라며 그가 다음에 덧붙인 말은 "널 겨냥한 건 절대 아니야, 놀랐다면 미안해"였다. 그러더니 다시 땅 이야기를 꺼냈다. 아순시온에서 42km밖에 떨어지지 않은 근교의 땅이니 사놓고 조금만 기다리면 분명 개발이 될 것이고, 그러면 땅값은 훨씬 올라갈 테니 너희 여기서 사는 것 걱정하지 않아도 될 거라고 했다. 그러면서 자신은 지금 우리 가족을 돕고 있는 것이라며 "좋은 친구 만난 줄 알아라"라고 말하며 나를 살피는 듯했다.

내가 그 말을 믿을까. 아무 반응도 없으니 그는 자신의 총을 만지작거리더니 다시 나를 힐끗 보고는 총구를 나를 향하게 돌려놓았다. 아무리 세상이 험해도 그렇지, 있을 수 있는 일인가. 벌건 대낮에 이 인간이 지금 뭐 하는 짓인가 하는 생각이 앞서니 너무나 열이 받았다. 정색을 하고 한참 동안 뚫어지게 쳐다봤더니 그는 "아~ 미안" 하며 경찰 생활을 오래 하다 보니 습관적으로 옛날 버릇이 나왔다고, 순간적인 실수라며 다시 미안하다고 했다. 내가 정색을 하면 '익숙해진 버릇', '순간 실수'라는 말만 되풀이하며 상황을 모면하려 변명을 하는 것이었다. 순간 실수였다면 총구를 돌려놓든지 총을 치워야 정상 아닌가.

난 지금 총 앞에서 너에게 협박을 당하고 있는 것 같으니 총 좀 치우면 안 되겠느냐고 물었더니, 대답은 않고 방아쇠만 만지작거렸다. 돈이고 뭐고 이 인간이 도대체 나를 뭘로 알고 이런 행동을 하는 것인가 하는 생각이 들면서, 이대로 물러서면 평생 후회할 것 같았다. '나도 모르겠다. 어차피 벌어진 일'이라 생각하며 뱉으면 안 되는 말이라는 걸 알면서도 체면 따위 날려버리고 막 뱉었다.

내 입에선 이 나라에서 사용하는 험악한 욕이란 욕은 다 튀어나왔을 것이다. 대낮이니까 "설마 네가 날 쏘겠어?"라는 마음으로 막 뱉은 것이다. 그랬더니 당황했는지, 아니면 겁먹지 않고 날뛰는 나의 모습에 어처구니가 없었는지 나를 달래기 시작했다. 이건 어디까지나 내 생각인데, 여자니까 총으로 겁을 주면 많이 놀라서 조용히 돈 보따리를 건네고 도망갈 줄 알았던 모양이다. 하지만 어차피 이판사판, 돈을 주더라도 할 말은 해야 내 속이라도 편할 것 같아 막 나갔다. 그랬더니 진정하라며 목소리를 낮게 깔고는 습관이었다고, 자신도 모르게 옛날 버릇이 나왔다며 했던 말을 또 되풀이했다. 그놈의 습관도 한 번만 뱉었어야 믿지, 내 표정이 굳어지면 또 그 소리였다. 그런다고 내가 조용히 있었을까.

너의 정체가 무엇이냐고, 사기 칠 사람이 없어서 힘없는 우리를 골랐느냐고, 힘없는 이방인은 너의 총 앞에서 무릎 꿇어야 하느냐고, 이게 파라과이이고 전직 경찰이었다는 사람의 행동이냐며 다른 사람들도 모두 들으라고 고함을 질렀다. 그랬더니 정말 고의가 아니라고, 너의 남편이 너무 좋은 사람이라 진심으로 돕고 있는 것이라며 물이라도 한 잔 마시고 진정하라고 했다. 그런데 그곳에 있던 사람들 중 아무도 말리려 하지 않고 쳐다만 보고 있었다. 총이 있어서인지, 겁 없이 덤비는 조그만 여자의 당돌함 때문이었는지 그저 지켜보기만 했다.

화가 가라앉지 않아 한참을 눈을 감고 가만히 앉아 있었더니 좀 진정이 되었다. 내가 가진 이 돈, 어차피 내 돈은 아닌 것 같으니 딱 1%의 희망에라도 맡겨보자는 생각이 들었다. 그래서 물었다. "땅 계약은 언제 할 거니? 계약할 땐 내 남편도 동행하는 거지?"라고. 그랬더니 내 말에는 대답하지 않고 엉뚱하게도 자신은 거짓을 가려내는 경찰이었으니 믿어보라고만 했다. 그래서 말했다. "그럼 총부터 치워, 그래야 돈은 너에게 갈 수 있어." 그랬더니 그는 "우리를 보고 있는 눈이 많아서 자신이 돈을 가지고 차에 올라 시동을 걸 때까지는 총을 손에서 놓을 수 없다며 이곳은 파라과이야"라고 했다. 그게 말인가, 그 말을 믿으란 말인가. 결국 네가 그 돈을 나에게 건넬 때까지 위협을 멈추지 않겠다는 엄포였다. 돈이 무엇인지. 이곳은 파라과이이고, 나는 힘없는 이민자이며, 내 앞의 철면피는 하겠다고 마음먹으면 무엇이든 할 수 있는 죄의식 없는 인간쓰레기였다.

'소 이백다섯 마리? 그래 한 이년만 버티면 복구돼!' 속으로 그렇게 되뇌며 돈을 건넸고, 돈은 그렇게 건너갔다.

무법천지에서 피어난 독기,
1%의 희망과 바꾼 돈 보따리

　아무리 험한 세상이고 부정부패가 휘젓고 다니는 세상이라고 해도, 사람들의 왕래가 있는 곳에서 그것도 대낮에 총을 탁자 위에 올려놓고 '너 정도야' 라는 표정으로 아무렇지도 않은 듯한 행동, 진짜 있을 수 있는 일이라고 생각해? 자신은 뒷배경이 든든하니까 마음대로 무슨 짓이든 할 수 있다는, 그것도 기댈 곳 없는 우리에게 조준을 하다니 참으로 어이가 없었고 기가 막혔다. 이곳이 그런 곳이라는 것을 알고 우리 집에도 항상 준비된 상태이긴 했지만 직접 마주하니 '뭐 이런 인간이 다 있어?' 라는 생각이 먼저였어. 무섭다는 생각? 처음엔 당황했고 피하고 싶었고 무서웠어. 하지만 시간이 지나니 무섭다는 생각보다는 이 인간에게 뭔가를 보여주고 싶다는 생각만 앞서더라. 내 나라가 아니지만 그땐 내 나라 남의 나라 생각도 없었어. 무법천지 세상에서도 제정신을 가진 사람이라면 내 편이 되어줄 거라는 희망이랄까? 기대도 있었기에 더 큰 소리로 더 강한 척하며 죽기 아니면 살기로 행동했던 것 같아.

　성격이 좀 강한 편이긴 했지만 이곳에서 갖은 일 겪으며 나도 모르게 더 무서운? 여자로 변해가고 있었던 건가 봐. 자라면서 보아온 아버지의 직업 특성에서도 많은 걸 느끼고 배웠던 것도 사실이야. 그렇게 강인하지 않았다면 아마 100번도 더 무너졌을 걸! 살아보겠다고 이리저리 휘둘리면서도 주저앉지 않고 걸어왔는데도 기다리는 건 항상 허탈이었지만 포기하지 않았지. 그래도 그 인간에게 걸었던 1% 놓치고 싶지 않더라. 얼마나 어이없고 당혹스러웠던 사건이었냐고. 99%는 포기하면서도 '그래도'라며 '혹시'라는 희망? 얼마나 아까웠으면 다 놓지 못하고 그 1%라도 앉았을까.

싫어도 좋아도 '허허허'인 사람에게 무슨 기대를 하겠어? 속이 없는 건지 생각이 없는 건지 이 험악한 세상에서 어떻게 살아가려고 계획 없이 세월에 맡기고 가는지, 그렇게까지 도대체 알 수 없는 그 사람에게 뭘 바라고 뭘 물어봐. 어차피 돈은 넘어갔고 다시 돌려받을 수 있는 확률도 없는데 어떻게 되어가냐고 단 한마디도 물어보지 않았어. 그리고 V에게 돈을 건네기까지 있었던 험악했던 분위기도 말하지 않았어. 해봤자 믿어주지도 않을 것 뻔한데 뭘 위해서 무슨 답을 듣겠다고 다시 열을 올려? 차라리 혼자 아파하고 말지. 맘속의 불씨는 꺼지지 않고 남아있었지만 애써 끄집어내 부채질을 받아 다시 불을 크게 만들고 싶지는 않았거든.

나도 내가 이렇게까지 무서운 여자인 줄 정말 몰랐어. 사는 게 뭔지 살면서도 의문투성이인 산다는 것! 이렇게 사는 것도 사는 거라고 날 속이며 '괜찮아'라며 다독이고. 속이 뒤집히는 일도 대충으로 넘어가고 위험한 일을 만나고도 '이정도였으니 다행'으로 그렇게 감정을 묻어두고 사는 것, 특히 남의 나라 살이에선 좋은 목표물이자 호구였어. 매정하다는 소리를 듣더라도 정확하고 명확해야 살아남는 거더라.

죽은 자는 배신하지 않는다:
까삐아따 한인 공원묘지의 재탄생

이곳 파라과이에는 아순시온에서 조금 떨어진 곳에 '까삐아따'라는 소도시가 있다. 그곳에는 초창기 이민 선배들부터 현재까지 이곳에서 생을 다하고 먼 곳으로 여행을 떠나신 우리 동포들이 잠들어 있는 '한인 공원묘지'가 있다. 오랫동안 방치되어 정리되지 않았던 그곳은, 누가 잠들어 있는지 곁에 가서 더듬어가며 치워야 겨우 확인이 될 만큼 황폐해져 있었다. 당시 한인사회의 책임을 맡게 된 한인회장님은 '공원묘지 보수'를 첫 번째 사업으로 꼽았고, 여유 자금이 없는 한인회를 생각해 자신의 돈으로 제대로 된 공원묘지 작업을 시작하게 되었다. 매일이 바쁜 이민 생활 속에서 책임지고 공사 현장을 지키며 내 일처럼 적극 참여하겠다는 사람을 찾기가 어려워 고심하시던 차에, 아순시온에서 시부 곁에 머물던 남편이 시간적 여유가 있다며 책임지고 돕겠다고 자청했다. 그렇게 남편은 한인회에서 봉사 활동을 시작하게 되었다.

봉사라는 것이 자신의 시간을 쪼개어 참여해야 하고 열정과 정성이 있어야 하며, 자신을 낮추어야 하는 일이기에 한인회에서 봉사하시는 분들은 정말 대단한 분들이다. 까삐아따 묘원은 지대가 낮아 비만 오면 빗물이 빠져나가지 못하고 물바다가 되었기에, 모래를 채워 지대를 높여야 했다. 공원묘지 관리위원장을 맡은 남편은 거의 매일 한인 공원묘지로 향했고, 하루를 몽땅 그곳에서 보낼 정도로 매달렸다. 모래를 몇 백 트럭 실어 날라 묘지 전체를 돋우어야 했고, 오래 방치되어 제 모습이 없었으니 대대적인 정리 정돈 작업이 긴 시간 이어졌다.

한인회장님의 정성과 희생으로 묘지는 정말 멋진 공원묘지로 탈바꿈하게 되었다. 정자까지 갖춘 아주 멋진 모습으로, 주인 없는 공동묘지 같았던 곳이 '한인 공원묘지'라는 팻말과 함께 경계 울타리에 정자가 바로 보이는 근사한 정문까지 갖춘 완벽한 공원묘지로 단장된 것이다. 이곳의 장례 문화와는 전혀 다른 공원묘지를 바라보는 현지인들도 감탄과 칭찬을 아끼지 않았다. 공사 마감 후에는 관리인까지 두어 관리했으며, 그곳에 가족을 모셔놓고 다녀가시는 분들도 모두 흡족해했다. 지금도 자랑할 수 있는 공원묘지다.

정성을 쏟아 제대로 모습이 갖추어진 이후, 남편에게 물었다. "열심히 해서 멋진 마무리를 한 건 칭찬받아 마땅해. 근데 궁금한데 왜 그렇게 밤낮없이 매달려 죽기 살기로 일한 이유가 뭐야? 정말 이유가 있기라도 해? 농장 일을 그만큼 했으면 우리 부자 되었을 거야. 이유가 궁금해 뭔데?" 그랬더니 대답은 아주 간단했다. "죽은 사람은 배신이 없잖아." 그 한마디에 울컥함이 밀려왔다. 모두가 자신 같을 것이라 믿었던 마음이 화를 불러왔다는 것을, 그것이 잘못된 것이었음을 당하고 나서야 뒤늦게 후회하고 있었던 것이다. 표현은 없었지만 참 힘들긴 했구나 싶었다. 다시 불러들여 정신 사나운 말을 뱉기는 싫어 말을 아꼈지만, 그래도 한마디는 해줘야 편할 것 같아 "그러게 내가 뭐랬어?"라는 말로 끝을 맺었다.

남편은 임기가 끝날 때까지 좋은 일이 있어도 나쁜 일이 있어도 이야기를 나누었던 곳은 사람이 아니라 까삐아따 한인 공원 묘지였다. 임기 마지막 날, 그는 술을 준비해서 공원묘지로 향했다고 한다. 잠들어 계신 많은 분께 술을 뿌려가며 한 분 한 분 모두를 돌아보며 작별 인사를 한 것이다. 또 무슨 짓을 했을까 궁금해 물었더니 그는 이렇게 답했다. "오늘이 마지막입니다. 한 가지 부탁은 제가 없다고 옆에 누운 분과 마음 상하는 일 만드시면 안 됩니다. 사이좋게 지내셔야 합니다."라고 건넸단다. 참으로 알 수 없는 사람임이 확실하다. 남편의 가식 없는 꾸준한 모습에 감사해하던 한인회장님은 나에 대해서도 알아보셨던 모양이다. 어느 날 연락을 받게 되었다. 자신의 임기 중에 '한인 이민사'를 발간하고 싶다며, 도와주리라 믿는다는 간곡한 부탁과 함께 한인 이민 30년사 책자 출판을 위한 작업을 내게 맡기셨다.

파라과이 이민 30년사와 이름 없는 묘역의 출석부

　열심히 해보겠다고 대답은 했지만, 자료가 하나도 없는 상황에서의 시작은 쉽지 않았다. 초창기 이민자였던 한인회장님은 당시 자신의 회사를 운영하고 계셨고, 이곳 한인사회를 위한 신문도 발간하고 계셨던 분이었다. 창간 때부터 신문을 한 회도 배놓지 않고 모두 모아 보관하고 있다며, 그 신문을 모두 옮겨올 테니 한 장 한 장 빠짐없이 살펴서 도움이 되는 발간사 자료를 찾아야 한다고 하셨다. 시작부터 힘든 작업이겠지만 한인 이민사는 대대로 전해져야 하는 정말 중요한 남김이니, 이번 기회에 제대로 남겨보자고 하셨다.

　파라과이 이민 30년사. 처음 발간되는 이민 역사를 담는 책자인데 얼마나 보람된 일이냐며, 함께하겠다고 믿고 맡겨주어 정말 고맙다고, 열심히 최선을 다해보겠다고 약속을 드렸다. 곁에 사람을 두면 더 쉽지 않겠냐고 하셨지만 혼자서 하겠다고 고집을 부렸다. 내가 잘나고 대단해서가 아니라, 자료를 꼼꼼히 찾아야 하는데 혼란이 올까 봐 혼자가 편할 것 같다고 했다. 그렇게 30년 이민 역사 찾기가 시작되었다.

　한 장 한 장, 한 줄 한 줄 배놓지 않고 읽었다. 산더미처럼 쌓인 신문 속에서 이민 역사를 찾아내는 것은 정말 쉽지 않았지만, 누군가는 해야 하는 일이었다. 책임감의 무게는 모든 것을 예사로 넘기지 않는 나의 성격과도 '찰떡궁합'이었다. 조금의 허술함도 허용되지 않는 작업이라 하루도 건너뛰지 않았고 살피고 또 살피고, 읽고 또 읽었다. 뒤섞인 신문의 연도부터 분리해서 정리해야 했고 날짜 역시 살펴야 했다. 오래된 신문이라 잘못 건드리면 힘없이 바스라지니 조심조심 많은 시간이 필요했지만 게으름 부리지 않았고, 내가 아니면 안 된다는 생각으로 온 힘을 쏟아부었다.

한인 이민사! 그것도 이곳에서 처음 발간되는 30년사니 얼마나 보람된 일인가. 나보다 훨씬 전에 정착하셨던 분들, 내가 왔을 때도 열악 그 자체였는데 그전의 분들은 얼마나 힘든 삶이었을까. 그분들의 삶도 들여다보고 느낄 수 있는 이민사 발간. 동포들을 위해 모르고 있었던 옛날을 알려준다는 것, 누군가의 노력으로 정확한 이곳의 우리를 알 수 있다면 그 무엇보다도 보람 있는 일이었다.

오랜 시간이 걸렸지만, 이민 책자를 펴내기 위한 1960년대부터의 자료는 그렇게 하나씩 차곡차곡 모아지며 30년 자료로 정리되어가고 있었다. 그것은 나와의 싸움이었다. 아마도 학교 다닐 때 이민사 자료를 모을 때처럼 열심히 공부를 했었더랬다면, 이렇게 반대편까지 날아와 이러고 있지는 않았을 것이다. '그땐 왜 그렇게 하라는 공부는 않고 엉뚱한 짓들만 하며 부모님 속을 그렇게 썩혔을까?' 자료를 모으면서 그런 생각을 정말 많이 했다.

자료 모으기가 거의 마무리 단계가 되어갈 즈음, 한인회장님께

서는 한인 공원묘지에 안장된 분들의 확인도 부탁해오셨다. 오래
된 명패를 새것으로 교체할 생각이라며, 방치된 기간이 오래되어
부식, 파손되거나 무연고자로 처리되어 있는 분들도 있으니 연도
별로 확인해달라고 하셨다. 묘지 번호와 당시 신문의 안장 날짜
기사를 대조해보면 무연고자의 성함을 한 분이라도 찾아낼 수 있
지 않을까 하시며, "이참에 공원묘지에 누워계시는 분들 출석부
정확하게 만드는 거 어때요?"라고 하셨다. 그러면서 한국의 유명
배우 ○○○ 씨의 부친도 이곳으로 이민 와서 힘들게 사시다 돌
아가셨는데, 가족이 있긴 했으나 어떻게 된 건지 소식이 끊겼다
며, 한국에서 부친의 묘소에 대해 문의가 있었다고 잘 살펴봐 달
라고 하셨다. 찾아보겠다고 시작한 일이니 꼭 찾아내어 좋은 소
식을 전하자고 마음먹었다.

묘역의 출석부와 도둑맞은 땅 문서

　오래된 신문을 읽어가며 이민사를 찾아 적을 때보다 더 신경을
곤두세웠다. 혹시라도 작은 착오가 생기면 안장되어 계신 분들께
씻을 수 없는 크나큰 실례를 범하는 일이기에, 확인하고 또 확인
하고, 다시 맞추어보고 또 확인했다. 아무리 찾아봐도 알 수 없었
던 무연고 몇 분을 제외하고는, 나 자신을 칭찬해주고 싶을 만큼
깨끗하게 정리하여 넘겨드렸다. 정말 큰 일을 해낸 것 같아 뿌듯
함이 밀려왔다. 그 과정에서 배우 ○○○ 씨의 부친 묘소도 찾을

수 있었다.

오래되어 정말 보기 흉했던 한인 공원묘지 조성에 당시 한인회
장님의 열정과 정성, 크나큰 도움이 없었다면 어떻게 시작이나
할 수 있었겠는가. 여기에 남편의 책임감이 보태졌고, 안장된 분
들에게 정확한 자리를 확인해드리는 수고가 곁들여졌다. 새로운
명패로 깔끔해진 묘원. 반드시 했어야 하는 일이었는데, 한참 지
난 일이지만 지금 생각해도 정말 큰 일을 해냈다고 자부하며 자
랑할 수 있다.

이민사 자료 정리와 한인 공원묘지 재단장 일을 하는 동안은 다
른 아무런 생각도 나를 괴롭히지 못하게 해달라고 정말 빌고 또
빌었다. 이 일을 하는 동안은 날 좀 가만히 내버려 달라고, 지금
내가 하고 있는 이 일보다 더 중요한 일은 없는 것 같으니 마무리
될 때까지는 나를 지켜보기만 해달라고, 이 일을 끝낸 후 찾아오
면 다시 답을 찾아가며 걷겠노라 기도했다.

이제 아순시온에서 42km 지점의 땅 이야기 속에 남은 응어리
도 마무리 지어야겠지.

총구를 나에게로 향하게 두고 방아쇠만 만지작거렸던 그 인간,
V. 돈을 가지고 간 후 한참의 시간이 흐른 어느 날, 그는 활짝 웃
는 얼굴을 하고는 땅 문서를 들고 나타났다. 1%의 기대가 100%
가 된 것일까. 반신반의했지만 솔직히 그날의 과격했던 무례함이
미안해질 정도로 반갑기도 했다. '저버리지 않는 친구?' 였구나

하는 생각까지 했으니 말이다.

그는 땅 문서를 탁자 위에 펼쳐놓고는 읽어보라고 했다. 읽기는커녕 이름부터 확인했다. 기가 막혀서, 차라리 나타나지를 말지. 그랬으면 한 번만 미워했을 것이고 상처를 건드리지는 않았을 텐데. 사람을 가지고 노는 것도 아니고, '너희 그 큰 돈을 잃고도 아직 살아있어?' 라는 모욕감을 안기려 한 것인지, 아니면 다시 내가 발광하는 모습을 즐기고 싶었던 것일까.

당연히 남편의 이름은 없었다. 땅 주인을 자신의 이름으로 한 이유를 변명이라고 늘어놓는데 진짜 죽여버리고 싶었다. 그 땅은 도로 곁이라 위치가 정말 탐나는 곳이었다. 그러니까 그 인간은 우리 돈으로 땅을 매입하고 주인은 자신으로 만들어 그 서류를 들고 나타났던 것이다. 그가 늘어놓은 변명은 이러했다. 땅 주인은 중환자라 면회가 쉽지 않아 그의 아들과 이야기를 했는데, 아무리 돈이 급해도 한국 사람에게는 팔 수 없다고, 파라과이 땅을 왜 한국 사람에게 파느냐고 했다는 것이다. 그래서 위치도 좋고 전망도 좋은 땅을 놓치기 싫어 우선은 자신의 이름으로 했지만, 곧 소유권을 넘겨주겠노라고.

나의 소 205마리. 팔려 가면서 눈물을 흘렸던 소들. 차에 실리지 않으려 엉덩이를 뒤로 빼며 울부짖던 소들. 그 아이들과 눈 맞추기 싫어 돌아서서 울었는데, 그렇게 떠나보내며 손에 쥔 돈인데 그 돈을….

나의 의식은 거기에서 멈추었다. 그다음은 하나도 기억나지 않

았다. 정신을 차려보니 병원이었다. 소화가 되든 안 되든 쳐드셨
으면 조용히 떠나주지, 가다 말고 왜 돌아와서 주절주절 늘어놓
느냐 말이다. 그 시커먼 속은 나에게로 향해있던 실탄 장전된 총
구가 이미 말해주고 있었는데, 주위엔 어쩜 그렇게 몹쓸 인간들
만 널려 있었을까. 남의 나라에서는 이렇게 당해도 풀어놓을 곳
이 그 어디에도 없었다.

밤의 도살자들과 강요된 자선 사업

대한민국의 30년 전이라고 이야기하고 싶은 이곳 파라과이는
아직 덜 세련된 곳이라 다듬어지지 않은 본모습을 많이 만날 수
있다. 하지만 현대 문물을 접하는 젊은이들의 머릿속은 전 세계
가 똑같이 흘러가고 있을 것이다. 그 파급력이 얼마나 빠른데 개
발도상국이라고 해서 다를까. 그런데 좋은 쪽보다는 좋지 못한
쪽으로 속도를 붙이면 멈추거나 제 방향으로 돌아갈 수 없는 것
인지, 더 쉽게 살려고만 하는 것 같다. 일은 하기 싫고 돈은 필요
하며 그것이 나쁜 짓이라는 걸 알면서도 태연하게 행동으로 옮기
는 사람들은, 동족보다 기댈 곳 없는 이방인에게로 더 많이 향하
고 있었다. 남의 나라 살이에서 나처럼 함께 모여 사는 곳에서 떨
어져 나와 사는 사람은 울타리가 없으니 순간을 노리는 좋지 못
한 사람들이 많았다.

'좀 나누어 먹자'며 접근할 때 빈손이면 두렵지 않겠지만, 저지

르겠다고 마음먹고 행동하는 자들은 사람을 해칠 무기를 꼭 소지한다는 것이 두렵고 무서웠다. 뉴스에서 잔인하게 사람을 해하고도 죄의식 없이 카메라 앞에서 또박또박 대답하는 모습을 보면, 이곳에선 내가 나를 지켜야 하는 방법 외에는 믿을 곳이 없다는 것을 실감한다.

어두워지기를 기다렸다가 잔인하게 저지르는 새로운 방법의 소도둑들은 정말 혀를 내두르게 했다. 세상이 조용해지면 목장에 들어와 도살을 하는 것이다. 뼈와 내장은 남겨두고 살코기만 가지고 가는 식이다. 다음 날 아침 뼈와 내장만 남아있다는 목동의 전언에는 그저 어이가 없고 참담하기만 했다. 매끼니 고기가 없으면 안 되는 이곳 식습관은 이해한다. 하지만 불법 고기라는 것을 알면서도 싼값에 재미를 붙여 구매하는 사람은 어떻게 생각해야 하는가. 그들이 자신의 소가 그렇게 도축되어 없어졌다면 가만히 있었겠는가. 내 것이 아니면 괜찮다는 참으로 어이없는 자들 때문에, 밤만 되면 내일 아침엔 또 어떤 소식을 가져올까 하는 두려움에 '제발 그만'만 되뇌었다. 말발굽 소리가 들리면 심장이 멎는 듯하며 식은땀이 흘렀다. 정말 '밤새 안녕하셨습니까?'의 알림은 서러움만 불러왔다.

겉만 번지르르했던 대한민국 농업이민자를 지켜주는 곳은 없었다. 하소연할 곳 역시 그 아무 데에도 없었다. '안되면 되게 하라'를 무슨 가훈처럼 벽에 붙여놓고 세뇌를 시켜도, 안 되는 건

죽기 살기로 해도 안 되더라. 지금 내가 써 내려가고 있는 지나온 시간의 일들을 내 딸들은 하나도 모르고 있는데... 딸들과 나누어야 할 아픔이 아니라는 심지로 나 혼자 속앓이를 했으니 웬만큼은 감추어졌겠지만, 아마 모두 감추어지지는 않았을 것이다. 그러니 조부모와의 불편한 매일에도 다른 곳은 쳐다보지 않고 오직 공부에만 매달렸을 것이다. 부모에게 기댈 것이 없다고 생각했으니 스스로 자신들의 길을 만들어야 한다는 목표를 가지고 더욱 단단해지고 강하게 자라게 되지 않았을까.

호주머니가 든든해야 이민 생활도 초라하지 않은데, 뭐든 할 수 있다는 젊음 하나만 믿고 겁 없이 덤볐던 이곳의 삶은 한 가지가 끝나면 또 다음이 이어졌다. 어쩜 끊어지지도 쉬지도 않고 끈질기게도 새로운 나쁜 무엇인가를 물고 와서 기다리고 있는지. 간혹 벌어지던 도축이었지만 시간이 흘러도 변함없이 참으로 꾸준하게 이자도 받지 않고 원금 역시 갚지 않아도 되는 '자선사업장'이 되어가고 있었다.

지구 반대편의 별난 현장학습과
다시 찾아온 공포의 그림자

한국에 사시는 분들은 상상조차 할 수 없는, 파라과이 시골이 아니면 만날 수 없는 모래벼룩 이야기다. 말 그대로 모래에서 사는 벼룩인데, 보통 우리가 알고 있는 벼룩도 그렇게 작은지 모르겠다. 요녀석은 너무 작아서 눈에 잘 보이지도 않는데 이곳에선 '삐께'라고 부른다. 도시에서는 거의 찾아볼 수 없으나 도시를 벗어난 시골, 동물들과 함께하는 곳에서는 흔한 벼룩이다. 이 벼룩은 개나 사람의 손발톱 모서리에 파고들어 알을 낳는다. 처음엔 일꾼들이 발톱 모서리를 뾰족하고 날카로운 바늘 같은 것으로 건드리며, 대수롭지 않다는 듯 이야기를 나누면서도 열심히 파내고 있기에 물어보았더니 '삐께'라고 했다. 알을 낳을 때가 되면 개나 사람, 특히 모래땅을 밟는 발의 피부 속을 잘 파고든다며 조심하라고 일러주었다. 파리만 사람 몸속에 알을 낳는 줄 알았는데 벼룩까지 알 낳는 장소가 사람 몸속이라니, 처음엔 '그런 일도 있구나 참 별난 벼룩이네' 하며 대수롭지 않게 생각했다.

하지만 아니었다. 사방천지가 모래인데 우리라고 비켜갈 리가 없었다. '모래벼룩 싫어'라면서도 사방이 모래땅인데 어떻게 피하겠는가. 얘네들처럼 들어가서 알을 낳으면 빼내는 수밖에 없었다. 처음엔 그게 삐께인지도 몰랐다. 쬐끔 가려운 듯 따끔거리다가 빨갛게 부어오르길래 가시가 박혔나 했다. 그런데 시간이 지나면서 부위가 굳은살처럼 딱딱해지는데, 그것이 삐께가 알을 낳아 부화가 되어가는 시기였다. 난 좀 특별난 사람인가 보다. 평범한 사람은 평생에 한 가지도 경험할 수 없는 일을 지구 반대편으로 와서는 참으로 별희한한, 생전 처음 만나는 새로운 일들을 고루고루 만나가며 체험하고 익혀가다 이렇게 글까지 남기고 있으니 말이다. 별난 현장학습은 남들보다 훨씬 많이 느꼈으니 내 삶도 예사로운 삶이 아닌 건 확실하다. 하루 종일 밖에 노출되어 있다 보니 하루가 끝나면 일과처럼 행해야 하는 일이 있었다. 바로 삐께를 제거하는 작업이었다. 샤워를 하고 나면 바늘 같은 것을 곁에 갖다 놓고 발가락 점검을 시작한다. 당연히 뾰족한 것에 건드려지니 아파야겠지만 굳은살 같은 그곳은 아프지 않았다. 굳은 곳을 돌려가며 파내면 작디작은 하얀 알이 나오고, 작은 원을 만들며 뻥 뚫려버린다. 제거는 필수다. 그냥 두면 속에서 모래벼룩으로 성장해서 또 알을 낳고 온몸으로 퍼져 잘못될 수도 있기 때문이다.

그런 곳도 나의 터전이라고 기둥을 세우고 새로운 집을 지어보겠다고 당연하게 받아들이며 살았다. 밤에는 새로운 수법의 소도둑 때문에 밤만 되면 '또 한마리가 잘못된 건 아니겠지?' 하며 애써 부정하며 소의 안녕을 걱정했다. 그러다 날이 밝아 별 탈 없이 지나가면 '오늘은 왜 이렇게 조용하지?' 그러면서 괜히 불안해하곤 했다. 습관이 되어버린 듯 이래도 걱정 저래도 걱정이었으나, 그래도 얼마의 시간은 신기할 만큼 조용했었다. '하늘도 무심하지는 않네'라며 '이젠 이렇게 살아가려나? 이런 시간도 주셔야지 그래야 공평한 거지' 그런 생각을 하면서 대체로 편안하게 쉬었다. 하지만 쉼의 대가는 더 큰 뭔가로 서서히 다가오고 있었다. 즈음부터 뉴스에 심심찮게 보도되는 무토지 농민들의 무단점거, 해도 너무한 현실이 나에게도 닥칠 것 같아 두려웠고 무서웠다.

무토지 농민의 위협과
기댈 곳 없는 이방인의 고독

무토지 농민들의 무단점거. 만에 하나 그런 일이 일어난다면 우린 죽어라 고생하며 나와 남편의 모든 것을 쏟아부었던 곳에서 돈 한 푼 없는 처참한, 아니 억울하다는 말 한마디 뱉을 곳도 찾지 못하고 길에 나앉아야 하는데⋯. 이곳 현실에서 기댈 곳은 아무 데도 없었다. 대사관? 글쎄⋯.

해외 파견 공무원 모두를 욕하는 건 절대 아니다. 여러분의 대사님과 공관원을 거쳐왔지만 믿음을 주신 분은 정말 소수였으니까. 정부의 녹을 먹고사는 분들이 파견되어 거주해주니 교민사회는 믿는 곳이 있어 안심하고 급하면 대사관을 찾으며 생활하고 있었지만, 급할 때 기댈 곳은 결국 나뿐이었다. 무토지 농민들, 겉만 무토지 농민이었다. 그들의 제일 우두머리는 소위 '농민의 아버지' 혹은 '빈자의 아버지'라는 거창한 이름표를 달고 진두지휘하며 이곳에선 힘들게 사는 사람들의 우상으로 엄지척을 받으며 상당히 이름을 알리고 있는 모 종교에 몸담고 있는 성직자였다.

무토지 농민이라는 허울로 어느 날 갑자기 덤벼드는 그들의 뒤는 너무나도 단단하고 든든하게 지키는 여러 층층의 계급이 있었다. 만약 이런 일을 꿈에서라도 한 번쯤 생각해 봤더라면, 아순시온에 최소한의 생활 기반이라도 만들어서 애들과 함께하며 정에

굶주리며 살아가는 딸들에게 포근함이 어떤 것인지 가르치고 나누며 살았겠지? 뭣 하러 사람 만나기 힘든 사방이 밀림인 이곳에서 한 푼이라도 생기면 가족의 뱃속보다 땅에다 더 먹여가며 '조금만 더 견디면' 그러면서 눈물로 살았겠는가?

정착해보겠다고 이곳이 제2의 고향이라며 날 다스리며 살았겠는가? 편한 길을 찾고 싶지 않아서 이렇게 고생하며 견뎠겠는가? 모든 게 불리한 조건 속에서도 나름 한국인이라면 무조건 색안경을 끼고 쳐다보는 이미지를 바꿔보겠다고 소까지 팔아가며 학교를 지어주고 베풀면 언젠가는 알아주겠지 라는 마음으로 덤까지 올려 베풀면서 살아왔지 않은가. 무슨 일이 일어날 때마다 마무리엔 우린 외국인이라는 것, 그것도 아무도 건드릴 수 없는 강대국이 아니라는 불리한 조건이 그들에겐 더 힘을 실어주고 있었으니까. 잊을만하면 또 뉴스에 뜨고… 그것도 모두 현지인 농장이 아닌 외국인이 소유한 농장만 기가 막히게 찾아내어 점거를 하니….

무토지 농민의 점거와 강대국 사이의 이방인

밤마다 '제발!'을 부탁하는 소도둑도 걱정이었지만, 무토지 농민들의 무단점거는 생각조차 하면 안 되는 일이었다. 개운하지 않았고 깨름칙하면서 두려움이 몰려왔다. 무토지 농민들을 돕는다며 다니는 우두머리들은 한결같이 고급차를 몰고 다녔고, 자신들 소유의 많은 땅과 사업체도 가진 아주 여유롭게 사는 사람들이었기 때문이다.

일단 '이 땅이다' 하고 점을 찍으면 순수하면서도 힘들게 사는 빈곤한 사람들을 모은다. 그러고는 일당을 지불하고 무단점거를 지휘한다. 그중에는 정말 힘들게 사는 농민들도 다수 섞여 있는데, 그래야 문제가 생기면 그들을 앞세워 정말 힘들게 사는 사람들이라는 것을 증명할 수 있기 때문이다.

그 리더들에게 이번엔 '어디에 있는 누구의 땅이다'라고 점찍어주고 지켜보는 제1의 선두주자를 나도 너무나 잘 안다. 훗날 셋째 덕분에 만날 기회가 생겨 은근슬쩍 그때 당시를 전했더니 엄청나게 당황해하면서도 애써 태연한 척, 모르는 척하며 입을 열지는 않았지만 속으론 미안해했을 것이다.

건드려서 크게 뒷탈이 없을 것 같은 땅만 귀신같이 찾아내는데, 엮여 있는 사람들은 하나도 힘들지 않게 뒷돈을 챙겨 배를 불리고, 정말 가진 것 없는 사람들에겐 허기만 면하게 쥐어주는 직업적인 사람들이다. 우리같이 든든한 배경이 없는 사람이 당하지 않고 견딜 수 있었겠는가. 토지청을 드나들며 토지대장을 열람할 정도면, 가진 것 없는 사람들을 돕는다는 명목으로 실제로 도움도 주고 있었다.

이곳 시골 사람들 정말 착하고 친절한 사람이 많다. 배운 것도 짧고 뉴스에도 둔감한 이들이 어떻게 대담하게 무단점거를 생각할 수 있겠는가. 항상 돈이 궁하니 돈 몇 푼을 쥐어주는 것이 얼마나 고마웠겠는가. 따라다니다 보니 버릇이 되었고 '일당을 주잖아' 생각하며 쥐어주는 돈에 그냥 동원되는 것이다.

대한민국 정부 땅일 땐 쳐다도 안 봤다. 그 이유는 '나라 대 나라'의 엄연한 약속이 있으니 나라를 배신하는 것은 큰 죄가 되기 때문이다. 그러다 개인 땅이 되고 나니 군침을 흘리는 것이다. 그런데 아무리 개인 땅이라도 절대 건드리지 않는 땅이 있다. 근처 나라인 아르헨티나나 브라질 소유지는 절대로 건드리지 않는다.

그 이유는 '형제 나라'라는 이름 때문이다. 전쟁으로 많은 땅을 내어주고도 심기를 불편하게 하면 불이익이 올까 봐 절대 건드리지 않는 것이다. 상대 나라는 파라과이보다 강대국이기도 하면서 겉으로는 항상 형제이기 때문이다.

카지노에 빠진 탕아와 어느 비정한 모정

아순시온과 멀리 떨어져 있다 보니 우리 농장은 가끔씩 쉼터가 되기도 했다. 며칠 쉬어갈 수 있게 해달라는 투숙객도 있었고, 아순시온에서 놀러 오는 단체도 있었다. 나는 그러는 우리 동포들을 단 한 번도 외면하지 않고 언제든지 환영했다. 사람이 그리운 곳이라 누구든 방문해 주면 반가웠기 때문이다.

하루는 한 젊은 청년이 찾아왔다. 사정이 있어 그러니 며칠만 머물게 해주면 은혜는 잊지 않겠다고 했다. 외형은 제법 사는 집의 아들 같아 보였으나 아주 많이 지친 모습이라 안쓰러운 마음에 허락했다. 그런데 며칠이라던 것이 한 달이 지나고 몇 달이 되었다. 이건 아닌 것 같아 솔직하게 이야기하고 머물라고 했더니, 청년은 머뭇거리다가 사연을 털어놓았다. 부잣집 아들은 확실했다. 부모님 돈이긴 했으나 돈은 있고 유흥은 즐기고 싶어 하다가, 어떻게 카지노의 맛에 빠져버렸다는 것이다.

한탕을 노리며 매일을 그곳에서 지내다가 엄청나게 많은 돈을 잃었다고 했다. 너무 많은 돈을 탕진하자 그의 부모님은 꼴도 보기 싫다며 절대 용서는 없다고 대문을 걸어 잠가버렸다. 노름하는 사람이라는 것을 아순시온에서는 모르는 사람이 없으니 누가 그를 반기겠는가. 아무 곳도 갈 곳이 없었던 그는 옷 몇 벌만 챙겨서 그런 소식에는 캄캄한 우리를 생각해냈다고 했다. 아무것도 모르는 시골 사람이니 며칠이라면 받아줄 거라 생각하고 왔다는 참으로 어이없는 소리를 하는 것이었다.

그런 소리를 들었다고 해서 바로 내칠 수는 없었다. 무전취식이었지만 갈 곳 없어 찾아온 젊은이를 어떻게 하겠는가. 먹여줘야 했다. 부모님 댁이 어디냐고 물었더니 나의 딸들이 살고 있는 곳과 멀지 않은 가까운 곳이었다. 그는 밥값은 해야 한다며 뭐든 돕겠다고 주위에서 서성거렸지만, 정말 할 줄 아는 게 아무것도 없었다. 담배 살 돈이 없어서 꽁초를 주워서 피웠고, 끼니마다 며칠을 굶은 사람처럼 먹으면서도 배가 덜 차는지 틈만 나면 물을 마셨다. 젊은 청년이라 그런지 숟가락 하나 더 얹는 수준이 아니었다. 불쌍하기도 했지만, 임시 대피처로 찾아와서 계획도 없이 무작정 하세월로 얹혀살며 기대는 것도 우리 형편에서는 힘들고 부담이었다.

사람이 그립다고 베풀어서 돌아온 것은 씁쓸함밖에 없는 뒷통수뿐이었지만, 내가 이 청년을 도와야 청년도 살고 우리 식량도 남아날 것 같았다. 나는 작정하고 아순시온으로 향했고 그 청년의 엄마를 만났다.

몇 마디를 건네봤는데, 그녀는 코웃음을 치며 "누가 받아주랬냐"고 도리어 나를 나무랐다. 자기 자식 아니라고, 자신은 그런 아들 필요 없어서 버렸으니 잘 알아보지도 않고 받아들여서 밥 먹여 주고 있는 내 탓이라며, 이제 됐느냐고 일어서는 것이었다. 그 곁에 시부도 계셨지만 '이 여자 제대로 교육 한번 시켜야겠네'라는 생각이 앞서면서 화가 났다. 나는 그녀에게 막 퍼부었다.

"그래도 부모인데 근본을 찾아 풀어나갈 생각은 하지 않고 내쳐버리겠다고? 당신이 당신 자식을 외면하는데 나도 외면하겠고, 농장에 들어가면 내보낼 테니 그렇게 알고 계시라고 나도 더 이상의 베풂은 없다고 담배꽁초 주워서 피우는 당신 아들 속옷도 없어 저녁에 빨아서 아침에 주워 입더라."

탕아를 품은 농장과 지독한 모정의 항복

"그리고 머리 깎을 돈이 없어서 거울 앞에서 가위로 자르고 있어, 그것뿐일까? 아순시온 총각이 벌레 많은 농장에서 벌레에게 물려 약 좀 달라는 말은 못 하고 긁어서 온몸이 헐어 상처투성이야. 또 말해줄까? 몸이 아파 열이 올라서 겨우 걸으면서도 밥을 굶으면 다음 끼니까지 먹을 것이 없으니, 그러면 물로 허기를 채워야 하니까 힘없는 몸으로 꾸역꾸역 그 밥을 끌어넣으면서 울어, 또 말해줄까?"

나의 매서운 말에 그녀는 그만하라며 언제 농장으로 들어갈 거냐고 물었다. 나도 당연히 한마디를 보탰다. 내가 언제 들어가든 당신이 무슨 상관이냐고, 내가 들어가면 당신 아들은 다른 곳으로 가야 한다고 못을 박았다. 차비라도 챙겨주겠느냐는 물음에는 "차비? 내가 왜?"라며 일원 한 푼도 보태주지 않을 것이라고, 걷다가 쓰러지든 말든 이제 나도 모른다고 했다. 부모라는 당신은 따뜻한 이불 속에서 편안하게 자는 것이 맞느냐고, 당신 아들은 추워도 춥다는 소리를 못 한다며 쏘아붙이자 그녀는 제발 그만하라며 울음을 터뜨렸다.

다음 날 농장으로 돌아올 채비를 하는데 그 청년의 엄마가 찾아왔다. 옷과 돈과 담배까지 한가득 싸 들고 와서는 미안하다고 사과를 건넸다. 나는 더욱 강한 척하며 "나 어제도 말했잖아. 내가 농장 들어가면 당신 아들은 떠나야 해. 그런데 내가 왜 이 물건을 들고 가야 하지?"라고 내뱉었다.

그렇게 말하면서도 마음속으로는 반가웠다. 그 총각의 가련한 모습을 매일 지켜보는 것도 마음 아픈 일이었기 때문이다. 어쩔 수 없는 척 물건을 받아다 전해주었더니 그 총각은 "울 엄마 만났어요? 날 용서해준대요?"라며 눈물을 흘렸다. "그 속에 편지도 있다더라"고 전하고 나니, 이번 기회에 정신 차려서 제대로 살아주었으면 하는 마음과 함께 왠지 모를 뿌듯함이 밀려왔다. 이번 행동이 내가 너무 나선 것은 아니었는지 스스로에게 물어보기도 했다.

다음 아순시온 나들이에서 시부께서 말씀을 전해주셨다. 내가 떠나고 난 후 총각 어머니가 말하기를, 또박또박 그것도 쉬지 않고 자신에게 할 말 다 하는 사람, 자신보다 어린 사람이 어른 앞에서 망설이지 않고 대단한 며느리를 두었다며 고개를 절레절레 흔들더라는 것이었다. 그러더니 시부께서 물으셨다. "너 그 여자 무섭지 않았어? 그 여자 아순시온에서 돈놀이하면서 사는데 여태껏 누구에게 굽혀본 적이 없는 모두가 두려워하는 여자야, 너 몰랐니?"

내가 아순시온에서 사는 사람을 어떻게 알겠는가. 나는 그저 그 여자의 행동이 거슬려서 좀 강하게 이야기했을 뿐이었다. 나 정말 그렇게 함부로 교양 없이 행동하며 사는 사람이 아니다. 그저 자기 자식이 미워도 거두어주고 있는 나에게까지 함부로 하는 것이 미웠을 뿐이다. 그 총각은 그렇게 얼마 동안 더 우리 가족과 함께 있다가 떠났다. 후에 들은 이야기로는 새로운 삶을 살아보겠다며 다른 나라로 이주했다고 한다.

무법천지 속에서 지켜낸 삶과 이웃의 온기

밤에는 소도둑의 염치없는 행동이, 낮에는 심심찮게 들려오는 무토지 농민들의 점거 소식이 이어졌다. 어쩜 이렇게까지 제정신으로 살아갈 수 없게 사람을 말려대는지, 해가 뜨면 "오늘도 눈을 떴네, 나 살아있어 반가워"라며 쳐다보던 하늘조차 이제는 반갑지 않았다. 혹시나 하는 두려움에 작은 소리만 들려도 가슴은 방망이질을 하다 조여왔고, 누군가 날 노려보는 것 같은 불안감에 숨고 싶어지는 정신이상자로 변해가고 있었다. 사는 게 뭐라고 최악의 조건 속에서도 살아보겠다고 발버둥 치는데, '좀 도와주시지'라며 모두를 향한 간절한 하소연과 주책없는 눈물만 나왔다.

한 가지라도 정리해야 살 것 같아 도대체 어떤 몹쓸 인간이 남의 목장을 제집처럼 드나드는지 알고 싶어졌다. 그래도 살고는 싶었던 모양이다. 누군가는 나를 도와주지 않을까 하는 가느다란 빛을 믿고 도와줄 사람을 찾아보기로 했다. 소문이 나면 보복할까 두려워 암암리에 수소문해 도우미를 만났고, 일주일 정도 살펴봐 달라며 수고비는 섭섭지 않게 약속하며 간곡히 부탁했다.

일주일이 다 되어갈 무렵 그가 전한 말은 참담했다. 거리를 두고 지켜봤음에도 한두 명이 아니었다고 했다. 망 보는 사람, 도살하는 사람, 운전자와 고기를 옮기는 도우미까지 모두 권총과 칼로 무장한 조직적인 강도들이었다. 다행히 우리 동네 근처 사람은 아닌 것 같다는 말에 한 가지 방법을 떠올렸다.

소문을 내기로 한 것이다. 그동안 알게 모르게 심어놓은 나의 조그마한 선행 덕분에 주변 동네에서 친절한 가족이라는 평을 듣고 있었기에, 만나는 사람마다 그간의 일을 조심스럽게 흘렸다. 소문은 바람을 탔는지 서서히 도둑질이 줄어들기 시작했다. 그것만으로도 얼마나 고맙고 감사하던지. 외딴곳에서의 생활은 언제 무슨 일이 일어날지 모르기에, 나를 싫어하는 사람을 만들지 않아야 살아남는다는 것을 깨달았다. 특히 이곳 같은 무법천지에서는 더더욱 그랬다. "돈 벌면 떠나잖아"라는 조롱 섞인 말도 내 앞에서는 뱉지 않았고, 내가 힘들어하면 따뜻한 말을 건네며 계란 한 알, 치즈 한 쪽이라도 나누어주려는 이웃들의 따뜻함은 큰 힘이 되었다. 시골 사람들은 배운 것은 짧았지만 이처럼 순수했고 정이 무엇인지 깨닫게 해주었다.

유리창을 뚫은 총탄과 기적 같은 무탈

늦둥이 아들도 취학 연령이 되니 나 역시 시골에서의 생활 시간이 많이 줄어들게 되었다. 다행히 자신의 일처럼 도와주시는 분이 있었기에 농장을 맡겨두고 오가며 생활할 수 있었다. 하지만 잊을 만하면 어디에 있는 누구의 농장 점거라는 뉴스가 화면을 채웠고, 그것이 남의 일이 아니라는 무거움은 나를 끊임없이 불안하게 했다. 그렇다고 지레 겁을 먹는다고 해결될 일도 아니었기에, 이 모든 일은 정말 하늘에 맡기고 잠잠해질 때까지 기다려야만 했다.

몸은 아순시온에 있었으나 마음은 늘 농장에 가 있었다. 내 머리는 편안하면 무슨 죄를 짓는 것인지 단 하루도 맑음이 없었다. 무슨 팔자인지 조용하면 '왜 이렇게 조용하지?' 하며 도리어 불안해했으니까. 해가 뜨면 '오늘도 눈을 떴네, 나 살아있어 반가워'라며 쳐다보던 하늘도 어느덧 반갑지 않았다. 하루가 멀다 하고 쏟아지던 무토지 농민들에 대한 보도가 한동안 잠잠하여 이제는 조용해지나 보다 하며 감사하다는 말만 되풀이하며 지내고 있었으나, 역시나 나는 아니었나 보다. 이곳 정착 후 하나같이 나에게 잠깐의 휴식을 주고 나면 반드시 더 큰 시련이 기다리는 이상한 굴레는 어김없이 찾아왔다.

농장을 지켜주는 분과는 매일 무사함을 물으며 지내고 있었는데, 그날은 연락이 닿을 시간이 지났음에도 감감무소식이라 불안했다. 간신히 연락이 닿아 안부를 물으니 아니나 다를까, 잠깐 볼일이 있어 차를 몰고 나오다 죽을 뻔했다는 상상도 못한 소식을 전해왔다. 농장에서 정문까지는 2km 정도의 흙길이라 움푹 패인 곳과 울퉁불퉁한 곳을 피해 아주 천천히 차를 몰아야 했다. 그런데 조금 떨어진 곳에 제법 굵은 나무가 길을 가로질러 있었다고 한다. 어제만 해도 장애물이 없었는데 이상하다고 생각하며 나무를 치우기 위해 차를 멈춘 순간, 쉴 새 없이 총알이 날아들었다. 정면과 운전석 옆 창문으로 연달아 날아드는 총탄에 너무 놀라 차 바닥까지 몸을 낮추고는 권총을 빼든 채 조용해지기를 기다렸다고 했다. 조금 지나니 부스럭거리는 소리와 함께 도망가는 소리가 들렸다. 총을 쏜 사람은 운전자가 보이지 않으니 유리를 뚫고 명중한 줄 알고 줄행랑을 친 모양이었다.

돈 얼마만 쥐어주면 대리 살인도 마다하지 않는 참으로 무서운 곳. 분명 농장주를 노렸을 터이나 아직은 죽을 때가 아니었는지 그 사람도 우리도 모두 무사했다. 이 사건 역시 정황상 누구의 짓이라는 확신은 있었으나 심증뿐이었기에 그냥 넘어가야 했다. 참으로 대단한 곳이지 않은가. 그런 곳에서 손해 보지 않겠다고 언성이라도 높였다가는 어떻게 되겠는가. 그저 작별을 알리며 끝나는 것이다.

여러 세대가 살 때는 동족끼리도 서로 못 믿어 마찰이 끊이지 않더니, 다 떠나고 2세대만 남으니 또 다른 넘보기의 표적이 되어 고비를 넘겨야 했던 아찔한 경험이었다. 이 세상에 노력 없이 살아가려는 사람과 사악한 이들만 없어도 평화롭지 않을까 싶다. 남의 손을 빌려 일을 저지르고는 자신은 죄가 없다고 생각하는 그 사악함이 참으로 어이없는 세상이다. 총알받이가 되어주었던

당시 차의 모습은 사진으로 남겨두었다. 간혹 그 사진을 들여다
보며 옛날을 짚어보기도 하는데, 이런 별천지에서 무탈하게 여기
까지 온 것에 대해 정말 감사해하며 살고 있다.

허무를 딛고 일궈낸 아순시온의 새로운 계절

어쩌다가 세상이 이렇게까지 험한지 돈 몇 푼 쥐어주면 청부살
인도 마다하지 않으니 얼마나 제멋대로이냐고, 돈만 노리며 법은
뒷전인 한심한 곳. 간혹 만나는 뉴스는 나와는 상관없는 먼 나라
얘기로 넘기고 살았었는데 직접 맞닥뜨리고 나니 하루하루 살아
있음이 기적처럼 느껴지며 감사하면서도 모든 게 허무하다는 생
각이 들었다. 뭣 하러 이렇게 아등바등 살아보겠다고 지켜보겠다
고 밤잠 설치며 쌓았던 걱정까지도 괜한 짓거리였다는 생각까지
들더라.

죽을 때 짊어지고 가는 것도 아닌데 결국은 다 놓고 '빈손으로
가는데' 나에게 주어진 삶이 이런 것이라면 고통은 그만, 그냥 봉
사활동으로 나를 나누며 남은 시간을 살고 싶다는 마음이 가득해
지더라. 작은 것이지만 내가 지어놓으면 우리 아이들이라도 편
하지 않을까 하는… '어미의 마음'이었겠지. 내 아이들 무슨 죄가
있어? 부모 따라 이곳까지 와서 지금까지의 삶도 버거웠는데…
내가 아순시온에 머무는 시간이 많았으니 봉사활동으로 내 아이

들에게 조금이라도 무엇인가가 갈 수 있다면 무슨 일이든 주어지면 할 수 있을 것 같았다. 한글학교, 오랜 시간 놓고 들여다보지 않았지만, 새로 익혀야 하는 공부였지만 복습이라 생각하고 하면 할 수 있을 것 같았다. 그 어려운 30년 이민 역사도 혼자서 정리했는데 뭘 못할까? 해서 한글학교(이민 2세를 위한 한글 교육과 한국사를 가르치는 토요학교)에 이력서를 넣었고 얼마 지나지 않아 교장 선생님께선 함께해보자는 연락을 주셨다.

봉사활동을 마음먹었더니 이곳저곳에서 기다렸다는 듯 연락을 주더라. 흘러가 버린 시간 동안 첫째 둘째는 더 이상 나의 손을 빌려야 하는 나이는 지났었고 셋째는 Colegio에 다니고 있었는데 위의 두 딸 모두 모범생으로 졸업했고 셋째 역시 모범생이라 '박 씨네 3딸들'에 대한 이미지는 교사들 모두에게서 아주 좋았다. 그 덕분인지 학교 육성회에서 같이 학교를 돕는 봉사인데 해볼 생각은 없느냐며 물어왔었다. 기다렸다는 듯 같이 하겠다고 대답했다. 여태껏 육성회원으로 외국인과 함께해본 적은 없지만 학교에서 교사들 모두가 적극 추천을 했다며 꼭 참여해달라는 회원들!

전통 있는 가톨릭 여학교에서의 봉사활동 그것도 외국인으론 처음, 나 돈 안 되는 그런 곳에 나서는 짓 참 잘했거든ㅎ 육성회원 모두 참 좋은 친구들이었다. 일을 시작하고 나니 나는 한국 사람이라는 자부심이랄까? 모범을 보이고 싶더라 그래서 더욱 열과 성을 다했다. 그리고 한글학교 교사 생활 역시 새 삶을 찾은 것 같았다. 잘 해낼 수 있을까 걱정도 되었는데 '까짓것'으로 생각하니 용기도 생기더라. 비록 토요일 반나절의 수업이었지만 게으름 피우지 않았다. 틈틈이 시간을 내어서였긴 했지만 수업 준비는 충실하게 했다. 하면 할수록 하나라도 더 심어주어야 한다는 욕심이 생겨서 한국사 국어사 한자까지 열심히 외웠다.

당시 우리 학생들 참 착했고 생각보다 이해도 잘했고 잘 따라와 주니 한 글자라도 더 가르쳐주고 싶었고 훗날까지 기억에 남는 부끄럽지 않은 교사가 되고 싶었다. 한글학교는 초등 과정과 중등 과정이 있었는데 중등 3학년 반을 맡았고 이해가 어려워 헤매면 이해를 할 때까지 나름 최선을 다했다. 해서 '호랑이 선생님'이란 별명도 얻었지만. 당시의 나의 학생들 배우겠다는 의지 정말 칭찬해주어야 한다. 중남미 전체 한글학교 중 한국말을 제일 잘했고 받아쓰는 것 역시 파라과이 한글학교를 따라오는 학교가 없었지, 단연 최고였다.

보람스러움이 상승하니까 또 다른 봉사는 없을까 하고… 당시 브라질, 아르헨티나에는 한인 부인회가 있었는데 이곳 파라과이에는 없었다. 당시의 우리 한국, 한글학교 교장 선생님과 이야기를 나누던 중 이곳에 한인 부인회를 만들어 봉사활동을 해보자는 의견의 일치를 보게 되었다. 교장 선생님은 한국에서 오랫동안

교직 생활을 하셨던 분이셨다.

여섯 명의 마음으로 일군
한인 부인회와 남겨진 약속

정말 해보고 싶었던 부인회 봉사였다. 외면당하고 살아가는 사람들은 수녀님들께서 많이 보호하고 계셨는데, 외면까지는 아니었겠지만 이곳 정부가 밉기까지 하였다. 열악한 환경에서 힘들게 살아가는, 도움이 필요한 곳의 상태는 생각보다 훨씬 심각하였다. 정말 상상 밖이었고 그런 곳이 너무나 많았다.

부인회의 창단 식구는 6명이었다. 우리는 매일 저녁 만나 열심히 머리를 맞대었다. 이민 생활이라는 것이 그렇듯 낮에는 삶의 자리를 비울 수 없으니, 여유 시간은 밤 시간뿐이었다. 그렇게 부인회는 창단되었다. 그리고 보니 이제 부인회 창단 멤버 중에는 나밖에 남지 않았다. 돌아가신 분도 계시고 더 큰 나라로 재이주를 하신 분도 계신다.

우리 6명은 '우리가 아니면 안 된다'는 생각으로 찾아다녔고, 같이 봉사활동을 하겠다는 분들을 만나 힘을 모으게 되었다. 무슨 도움이든 열정과 정성도 있어야 하지만, 무엇보다 제일 처음은 돈이 있어야 하는 법이다. 다행히 제품을 하는 회원들이 많았고, 회원은 아니지만 옷가게를 하는 한국 분들이 많았기에 부인회 봉사단체라고 도움을 요청하면 스스럼없이 참여해 주었다. 제품 하는 회원들의 자발적인 참여와 한국 옷가게를 돌며 모은 옷들이 어느 정도 되면 싸게 판매를 하였는데 그 호응은 대단하였다.

그렇게 모이는 돈으로 고아원, 노인 시설(가족이 없거나 버려진 분들의 집), 미혼모 시설, 심지어는 정신병원까지 찾아갔다. 다행히 셋째가 방송 일을 하고 있었기에 열악한 곳의 명단은 쉽게 손에 넣을 수 있었다. 손길을 필요로 하는 곳은 상상보다 훨씬 많았다. 나는 나의 삶이 너무 힘들다며 온갖 투정을 하였는데, 막상 다녀보니 나는 복 받은 사람이라는 생각이 들더라. 특히 부모에게서 버림받은 아이들은 사랑이 그리워 안아주면 품으로 파고들었다. 그 작은 손으로 나의 이곳저곳을 만지며 볼을 비비기도 하는데, 그것이 참 많은 여운을 남겼다. 다녀오면 뿌듯하기도 했지만 마음은 항상 너무나 무겁고 힘들었다. 그렇게 태어나고 싶어 태어난 것도 아니고, 독거노인이 되고 싶어서 된 것도 아닐 것이지 않은가. 특히 정신적인 문제가 있는 사람들이 있는 국립병원은 정말 참담하였다.

주중에는 회원들의 일상이 있었기에 봉사활동은 항상 토요일 점심시간 이후였다. 나는 토요일에 수업이 끝나면 집에 들르지도 못하고 회원들이 기다리는 곳으로 곧바로 가야 했다. '점심?' 굶어도 배고프지 않았다. 우리를 기다리는 곳을 떠올리면 마음이 너무 바빴기 때문이다. 이것은 나를 내세우겠다는 자랑이 절대로 아니다. 조여오는 농장 소식을 마음에 두지 않으려고, 그 위태로움을 잊기 위해서라도 머릿속을 다른 것으로 채우고 싶어 일부러 바쁘게 살고 싶었던 것이다.

한인 부인회는 지금도 존재한다. 한 가지 부탁하고 싶은 것은, 처음 우리 6명이 함께 머리를 맞대고 고민했을 때의 그 마음이 퇴색되지 않았으면 하는 간절함이다. 잊지 말고 꼭 그때 그 정신으로 이어주었으면 한다. 창단 회원 6명, 정말 대단한 뭉침이었다. 나와 머리를 맞대었고 부인회 회장으로 열심이셨던 교장 선생님은 이곳에서 돌아가셨고, 다른 네 분은 다른 큰 나라로 떠나셨다. 부인회에서도 당시를 아는 사람은 역시 나 혼자만 남았네, 참!

7부

산페드로여, 이제는 안녕

산페드로 농장의 함성과 무너진 이방인의 꿈

차츰차츰 한 발짝씩 다가오며 조여오는 불안에 부정하고 싶었고, "우리 농장은 아닐 거야"라며 '설마'를 꼭 쥐고 있었다. 그러나 모든 조건이 불리했던 대한민국의 땅 '산페드로 농장'의 무단 점거 소식을 접하고는 눈앞이 캄캄해졌다. 머릿속은 복잡해지다 못해 터져버릴 것 같아 "어떻게 살아"만 되뇌었지만, 그것은 나 혼자만의 몸부림이었다. 우리 같은 약자들은 항상 그들의 좋은 먹잇감이었고, 피해 갈 수 없는 현실은 나와 남편의 지난 세월을 몽땅 쓸어버리는 듯 들이닥치고야 말았다.

매일 연락이 닿던 농장 소식이 며칠 뜸하여 어디 아픈가 혹은 '무소식이 희소식'인가 했으나, 신문의 첫 장에 대문짝만하게 실린 사진과 기사가 나를 맞이했다. 정말 만나기 싫었던, "설마⋯ 아닐 거야"라며 들여다본 신문이 알려온 것은 너무나도 익숙한 우리 농장의 모습이었다.

기어코 오고야 만 기막힌 현실. 농장을 지키던 사람은 갑자기 들이닥친 그들에 의해 결박된 상태라 우리에게 연락을 할 수 없었던 것이다. 그렇게 쟁탈전의 전쟁은 시작되었다. 어느 날 새벽녘, 우리 농장에는 농기구로 무장한 100세대가 들이닥쳤다. 한 세대당 서너 명이라고만 해도 그 수가 얼마인가. 아이들과 여자들을 제외한 그들의 손에 들려진 농기구는 사람을 해칠 수 있는 날카로운 것들이었다. 준비 없이 마주해야 했던 지킴이를 결박

시켜 바닥에 엎어놓고, 자신들의 세상인 양 모든 것이 제 것인 양 잔치를 벌였던 자칭 무토지 농민들. 세상천지에 이런 짓거리가 거리낌 없이 이루어지고 있었다니, 있을 수 있는 일인가.

없는 자를 돕는다는 허울 좋은 머리띠를 동여매고 하는 짓거리라고는, 강한 자들의 것에는 뒷감당이 안 되니 들여다볼 엄두도 내지 못하면서 도움의 손길이 빈약한 약자에게는 겁 없이 덤벼드는 것이었다. 참으로 못되먹은 '약강강약'을 실천하는 비겁한 인간들. 절대로 해서는 안 되는 일이라는 걸 그들이 모르는 것이 아니지 않은가. 자신들의 나라에서 땅을 팔았고, 그곳에 농업 이민자를 받아 농사를 지으라고 허락해 준 엄연한 대한민국의 땅이었다. 그런데 법이 소용없는 나라가 아니랄까 봐 마치 자신들의 계획 성공에 축배라도 드는 듯했다. 힘없는 자들의 땅은 일단 들이닥치고 보자는 식으로 침범하여, 자식같이 애지중지 보살폈던 나의 소들은 그들의 식사 거리가 되어 배를 채웠고 트랙터며 농기계들도 자신들의 소유가 되었다.

세상에 있을 수 없는 일을 당하고 있는 동포의 위기를 두고, 근본적인 해결책은 들여다볼 생각도 없었던 대한민국을 대신해 우리를 지켜줘야 하는 곳에서의 미온적인 태도는 참담했다. 얼마나 힘들게 살았는데, 밤마다 울지 않으려고 참고 참아도 눈물은 그냥 흘러내렸다. 이 모습으로는 돌아가고 싶지 않으니 뿌리를 내려 살 수 있게 해달라고 대한민국 쪽으로 고개를 돌려 간절함을 전한 게 어디 한두 번이었나. 참으로 허무했고 내 젊음은 어디서 보상을 받느냐며, 이제 어떻게 사느냐고, 하루아침에 모든 걸 잃고 길에 나앉게 되었으니 정말 지푸라기라도 잡고 싶은 심정이었다.

대사관에 도움을 요청했더니 경찰을 보내주기는 했다. 하지만 경찰 동원이 법이 필요 없는 이 나라에서 근본적인 대책이 될 수 있었을까. 경찰이 나타나면 아이들과 여자들만 남겨두고 남자들은 잠적해버린다. 그러다 경찰이 철수하면 다시 나타나선 "너희가 우리를?" 하는 식으로 경찰들을 비웃기까지 했다. 근본적인 해결책은 정부 대 정부의 소통이지 않은가. 더 적극적으로 파고들었으면 이 나라 정부에서도 다시 들여다봤을 텐데, 단 한 번의 경찰 출동으로 마감해버린 처사가 야속했다. 나라를 대신하는 곳에서는 더 이상의 도움은 없었다. 외교도 중요하지만 더 중요한 건 자국민 보호 아닌가.

묘하게 걸려 있는 한 가지 일로 아직까지도 그때의 대사와 연락할 일이 간혹 있는데, 그는 툭하면 은혜를 잊지 말라는 듯 "내가 그때 당신네 땅을 찾아줬잖아"라는 말을 던진다. 끝까지 좀 더 관심을 가지고 정부를 상대로 보살펴주었다면 허무한 끝남이 아닌 보상이라도 제대로 받지 않았을까. 그렇게 마무리를 해주었어야 "내가 그때 당신네 땅을 찾아줬잖아"라고 해야 맞는 말이 아닌가. 해결의 기미가 눈곱만큼도 없어 너무 속상했다. 죽어도 좋다는 심정으로 농장에 들어가 보려고 했더니 모두가 말렸다.

생명 보장이 없다고, 이곳까지 와서 그렇게 허무하게 마칠 거냐
고 말이다.

산페드로 농장의 마지막 선물과
부서진 이방인의 꿈

그런 것 있지 않은가. 꼬이다 꼬이다 더 이상 꼬여질 수 없으면
뚝 하고 끊어져 버리는 것. 그것이 파라과이 한인 농업 이민자인
우리 가족이 받아야 했던 최후의 선물이었다. 무단 점거자들, 그
들은 무지막지하게 행동하여 땅이 자신들의 손에 들어오면 그곳
에서 빼먹을 수 있는 것은 모두 찾아 정리를 하고, 일부의 작은
땅은 무토지 농민들에게 나누어주어 살게 한 후 나머지 땅은 되
팔아 자신들의 다음 계획과 배를 불리는 일에 사용한다고 했다.
허무하게 내어주어야 했던 땅이었지만, 그 긴 시간의 추억도 함
께 묻어버려야 했던 '산페드로 농장'이었기에 더욱 마음이 아팠
다. 이렇게 마감할 줄 알았더라면 그렇게까지 혼신을 바치며 살
지 않아도 되었을 텐데. 비참했고 쓰라렸으며 혼란스러웠고, 영
혼이 빠져나간 빈 껍데기 같았다. 이 억울함을 풀어놓고 싶었고
그래야 조금이라도 편할 것 같았는데, 하소연할 곳도 기댈 곳도
정말이지 어디 단 한 군데에도 없었다. '도와주었잖아'라는 말로
끝난 후 더는 물어오지 않았던 서운함의 여운은 아직도 지워지지
않는다.

내 나라를 믿고 이곳까지 날아온 결과는 표현할 수 있는 단어가 없을 만큼 충격이었지만, 받아들일 수밖에 없는 현실인데 어떻게 하겠는가. 어떻게 어떻게 연결이 되어 토지청의 부름을 받았고 보상을 해주겠다는 답은 받았지만, 그곳에서도 큰 상처는 우리를 기다리고 있었다. 1000헥타르, 300만 평. 그게 작은 땅인가. 하지만 우리는 작은 집 한 채 값도 안 되는 돈을 보상금으로 받고 추억 속의 땅으로 안녕을 고해야 했다. 그들이 내밀었던 돈도 깨끗하게 오지 않고 이민자의 설움을 함께 붙여서 건네더라. 그렇지만 한 푼도 건지지 못하는 것보다는 나았으니까 고맙다고 고개 숙이며 받아야 했다. 그들은 뭐라며 돈을 건넸을까.

"무토지 농민들이 점거해서 빼앗긴 땅이잖아. 그 땅 너희에게 다시 돌아가지 않아. 이젠 너희 땅이 아니야. 우리가 나 몰라라 하고 외면하면 한 푼도 못 건져. 그러니까 뒷말 붙이지 말고 이 돈이라도 받을래 아니면 그냥 빈손으로 뺏길래?"

힘없는 이민자는 그곳에서도 자리 값을 내어야 했다. 나와 남편의 3, 40대를 쏟아부었고 같이 울고 웃었던 시간은 그렇게 허무하게 끝이 났다. 내 나라가 보내준 농업 이민자는 갖은 멸시와 냉대에 속앓이를 하면서도 조금의 온기라도 느껴보려고 나름 노력했고 베풀지 않았나. 그러다 보니 크게 와닿지는 않았지만 그래도 이웃했던 그들은 웃어주었고 부드러운 눈길도 주었으며, 거부하지 않는다는 것은 느낄 수 있었기에 이곳은 나의 보금자리라며 정을 주며 견뎌내었는데. 떠나오고 싶지 않았지만 어떻게 하겠는가. 현실이 아니라며 밀어내는데, 거부할 수 있는 힘을 얻을 곳은 어디에도 없는데. 온몸을 던져 겨우 주춧돌을 마련했더니 이제 집은 자신들이 짓겠다고 억지를 부리며 버티는데 무슨 재주로 당해내겠는가.

미련을 내려놓고 떠나오면서도 앞으로를 생각하니 깜깜하기만 했다. '이제 뭘 해서 먹고살지?' 그 생각밖에 안 들었고, 이런 삶을 얻겠다고 한 길만 바라보고 부지런을 떨었던 지난날들이 다시금 되돌아봐지더라. 남들은 잘도 마련하는 집 한 칸이라도 마련했더라면 이렇게까지 깜깜하진 않았을 것이다. 남의 집 살이를 하면서도 어떻게든 농장을 살려보겠다고 호주머니가 무거워질 시간도 주지 않고 쏟아부었지만, 결과의 현주소는 만신창이의 옛날 모습 그자리 그대로였다. 하지만 살아가야 했고 살아내야 했으니까, 남편은 남의 사업을 돕는 도우미로 일을 하기 시작했다.

참깨 사업과 성실함을 이용당한 '갑'의 자리

남편의 남의 사업 도우미 회사 역시 한국에서 이곳 진출을 구상하던 사람이었는데, 역시 참깨가 연관되는 사업이었다. 한국보다 훨씬 저렴했던 참깨를 사들여 반제품을 만들어서 한국으로 가져가 참기름을 만들겠다는 모 참기름 회사와의 인연이었다. 남편은 흔쾌히 승낙했고 그렇게 일을 시작하게 되었다. 아순시온에서 400km 넘게 떨어진 곳이라 가족과 떨어져 살아야 했지만, 성실함 하나는 누구보다 끈질겼기에 다른 삶의 시작을 맡기게 되었다.

그런데 사업하는 사람은 그렇게 지독스러운 구두쇠가 되어야 돈을 버는가. 누군가가 알아주기를 바라서 열심인 것이 아닌 자신의 성격에서 비롯된 성실함이었는데, 남편은 너무 감추고 인내하며 사는 사람이라 나는 그게 답답했다. 나의 성격 반을 떼어서 집어넣어 주면 완전한 사람이 되었을 것 같다는 생각을 항상 가졌더랬지만, 타고난 성격과 주어진 환경 탓에 굳어져 버린 삶을 내가 무슨 재주로 바꿀까. 지난번 누에 사업에 열정을 보였던 사장님을 떠올리며 '괜찮은 분일 거야' 하면서도 어딘가 좀 그렇긴 했지만 믿어보고 싶었는데, 해도 해도 너무한 '절대 갑'의 자리를 외치는 사람이더라.

사업장을 만들어놓고는 한국의 최저임금도 안 되는 월급을 제시하며 회사가 자리를 잡으면 정상적인 월급을 지급하겠다고 했다. 믿었다. 믿지 않고 어떻게 손을 잡나. 공수특전사 출신의 마지막 답은 아무리 험한 곳에 데려다 놓아도 살아남는 것. 시작의 첫 삽은 배가 고팠지만 잘 견디며 잘 해내고 있었기에 나름 안심했다. 일을 하고 있다는 데 더 무게를 두었으니까! 제대로 된 회사로 자리 잡기에 걸린 시간은 짧지 않았고 자리를 잡아가기까지 사장은 수 번 한국과 이곳을 오갔다. 올 때마다 우리 집으로 왔고, 나는 최선을 다해 대접했다. 뭘 바라고 한 건 절대 아니다. 나의 성격이었으니까.

그런데 그런 것 있지 않나. 그냥 깔끔하지 않고 뭔가 조금은 무거운 마음은 지울 수 없는 것 말이다. 매번 느낀 건 "난 사장이야!"라는 당연하다는 듯한 그 행동이 거슬렸던 것이다. 우리에겐 그러면서도 이곳에서 나름 성공한 교포들에겐 머리를 숙이면서 그들과의 어울림을 즐기는, 뭐라고 이야기해야 할까. 그래도 견뎠다. 사장님이니까. 그런데 나를 낮추는 것도 정도여야지, 당연하다는 듯 되어버리니까 체감온도도 서서히 식어가더라. 회사가 어느 정도 안정이 되니까 '너는 더 이상 필요하지 않다'는 듯 자신의 사람을 심는 것이다. 한국에서 사람을 데려왔다고 소개를 했는데, 아르헨티나에서 이민 생활을 한 사람 둘과 한국 거주자 한 사람 그렇게 세 사람에게 일을 가르쳐주라고 했다.

베풀고 뒷통수 맞는 게 주특기인 남편은 사장의 '부탁?' 아니 '명령'으로 동거를 시작하며 나름 이곳을 가르치며 상세한 것까지 열어주었다.

성실함이 남긴 상처와 교포 사회의 씁쓸한 단면

남편의 한고집은 나와는 절대 의논이 없다는 것이었다. 나랑 의논하다 잘못된 일이라도 있었던 것인지 항상 혼자 결정하고 혼자 행동했으며, 마지막 정착지는 늘 후회였다. 그런데 그러던 사람이 어느 날 아순시온에 와서는 뜬금없이 몸담고 있는 회사 이야기를 주저리주저리 앞뒤 없이 한참 동안 풀어놓는 것이었다.

순간 '아, 뭔가가 잘못되어가고 있구나' 직감했다. 다그치면 말문을 닫을까 봐 조용히 들어주었는데, 사장이 데려다 놓은 사람들과 같이 지내는 게 너무 힘들다는 말을 꺼냈다. 아르헨티나에서 살아본 사람들이라 스페인어 소통에 지장이 없는 건 좋은데, 그것을 좋은 곳에 사용하지 않는다는 것이었다.

이유를 묻지 않을 수가 없어 파고들었더니, 그 사람들의 현재 모습은 말하기도 싫다며 흐렸다. 힘들면 사장에게 사실을 모두 이야기하든지, 아니면 혼자 끙끙거리지 말고 나와 의논을 해야 답이 나올 것 아니냐며 화를 냈다. 남편의 말로는 그들이 남미의 삶을 너무 잘 아는 사람들이라 더 문제라고 했다. 밤만 되면 밖에 나가 여자를 데려와 술을 마시고 놀다가, 새벽녘에야 데려다주고 와서는 아침 낮 상관없이 잠만 자며 일은 뒷전이라는 것이었다. 지난번 누에 사업 때와 마찬가지로 이번에도 별반 다르지 않은 것 같다는 이상스런 불신감이 들었다. 사장이 자신의 사람을 심을 때는 이곳 교포를 믿지 못하거나, 이용 가치가 없으면 내칠 수도 있다는 생각이 분명해졌다. 몇 해 동안 월급에 대한 언급 한번 없이 처음 그대로를 유지하고 있었으니 의심은 확신이 되었다.

이용 가치가 있는 만큼 이용하면서 내칠 기회를 살피는 것 같더니, 더욱 확신을 주는 말들이 전해져 왔다. 사장이라는 자가 회사가 안정기에 접어든 후부터 아순시온의 성공한 분들에게 흘렸던 말들이 우리 귀에까지 박혀왔다. 우리는 오랫동안 거주한 교포였고 나름 교포 사회에 이름도 알려져 있었기에, 들은 말을 전하는 이들은 그 사장보다 우리를 더 믿었거나 동병상련의 마음으로 전해주었을 것이다. 정말 입에 담아서는 안 될 말을 흘렸더라. 마음 같아서는 회사 이름도 밝혀버리고 싶다. 그가 전한 말은 이러했다.

"월급도 섭섭잖게 주는데 하는 일이 없어. 불쌍해서 일 시켜주었더니 놀고먹는 것 말고는 시간만 보내면서 돈만 받아먹는다. 눈치가 없는 사람인지 데리고 온 사람을 심고 은근히 차별을 두는데도 안 나가네. 아무 곳에서도 불러주는 곳이 없으니까 우리 회사에 붙어있으면서."

나의 남편도 눈치가 없었을까. 어느 날 그는 "더 이상 있을 곳이 아닌 것 같다"며 간다 온다 말도 없이 아순시온으로 와버렸다. 한참 뒤에 전해 들은 사장의 실체는 참으로 나쁜 사람이었다. 글쎄, 몇 년을 데리고 있었으니 그만두라고 하면 퇴직금을 줘야 하니까, 그 돈이 아까워 스스로 그만두게 하려고 말을 흘리고 눈치를 주었다는 것이다. 인복이 없어도 그렇지 어쩜 한결같이 그런 사람들만 만나게 되는지. 정말 나쁜, 속이 시커먼 배신자였다.

말을 뱉는 사람은 생각 없이 뱉는 것인지 계산을 하고 뱉는 것인지 모르겠다. 하지만 말이라는 것, 특히 좁은 교포 사회에선 더욱 조심해야 한다. 한국에서 진출했다는 이들이 '개발도상국의 교포 정도는' 이라는 우월감을 제법 많이 마음속에 두고 있는 것 같다. 그러니 듣지 말아야 할 말을 듣는 상대가 어떤 생채기가 생겨 꽂혀 있을지 모르는 것 아닐까. 나를 믿고 따라주는 상대에 대한 배려는 기본이 아닐까 싶다. 아무리 자본주의 사회라지만 돈을 앞에 두고 사람을 평가하지는 말아주었으면 한다.

열심히 살아온 대가가 주어지면 당연히 좋겠지만 주위 여건이 되지 않아 어쩔 수 없을 때도 있는 법이다. 그 사람이 걸어온 길을 알지도 못하면서 돈을 중심축에 두고 판단해서 단물 빨아먹고는 맛이 옅어지니까 뱉어버린다? 이건 아니지 않은가. 나도 한국 사람이지만 간혹 이런 생각이 든다. 한국 사람은 남에 대해서는 지나칠 정도로 관심이 많지만 평가는 차갑다. 반면 이곳 사람들은 상대방에게 별로 관심이 없지만 따뜻하다. 하루하루 나 살기도 바쁜 세상인데 남에게 잣대를 갖다 대기 전에 나에게 더 충실했으면 좋겠다. 항상 고향이 그리운 우리 교포들은 한국에서 왔다고 하면 무조건 친절하다. 그리운 고향을 만난 듯 정말 반갑기 때문이다. 그리고 이곳에서 아등바등 사는 우리보다 훨씬 여유가 있으니, 알게 모르게 나보다 위에 두고 싶은 마음이 앞서는 것이다.

짐칸에서 잠든 개구쟁이와 훗날의 군대 교관

농장 생활의 어두운 이야기는 잠시 접어두고, 기억 속에 생생한 개구쟁이 제자들의 이야기를 풀어보고자 한다. 주중에는 본업이 있었기에 토요일만 학생들과 함께했던 한글학교였지만, 15년 동안 인연을 맺어온 녀석들이다. 이제는 중년의 나이를 향해 열심히 걷고 있을 나의 개구쟁이들 이야기다. 15년 동안 줄곧 중등 반만 맡아왔는데, 학부모들은 생업에 바빠 가족 여행 기회를 갖기가 좀처럼 쉽지 않았다. 그리하여 우리 한글학교에서는 해마다 수학여행을 계획하고 실행하였다. 중등 3학년을 중심으로 1, 2학년 중 원하는 학생이 함께하였다. 수학여행지는 아르헨티나나 브라질의 포스 도 이과수, 혹은 국경 근처의 국내 유적지였다. 보통 열흘 정도를 기준으로 관광버스로 이동했는데, 교사 포함 50명의 움직임이라 항상 긴장의 연속이었다. 출발에서 도착까지 한순간도 마음을 놓을 수 없어 도착하고 나면 그야말로 기진맥진하곤 하였다.

그해에도 교사 3명과 학생 47명이 출발하였다. 큰 어려움 없이 무사히 아르헨티나로 건너가 유적지 견학을 마치고 다음 장소로 이동하던 중이었다. 출발한 지 30분쯤 지났을 때 한 학생이 다급하게 말하였다. "선생님, 내 동생이 안 보여요." 승차할 때 분명 인원을 확인하고 출발하였기에 당혹스러웠다. '호랑이선생'의 임무는 녀석들을 통제하는 것이었기에 내 자리는 항상 출입문 옆 첫 번째 좌석이었다. 승차 시 47명을 확인하였고 그사이 버스가 멈춘 적도 없었다. 화장실까지 살폈지만 정말 아무 곳에도 그 녀석은 없었다. 녀석의 누나는 눈물이 글썽글썽하여 "선생님 어떻게 해요"만 반복하였고, 앞이 캄캄해졌다. 다시 첫 좌석부터 빈틈없이 재점검하였으나 녀석은 흔적도 없이 사라진 듯 보이지 않았다.

장거리 여행인 데다 자신들만의 세계에 빠져 노느라 잠시간도 아까워하며 부지런을 떨던 녀석들은 버스만 타면 꿈나라로 가버리곤 하였다. 깨워서 물어볼 수도 없었기에 속으로 침착하자고 외치며 샅샅이 다시 살피기 시작하였다. 그러다 관광버스 좌석 위쪽, 간단한 짐을 올리는 짐칸에 눈이 향하였다. 큰 가방은 버스 하단 짐칸에 실렸고, 위쪽은 가벼운 먹거리나 얇은 담요 정도만 두는 곳이라 생각지도 못했던 곳이다. 설마 하는 마음으로 손을 넣어 더듬어가며 확인하니, 녀석은 그 좁디좁은 곳에 신기하게도 누워 자고 있었다. 체격이 작은 녀석이 담요를 둘둘 말고 있었으니 눈에 띄지 않았던 것이다.

녀석을 확인한 후 밀려온 안도감은 그야말로 '영혼탈출'이었다. 긴장이 풀리니 온몸의 힘이 몽땅 빠져버렸다. 어떻게 그곳에서 잠잘 생각을 했을까 생각하니 정말 신기하였다. 아마도 좁은 의자보다 다리를 길게 펴고 누울 수 있어 더 편할 것이라 생각하고 올라간 모양이었다. 녀석의 가족은 훗날 한국으로 재이주하였다. 이후 "선생님, 내 동생이 안 보여요"라며 눈물을 글썽였던 누나와 연락이 닿아 근황을 물었더니 그녀가 이렇게 전하였다. "선생님, 그 개구쟁이 녀석 지금 군대에 있는데 교관이에요." 녀석!!!

바위 뒤에 숨고 싶던 날과
"선생님, 나 이제 사람 됐어요"

역시 수학여행에서 있었던 일이다. 이 제자는 몸이 다소 아픈 아이였기에 가정에서나 학교에서나 늘 각별한 주의를 기울여 살펴야 하였다. 그러다 보니 무례한 행동도 스스럼없이 하는, 조금은 버릇없는 녀석이었다. 누구도 자신을 건드릴 수 없다는 자신감으로 타인에 대한 배려는 완전히 상실한 아이였다. 부모님께서 사정을 이야기하며 부탁하셨기에 항상 살필 수 있는 거리를 유지하였고, 다행히 잘 따라주기에 나름 마음을 놓았다.

하지만 조용히 넘어갈 녀석이 아니었다. 기어이 일을 저지르고야 말았다. 박물관에서 있었던 일이다. 파라과이에서 온 한국 학생들 일행이라는 소식을 들은 관장님께서는 관례에도 없는 특별한 배려로 직접 관람을 안내해주셨고, 소장품들에 대한 설명까지 직접 해주셨다. 설명이 거의 끝나갈 무렵, 녀석이 질문이 있다며 손을 번쩍 들었다. 관장님께서는 웃으시며 물으셨다. "내가 상세하게 설명을 한 것 같은데 무엇이 모자랐을까? 어떤 것이 그렇게 궁금하지?" 우리 교사들은 그 녀석의 엉뚱함을 너무나 잘 알고 있었기에 순간 모두가 긴장하였다. 역시나 녀석답게 예상을 빗나가지 않았다. "그 그림 얼마에 팔아요?"

황당한 질문에 장내는 일순 멈칫하였다. 당황한 우리 교사들은 관장님의 눈치만 살폈다. 관장님께서는 잠시 침묵하시더니, 아무 일도 아니라는 듯 웃으시며 유감스럽게도 이 그림은 팔 수 있는 것이 아닌 아르헨티나의 아주 귀중한 보물이라며 자연스럽게 마무리를 하셨다. 학생들은 밖으로 나오며 그 녀석을 질타하였다. 일부는 "야! 너 미쳤니? 진짜 미친 것 아니야?"라며 난리가 났다. 나 역시 정말이지 감정 조절이 되지 않았다. 간신히 마음을 다스린 후 녀석을 불렀다. 그러고는 뚫어지게 쳐다보았더니 녀석이 말하였다. "선생님, 야단치지 마요. 설명은 지루하고 머리는 심심하고, 그냥 나서보고 싶어서 그랬어요."

내가 무엇이라 말하였을까. "○○야, 네가 그 질문을 했을 때 선생님 머리에 제일 먼저 떠오른 생각이 무엇이었을까? 얘기해 줄까?" 녀석은 웃으며 물었다. "뭔데요?" 자신은 잘못을 저질러도 누구도 나무라지 않는다는 자신감, 즉 '감히 너가 나를 건드려?'라는 생각이 깔린 듯하였다. 내가 전한 말은 이러하였다. "갑자기 바위가 생각나더라. 왜 그랬을까?" 녀석이 되물었다. "그 바위로 날 어쩌고 싶었는데요?" "아니, 내가 바위 뒤에 숨고 싶었거든."

파라과이에 도착하면 너의 부모님께서는 큰 사고 없이 여행을 잘 마무리했기를 바라며 학교에서 기다리고 계실 것이다. 부모님께서 선생님에게 너의 안부를 물어오시면 박물관에서 있었던 일을 사실대로 말씀드릴까? 그러면 부모님의 마음은 어떠실까? 많이 아프시겠지? 그래도 괜찮겠니? 말씀드릴까? 그제야 녀석은 "그래서요 어쩔래요?"라고 대꾸하면서도 살짝 눈물을 비쳤다. 부모님께는 차마 전할 수 없는 행동이었기에 그렇게 훈육을 마무리하였다.

모두를 당황하게 만들었던 녀석의 행동도 졸업 후 흐르는 세월 속에 묻어두고 잊고 지냈다. 그러던 어느 날, 부지런히 걷고 있는 나의 뒤에서 다급한 목소리가 들려왔다. "선생님, 선생님, 잠깐만요 선생님!" 뒤돌아보니 키가 큰 청년이 숨을 헐떡이며 뛰어오고 있었다. 바로 그 말썽꾼 녀석이었다. "선생님, 나 ㅇㅇ예요." 그러면서 나를 덥석 안고는 빙글빙글 도는 것이었다. 녀석이 내뱉은 말이 궁금하지 않은가. "선생님, 나 이제 사람 됐어요."였다.

반가운 마음과 옛날 생각이 나서 웃음이 났고, 잘생긴 청년으로 변한 모습이 대견하기도 하였다. "요 녀석, 이 말썽꾼아, 야! 정말 반갑다." 녀석은 거듭 말하였다. "나 사람 됐어요. 정말이에요. 진짜 사람 됐다니까요." 녀석아!!! 그래서 어쩌라고. ㅎㅎㅎ

호랑이 선생님의 별명과 아르헨티나 호텔의 소동

수업을 마친 후 동료 교사들과 함께 한 한국학교 교사의 초대를 받아 댁을 방문하게 되었다. 방문하는 동료 교사의 아들 역시 나의 제자였다. 도착하여 초인종을 누르니 제자가 문을 열어주었는데, 집지킴이 개가 동네가 떠나가라 짖다 말고 이빨을 드러내며 으르릉거렸다. 화가 잔뜩 난 지킴이를 달래야 들어갈 수 있을 것 같아 제자에게 말하였다. "개 좀 달래봐. 무서워서 들어갈 수가 없잖아." 그러자 제자는 "안 물어요. 들어오세요"라고 대답하였으나, 개가 아주 사납게 덤빌 기세라 한 발짝도 내디딜 수 없었다. 그런데 제자 녀석은 요지부동으로 쳐다만 보고 있었다. "ㅇㅇ야, 개 좀 달래봐. 저렇게 화가 나 있는데 우리가 어떻게 움직이니? 너무 무서워서 한 발짝도 못 움직이겠어." 나의 말에 제자 녀석이 맞받아친 한마디에 방문했던 교사 모두는 어이없어하다가 빵 터지고 말았다. 글쎄, 녀석이 능청스럽게 뱉은 말은 이러하였다. "참! 나! 호랑이도 개를 무서워해요?"

어렴풋이는 알고 있었지만 그때 확실하게 알게 되었다. 학생들 사이에서 불리는 나의 별명이 '호랑이'라는 것을 말이다. 다음 주 수업이 있던 날, 나의 귀염둥이들에게 슬쩍 물어보았다. "얘들아, 내 별명이 호랑이라면서? 내가 그렇게 무서웠어?" 그러자 아이들이 입을 모아 대답하였다. "아뇨 선생님, 안 무서운데 그냥 무서워요. 하지만 우리 모두 선생님 너무너무 사랑해요. 우리 엄마 같아요. 고맙고 사랑합니다 쌤!" 나도 안다, 내가 조금은...

사춘기에 들어선 개구쟁이들의 엉뚱한 행동들은 그야말로 일촉즉발이다. 상상도 못한 일들을 순간순간 만들어내는데 누가 말리겠는가. 역시 아르헨티나에서 있었던 일이다. 하루를 마무리하고 녀석들의 방 배정을 마친 뒤, 교사들도 내일 일정을 살피며 쉬고 있었다. 밤 11시가 넘은 시각, 호텔 직원이 화가 잔뜩 난 얼굴로 교사들의 방을 찾아왔다. 그가 전하는 말에 우리는 미안하다는 말만 수십 번을 되풀이해야 했다.

이유인즉슨, 장난이 유난스러웠던 아주 짓궂은 녀석들이 머물던 방이 장난치기에 딱 좋은 곳에 위치해 있었기 때문이었다. 호텔 입구에 외국 관광객들을 배려하여 자국기 외에 여러 나라 국기가 꽂혀 있는 계양대가 그 녀석들의 방 창문 너머에 있었다. 계양대를 받쳐주는 공간은 좁고 길었는데, 한 녀석이 창문을 넘어서 그곳으로 나갔고 방에 있던 녀석들은 그 녀석이 나간 것을 확인하자마자 창문을 걸어 잠가버린 것이다. 꼼짝할 수 없게 된 녀석은 벽을 잡고 겨우 버티며 문을 열어달라고 고함을 질렀다. 호텔 직원은 그 고함 소리에 놀라 밖으로 나갔다가 그 모습을 발견하였고, 다행히 위험천만한 상황은 면할 수 있었다.

직원은 얼마나 놀랐는지 이 밤중에 찾아와, 여러 나라 여행객을 받아봤지만 이런 경우는 처음 본다며 화를 냈다. 자신이 발견하지 못했다면 생각하기도 싫은 엄청나게 위험한 일이 생겼을 것이 아니냐며, 호텔을 바꿀 수 없다면 교사들은 쉴 생각을 거두고 녀석들을 좀 더 살펴달라고 부탁하였다. 결국 우리 교사들은 밤 샘하는 벌을 받아야 했다. 정말 엉뚱하지 않은가.

제자의 온기와 이방인이 짊어진 그리움의 무게

속 깊고 정 많은 제자들은 남학생들보다 여학생들이었다. 갑자기 보고 싶어지는 한 여학생의 이야기를 잠깐 해보고자 한다. 수

학여행 동안 내 곁에서 잠시도 떨어지지 않았던 아이다. 내가 움직이면 "선생님, 제가 할게요."를 반복하며 먼저 일어서서 도와주었던 예쁜이였다. 교사들은 특히 단체가 움직여야 하는 경우 작은 것 하나도 놓칠 수 없기에 더욱 예민해지고 세밀해지는데, 그 여학생 덕분에 그해의 수학여행은 몸도 마음도 여유롭고 수월하였다. 여행이 끝나갈 무렵 "ㅇㅇ야 정말 고마워, 선생님은 너 덕분에 이번 여행은 정말 많이 편했어, 정말 고마워"라고 하였더니, 그 여학생은 참으로 예쁜 이야기를 들려주었다. "선생님, 고마워하지 마세요. 선생님은 우리를 이렇게 하나에서 열까지 보살펴주시는데 선생님을 보살펴주는 사람은 아무도 없잖아요. 그래서 제가 여행 동안만이라도 곁에서 도우며 보살펴드리고 싶었어요." 정말 가정교육 잘 받은 착한 제자가 아닌가. 이렇게 착한 제자도 있었고 개구쟁이 같은 행동으로 기억 속에서 지울 수 없는 녀석들도 있었지만, 그 아이들과 어울릴 수 있어 행복하고 보람스러운 학교생활이었다. 보고 싶은 나의 예쁜이들이다.

내 나라에서보다 더 긴 시간을 이곳에서 나름 열심히 산다고 살아왔음에도 마음속은 항상 무언가 빈 듯한 허전함이 떠나지 않고 머물러 있다. 이제는 훌훌 털어버려야 할 나이가 지났음에도 버려지지 않는 이 버릇은 마냥 그리운 내 나라, 나의 고향이다. 남의 나라 살이가 힘들긴 하였나 보다. 항상 잊히지 않는 그리움이 한편에 머물러 있는 것을 보니 상처가 깊었던 것일까. 현지인들의 고의인지 장난인지, 혹은 뿌리 깊게 박혀 있는 한국인에 대한 편견이 배출구를 찾다가 내가 보이니 상처를 주고 싶어 저질렀고, 상처받는 상대를 보며 즐기는 것 같았던 좋지 않은 기억들이 있다.

대체로 걸어 다니는 것을 더 편하게 생각하는 버릇으로 웬만한 거리는 운동 삼아 걸어 다닌다. 걷다가 좌판을 놓고 과일을 파는 사람을 만나면 무조건 팔아줘야 하는 버릇도 있다. 그날도 과일을 사서 들고 집으로 향하고 있었는데, 어떤 남자가 피곤함이 가득한 모습으로 건물 계단에 앉아 "어이 꼬레아나" 하고 나를 불렀다. 멈춰 서서 쳐다봤더니 배가 많이 고프다며 과일을 좀 나눠줄 수 있느냐고 물었다. 나누는 것을 좋아하는 나는 무슨 과일을 원하느냐고 물었고, 사과와 바나나가 먹고 싶다기에 가지고 있던 것의 반을 건넸다. 과일을 받아 들고는 나를 한참 동안 빤히 쳐다보더니 고맙다는 인사는 없고 대뜸 이렇게 말하는 것이었다. "나쁜 한국 여자, 죽이고 싶어. 왜 너희 나라로 안 돌아가고 이곳에서 우리나라의 피를 빨아먹고 사니? 나 칼 갖고 있어 확 찔러버려?"

순간 이게 뭔가 싶어 무서움이 몰려왔고 빠른 걸음으로 피하였더니, 나의 등 뒤에 대고 막 퍼부어댔다. "과일을 나눠줬으니까 살려준 거야, 꼴보기 싫은 꼬레아나." 정말 얼마나 놀랐던지 집에 도착해서도 한동안 안정이 되지 않았다. 다시는 걸어 다니지 말아야겠다고, 그러면 험한 꼴은 당하지 않을 것이라는 생각을 하였으나 어느 날 나를 보니 또 걷고 있었다. 황당했던 그날의 사연을 동료 교사들에게 전하며 조심하라고 하였더니 모두가 "에이 무슨… 설마…"라며 내 말을 믿지 않았다. "정말이야 내가 당했잖아"라고 이야기하였지만, 모두 차를 가지고 있는 동료들이라 걸을 일이 거의 없으니 나의 체험학습에 '설마'가 붙었고 이해가 되지 않았던 모양이다.

성당 앞의 칼날과
십년감수했던 그날의 아찔한 기억

정말로 칼에 맞을 뻔했던 아찔한 일이 있었다. 아침 일찍부터 TV 생방송 프로그램을 진행해야 하는 셋째 딸이었기에, 도우미가 오기 전의 시간엔 내가 손자를 돌봐야 했다. 새벽 시간과 오후 도우미가 오기 전의 낮 시간 역시 나의 몫이었다. 그러니 주중에는 새벽과 낮에 딸의 집으로 출근을 해야 했다.

딸의 집에 가려면 큰 성당 앞을 지나가야 하는데, 그날도 앞만 보고 부지런히 걷고 있었다. 그때 성당 앞에 서 있던 남자가 '헤이 꼬레아나'라고 부르길래 멈춰 서서 쳐다보았더니, 왜 쳐다보느냐며 괜한 트집을 잡았다. 나는 "너가 날불렀잖아 그래서 쳐다봤어"라고 대답하고는 그냥 가던 길을 가려고 걸었다. 성당 앞에서 남자가 한 번 후다닥 뛸 것처럼 하다가 멈칫하기에 살짝 겁이 났으나, 태연한 척 다시 걸었다.

그 남자는 빠른 걸음으로 내 앞을 걷더니, 얼마간의 거리를 두려는 것인지 나를 힐끗거리며 '꼴보기싫어 너희나라로 돌아가라.

이곳은 우리나라야,’라고 같은 말만 반복하며 일정 거리를 유지한 채 내 앞에서 걸었다. 그런데 그 남자가 내가 가야 하는 길로 똑같이 가고 있었다. 순간 좋지 못한 생각이 들면서 무서웠기에 조금 더 거리를 두려고 더 천천히 걸으면서 긴장을 놓치지 않았다.

잠깐 사이 그 남자가 보이지 않길래 안심하고 꺾이는 길로 들어서려는데, 그곳에서 남자가 나를 기다리고 있었다. 그것도 칼을 빼 들고 완벽하게 찌를 준비를 하고 내가 들어서기를 기다리고 있었던 것이다. 상상이라도 했다면 그 길로 들어섰겠는가? 생각지도 못한 순간이었다. 바로 마주쳤는데 칼이 번쩍 들리는 순간 후다닥 반대 방향으로 냅다 뛰었더니, 남자는 칼을 들고 뛰어오다 말고는 그 자리에 주저앉았다.

필자는 오랜 시간 현대무용을 해왔다. 무용으로 단련되었기에 순발력 하나만큼은 보통 사람보다는 빠른 편이다. 조금 먼 거리에서 지켜보았으나 칼은 허리춤에 숨겼는지 손에 들려 있지 않았다. 대낮에 칼을 들고 걷다가 들키면 흉기 소지로 경찰서행이니, 경찰서는 가기 싫었던 모양이다. 순간 행동이 빨랐기에 불상사를 면한 것이지, 그 자리에서 놀라 멈칫하였더라면 어떻게 되었을까? 정말 십년감수했던 날이었다.

그날 이후 가깝게 질러가는 길은 버리고 좀 시간이 걸리더라도 사람 통행이 많은 안전한 길로 걸었다. 지금이야 K-문화 덕분으로 많이 유연해진 편이긴 하지만, 그래도 어떤 곳에서는 뭔가 모를 그런 것들이 아직 존재하고 있다는 것을 간혹 느낀다. 돈 앞에서는 인정사정도 없는 한국인이라는 불신과, 과거로부터 내려오던 잘못된 우리의 모습이 당연시되어 지워지지 않고 묻어둔 채 공연히 한국 사람만 보면 미운 무엇을 만난 것처럼 그냥 저지르고 싶은 것은 아닐까. 제대로 병원에 누울 뻔했던, 지금 생각해도 아찔한 그날은 평생 지워지지 않을 것 같다.

자칭 잘난 사람의 오만과 이방인의 자존심

자칭 잘난 사람의 이야기이다. 이 일은 정말이지 나의 자존심을 건드렸기에 나도 한동안 똑같은 사람이 되어주며 은근히 잘못을 인정하게 만들었던 이야기이다. 비록 나의 나라는 아니지만 살아온 시간이 오래이다 보니 한국의 습관과 관습보다는 이곳의 모든 것에 더 익숙하고 자연스러운 것이 사실이다. 그래서 간혹은 이곳 사람들과 부딪힐 때 현지인보다 더 나쁘게 행동할 때도 있다. 왜냐하면 '자칭'은 정말이지 볼썽사납기 때문이다. 남이 인정해줄 때 비로소 '잘 살아왔구나'라는 생각이 들기에, 교육이 필요하다고 판단되면 제대로 교육을 시키곤 한다.

나의 딸들이 다녔던 파라과이 최상위 여학교인 콜레히오(Colegio)에서 육성회 회원으로 봉사활동을 할 때의 일이다. 미운 짓거리로 나와 나의 둘째를 무시했던 모 사립대학 치대 교수였던 회원에 관한 이야기다. 그 여자는 처음부터 함께한 기존 회원은 아니었고, 부인을 먼저 하늘나라로 보낸 회원의 재혼 상대였기에 우리가 회원으로 받아주게 된 것이었다. 그럼에도 자신보다 잘난 사람은 어디에도 없는 듯 정말 안하무인이었다.

당시 나의 둘째 딸도 제법 이름이 알려진 치과의사로 바쁜 시간을 쪼개어 환자를 살피고 있던 때였다. 그런데 그 교수라는 여자는 나의 딸을 칭할 때 절대로 '독또라(Doctora)'라는 칭호를 사용하지 않고 '그 아이'라고 부르며 비웃듯 제대로 된 치과의사가 맞느냐며 은근히 무시를 하였다. 하지만 나는 그 여자의 말을 귀에 담지도 않았고 토를 달지도 않았다. 그러자 내가 주눅이 들었다고 생각했는지 공공연하게 둘째를 무시하는 발언의 수위가 차츰 높아지며 더더욱 가관이었다.

나의 둘째는 국립치대를 최우수 학생으로 졸업하였다. 그 사실을 알고 있던 지방 대학에서 초빙하기도 했으나 아직은 시기가 아니라며 경험을 더 쌓은 후에 생각해보겠다고 미루고 있던 때였다. 정작 그 여자는 아순시온 국립치대 졸업생도 아니었으나, 우리 회원들 중 의사는 자신밖에 없었으니 못 봐줄 정도로 미운 짓을 일삼았다. 우리는 학교 봉사활동 외에도 친목을 위한 만남을 가졌는데 한 달에 한 번씩은 꼭 얼굴을 보아야 했다. 언제든 만나면 반가운 사람들이라 서로 안부를 묻느라 소란을 피우며 끌어안고 웃고 떠들곤 하였다.

그러나 교수라는 여자는 절대로 제시간에 오는 법이 없었다. 항상 지각을 하면서도 들어올 때는 회원 모두가 줄을 서서 자신을 환대해주길 원하는, 정도가 넘은 행동의 소유자였다. 이곳의 정통 인사법은 손을 잡고 양쪽 뺨을 맞대며 안부를 묻는 것이다. 내 오른쪽과 왼쪽 모두에 회원들이 있었는데, 그녀는 오른쪽에 있는 회원과 인사를 나눈 후 나를 쳐다보지도 않고 건너뛰어 왼쪽에 있는 회원에게 다가가 웃으며 인사를 나누는 식이었다. 그래도 참고 넘겼으나 내 표정이 편할 리 없었다. 그 여자의 무시를 겪은 후로는 자리가 끝날 때까지 한마디도 하지 않고 침묵으로 일관하였다. 회원들은 나를 살피며 다독였지만 매번 그러하니 내가 빠져야겠다는 생각이 들었다.

회원들에게 나 때문에 분위기가 가라앉는 것 같으니 그만두겠다고 하였더니 모두가 절대로 안 된다며 난리가 났다. 그래서 다음 모임 한 번만 빠져보겠다고 하니 회원들은 그것조차 안 된다며, 그 여자를 피하지 말고 그냥 차버리라고 하였다. 자신들은 모른 척하고 있을 테니 내가 하고 싶은 대로 하라며 부추겨주었다. 그리하여 나쁜 여자가 되어 제대로 교육을 시켜야겠다고 벼르며 다음 모임에 참석하였다. 바람결에 소문을 들었는지 그날은 웃으며 나에게로 다가오는 것이었다. 그 웃는 얼굴이 가소로워 더 미워졌다. 나 또한 똑같이 모르는 척을 해버렸다. 그러자 왜 그러느냐며 우리가 모른 척할 사이냐고 묻는 것이었다. 그 기회를 놓치지 않았다. 회원들 모두가 내 편이었기에 용기를 얻어 더욱 강하게 쏟아부었다.

“내가 널 무시하는 행동을 했는데 기분이 어땠니? 자존심이 대단한 너인데 기분이 상당히 나빴지? 그리고 너 직업이 치대 교수니까 국립대에도 아는 교수가 있을 테지? 전화해서 한번 물어봐! 내 딸이 어떤 학생이었는지, 그리고 지금 내 딸의 위치가 어디쯤인지도 물어봐. 또 지방 국립치대에도 문의해봐, 내 딸을 초빙했는지 아닌지. 지금 내 앞에서 바로 전화해서 확인해봐. 내 말이 거짓말인지 아닌지. 내 딸은 너에게 무시당할 만큼 대충 공부한 아이가 아니야. 그리고 지금 네가 강의 나가는 그 대학보다 내 딸에게 강의를 부탁했던 대학이 더 괜찮은 대학 아니니? 넌 우리 육성회의 기존 회원도 아니야. 그런데도 우리 모두가 너를 존경해줘야 하니? 그렇게 대우받고 싶니? 난 외국 사람이지만 학교에서 원했던 사람이야. 하지만 넌 아니잖아. 넌 너의 남편 덕으로 지금 우리와 함께할 수 있는 거야. 학교 육성회원으로 열심히 일할 당시 학생회장이 누구인지 알기나 하니? 내 딸이 총학생회 회장이었어. 내가 너보다 못한 것은 의사가 아니라는 것, 그 하나뿐이야. 누구든 자신의 인격은 존중받고 싶은 거야. 네가 날 무시한만큼 앞으로 한동안은 나도 널 무시할 거니까 서운해하지 마. 왜냐하면 받은 만큼 갚아야 하니까.”

마음은 불편했지만 그렇게라도 알게 해줘야 그 여자가 조금은 되돌아볼 것 같았다. 한동안은 어색한 만남으로 이어졌지만 더 이상은 잘난 척하지 않았다.

부메랑이 되어 돌아오는 우리의 말과 행동

　이곳에 사는 우리 교포들은 상업에 종사하는 이들이 많다. '4시장(mercado 4)'이라 불리는 아주 큰 상업단지에 가면 많은 교포를 만날 수 있는데, 간혹 시장에 들를 일이 있으면 안부를 묻곤 하는 곳이 있었다. 그날도 그냥 지나치기 뭐해서 인사를 하며 들어갔는데, 종업원이 웃으면서 건넨 말이 "미친년"이었다. 어이가 없어서 쳐다보았더니 "ㅇㅇ하고 자빠졌네"라며 너무나 정확한 한국말을 내뱉는 것이었다.

　나의 표정은 폭발 직전이었고 한마디 하려는데, 그 종업원은 다시 "ㅇㅇ하지 말고 빨리 ㅇㅇ들어와"라고 말하였다. 너무 화가 나서 종업원의 어깨를 잡고는 누가 가르쳐주었느냐고, 그 말의 뜻을 알고 있느냐고 목소리를 높였다. 한국말을 하는 건 좋은데 뜻을 정확하게 알고 사용하라며 정색을 했더니, 돌아온 대답은 "그렇게 나쁜 말이니?"였다. 항상 웃으며 인사를 건네던 나의 표정이 굳어있으니 종업원은 어쩔 줄 몰라 하며 자신이 사용한 말이 무슨 뜻인지 물어왔다.

　그 뜻을 정확하게 또박또박 설명해주었더니, 그는 미안하다며 앞으로는 절대로 사용하지 않겠다고 사과하였다. 누가 가르쳐준 것이 아니고 항상 주인이 웃으면서 자신들에게 그러기에, 친한 사람에게 하는 인사말인 줄 알았다며 정말 미안해하는 것이었다. 좋은 말보다 나쁜 말이 더 빨리 익혀지는 법이다. 주인장에게 일장 연설을 할 뻔하였다. 이곳에서 가게를 하는 교포들에게 무엇이라 하는 것은 아니다. 하지만 그 친구들이 한국 사람에게서 배운 것을 어디에서 사용하겠는가? 결국 우리가 받는 것이다. 종업원의 잘못이 아니라, 현지인 종업원을 두고 일을 시키는 우리가 조심해야 하는 법이다.

얼마 전에도 한국 식품점에 갔었는데, 그날은 토요일이라 손님이 대단히 많았다. 바쁘게 움직이던 종업원의 실수로 주인장의 손가락이 날카로운 종이에 베여 피가 났다. 그러자 그 주인장은 "○○새끼"부터 시작해서 "○○ 똑바로 뜨고 일하라"며 육두문자를 퍼부었다. 그 정도로 끝났으면 나도 조용했겠지만, 종업원이 미안하다고 하는데도 더 심한 말을 내뱉는 것이었다. 내가 나설 자리는 아니었지만 너무 화가 났다. 월급 받고 일하는 사람이라고 종 부리듯 막 대해도 되는 것인지 의문이 들었다.

가게 안의 많은 한국 사람이 입을 꾹 닫고 조용히 있었지만, 그 동안 내가 받은 상처가 스멀거리며 옛날 생각이 나서 그만 참견을 하고 말았다. 큰 상처도 아니고 조금 베인 것이니 반창고를 붙이면 될 일인데 왜 그렇게 욕을 하느냐고, 아무리 종업원이지만 그 아이도 인격을 가진 똑같은 사람이라고 일갈하였다. 돈이 없어 이곳에서 일을 한다고 그렇게 아무렇게나 대해도 되느냐며, 그들도 집에서는 귀한 아들이고 어엿한 가장이라며 한소리를 하였다. 주인장은 "아프잖아요"라고 대꾸하면서도 미안하다고 하기에, 나한테 그러지 말고 종업원에게 사과하라고 일침을 놓았다. 내가 너무 나선 것 같지만 아닌 건 아니라고 생각하였다. 가르치던 버릇 때문인지, 잘못된 것은 바로잡아줘야 한다는 내 머리의 지시였다.

내 집에서 딸의 집까지는 2km 정도로 걷기 좋은 거리다. 그날도 도우미에게 손자를 맡기고 집으로 오고 있었는데, 갑자기 천둥번개를 동반하며 하늘이 캄캄해지더니 비가 쏟아졌다. 길엔 사람이 거의 없었고 집이 더 가까운 위치라 어차피 젖은 김에 그냥 걸었다. 갑자기 쏟아지는 비로 도로는 순식간에 흙탕물로 출렁거렸지만, 비 맞고 걷는 것을 좋아하는 이상한 버릇이 있어 그냥 즐기며 걸었다.

저 멀리서 두 남자가 뛰어오고 있었으나 비가 오니 그런가 보다 하며 계속 걸었다. 그런데 한 남자가 내 앞을 막아서더니 자신의 신발을 벗어 흙탕물을 퍼 나에게 뒤집어씌우는 것이었다. 도망갈 줄 알았는데 내가 가만히 서 있으니 그가 놀란 듯 멈칫하며 딴전을 피웠다. 그 모습에 더 열이 받아 소리쳤다.

"나를 아니? 분명 처음 보는 사람일 텐데 내가 너에게 무슨 실수라도 했니? 지금 한 행동 너의 나라 사람에게도 똑같이 할 수 있어? 내가 외국 사람이라서 그러고 싶었니? 왜 그랬는지 설명해 봐."

조그만 한국 여자가 올려다보며 고함을 지르니 잘못 건드렸다고 생각했는지 그가 대답하였다. 자신은 한국 사람 가게에서 일을 하고 있는데, 오늘 큰 실수도 아닌 일로 주인에게 엄청나게 많은 욕을 먹었다고 하였다. 화가 풀리지 않은 상태로 걸어오다 한 국 사람과 마주쳤고, 한국 사람에게 당한 것을 한국 사람에게 풀고 싶어서 그랬다는 것이다. 이것을 무엇이라 해야 할까. 결국은 우리에게 돌아오지 않는가. 우리가 당하는 것이다.

치열했던 삶의 증거, 훈장 같은 나의 거친 손

"손이 왜 그 모양이야?" 치열했던 삶을 고스란히 담고 있는 내 손. 누군가에게 나의 험한 손이 지적질당했을 때의 그 기분은 어떠했을까. 그것도 보통의 평범한 사람이 아닌, 대한민국을 대표해서 이곳에 나와 있던 모 분에게서 들은 말이었다. 손은 그 사람의 삶을 이야기해주는 증거물이 아닐까.

재파 한인부인회에서는 해마다 연말이면 한국인 노인분들을 위한 송년 잔치를 열었다. 전해에 모셨던 분이 보이지 않을 때면 또 한 분이 고국이 아닌 이곳에서 돌아가셨음을 실감하며 마음이 시려오기도 했지만, 한해 동안의 인사도 건네면서 부인회 회원들이 마련한 음식과 푸짐한 선물, 그리고 노래방 기계까지 준비하여 마음껏 즐기시게 해드렸다. 일 년에 단 하루이긴 했지만, 그렇게 모시면 노인분들은 정말 좋아하셨고 마냥 즐거워하시며 고맙다는 인사를 잊지 않으셨다. 내년에도 뵐 수 있기를 마음속으로 기원하며 행복한 시간이 되었으면 하는 마음으로 원하시는 것은 누릴 수 있게 최대한 배려를 아끼지 않았다.

자식들과 함께 사시는 분들도 계셨지만, 기댈 곳 없어 혼자 외롭게 사시는 분도 계셨다. 혼자 계시는 분들께 여쭈어보면, 자식들이 재이주하면서 성공하면 모셔가겠다는 약속을 했다며 '당분간'이라면서 자식의 소식을 기다리고 계시는 분도 있었다. 해마다 경로잔치에는 대사님과 영사님도 참석하였고 한인회장님도 함께해주셨는데, 노인분들은 자신들의 현재를 의논하기도 하면서 도움을 필요로 하는 부분을 여쭙기도 하는 한해 마무리 행사였다.

식사를 마친 후 노래도 부르고 춤도 추며 마음껏 즐기시던 중, 노인회장님께서 대사님의 노래를 듣고 싶다며 부탁을 하셨다. 회원들 중 그 아무도 대사님께 가서 노래 신청을 받아오기를 거부했다. 모두 대사님 곁이 어렵다며 나만 쳐다보기에, 이런저런 특혜로 몇 번 뵈어 나름 안면이 있는 나더러 신청곡을 받아오라는 것이었다. 나서는 것을 좋아하는 성격은 아니지만 대체로 활동적인 편이라 사모님과 함께 계신 대사님 곁으로 다가가 노인분들의 부탁을 전하며 부를 수 있는 노래 제목을 알려달라며 곁에 앉았다.

제목을 적으려고 볼펜을 든 나의 손을 보더니 대사님이 말씀하셨다. "외형은 부잣집 마나님처럼 매끈하게 해가지고 손이 왜 그 모양이야?" 대사님도 사모님도 내 손을 보고 있었다. 순간 나는 굳어버렸다. 나는 단 한 번도 내 손이 부끄럽다고 생각하지 않았기 때문이다. 나의 지나온 삶을 말해주는 대견스러운 손인데. 간혹 내 손을 쳐다보며 "무지막지하게 고생한 손이네, 수고했다"라며 쓰다듬던 손인데. 전기도 수도도 없는 곳에서 매일 개울가로 나가 더러워진 작업복을 빡빡 문지르며 빨던 불쌍한 손인데 말이다.

나의 삶을 전혀 모르는 분이고, 그래도 방송계에선 첫손가락에 꼽히는 누구의 엄마라는 것만 아는 분이니 편안하게 살아왔을 거라 생각했을 것이다. 대체로 깔끔한 성격이라 매무새는 단정했으니 외형과 비교되는 손을 보고 그렇게 말했겠거니 이해하려 해도 속은 부글부글 끓어올랐다. 뱉고 싶은 말이 목구멍까지 차올랐지만 꿀꺽 삼켰다. 그 말을 뱉었더라면 더 이상 대사님을 뵐 수 없었을 테니까. 신청곡을 받아 들고 자리로 돌아온 내 표정이 밝지 않았던지 회원들이 무슨 일이 있었느냐고 물었지만 아무 일도 없었다고 말하면서도 내 손만 쳐다봤다. 그옛날 여유로운 집안의 딸이었을 땐 내 손도 참 예뻤었는데 어쩌다가 이렇게 되었을까.

나는 대사님께 이렇게 말하고 싶었다. "대한민국을 믿고 이곳에 왔더니 사람 살 곳도 못 되는 유배지 같은 곳이더라. 내가 살아온 농업이민자의 삶을 당신이 알아? 상급 직업을 가진 낭군님을 만난 분의 손은 부드럽고 아름답겠지. 하지만 나처럼 '복 없는 년의 손'은 요 모양 요 꼴이야. 하지만 나도 여자거든. 꼭 그렇게 자존심을, 나의 아픈 곳을 건드려야 했어?"

현직 대통령의 방문과 30년 세월의 하소연

이곳에 와서 살아온 시간을 꼽아보니 43년 하고도 딱 열흘이 되었다. 그 43년 동안은 참으로 생전 처음 만나는 일들이 어디 한둘이었던가. 살아야 한다고, 살아내야 한다고 넘어지지 않으려고 안간힘을 썼지만 결국은 모든 것을 다 내주어야 했고 다시 처음 자리에 서야만 했다. 무토지 농민들에게 모든 걸 넘겨줘 버린 후 삶에 대한 의욕도 의미도 없어 한참 동안을 '세월아 가라'라는 식으로 살다가, 우연한 기회에 가게와 인연이 닿았다. 한국 물건에 대한 이 나라 사람들의 호응도 나쁘지 않았기에 그렇게 크지는 않았지만 아담하게 꾸며놓고 나름 재미나게 하루하루를 즐기는 생활을 하고 있었는데, 어느 날 셋째에게서 전화가 왔다.

누군가 가게를 방문하겠다고 하는데 놀라지 말고 그냥 보통의 방문객 대하듯 하면 된다기에, 누군데 이렇게 전화까지 하며 겁을 주느냐고 물었다. 곧 도착할 것 같으니 놀라지 말라며 다시 한마디 하길래 나의 대답은 이러했다. "딸내미, 내가 이곳에서 어떻게 살아왔는데 대통령이 와도 안 놀래, 지금 당장 대통령을 데리고 와봐 내가 눈이나 깜빡하는지." 딸내미는 웃으면서 '그래요?'라며 전화를 끊었다.

그렇게 전화를 끊고 돌아서는데 검은 승용차가 가게 앞에 서더니 검은 양복의 장정 셋이 내렸고, 뒤이어 내려서서 가게로 걸어오는 사람은 현직 대통령이었다. 당황했어야 하는데 당황은 무슨, 금방 딸내미와 했던 이야기가 생각나며 그냥 웃음만 나왔다. 경호원들의 경호를 받으며 들어와 웃으면서 손을 내밀며 악수를 청하기에 "어떻게 저의 가게에까지…"라고 물었더니, 나의 셋째의 방송 진행 솜씨에 매료된 팬이라며 지나가는 길에 잠깐 들렀다는 것이었다.

우선은 홍삼 음료를 건넸더니 모두들 잘 마셨다. 이런저런 얘기를 나누다가 자신의 깜짝 방문에 놀라지 않았느냐고 묻기에 왜 놀라야 되느냐고 되려 물었더니 '역시'라며 엄지척을 하였다. 대통령이 가게를 방문했다는 소식은 금방 전해졌고, 주위 가게 분들은 모두 가게 밖에서 대통령을 쳐다보느라 완전 혼란 그 자체였다. 가게에서 제일 비싼 물건을 팔아주고 싶다며 묻길래, 돈이 없어 비싼 물건은 들여놓지 못했다고, 팔아주지 않아도 되니 이렇게 방문해주신 것만으로도 영광이라며 웃었다. 내가 하고 싶은 말의 기회를 대통령이 만들어주는데 얼마나 고마웠는지 모른다.

농장을 갖고 있다는 얘기를 들었다며 그런데 왜 이곳에서 이렇게 가게를 하고 있느냐는 질문은 고맙고 또 고마웠다. 때는 이때다 싶어 잘하지도 못하는 스페인어를, 현직 대통령 앞에서 조금도 흔들리지 않고 차분하게 또박또박 풀기 시작했다. 우리가족은 82년도에 농업이민을 왔었고 농장을 갖고 있었지만 무토지 농민들의 무단점거로 빼앗겼고 거의 빈손으로 나왔어야 했기에 가진 돈이 없다고, 나의 젊음을 몽땅 쏟은 곳인데 사는 게 이렇게 흘러

가는 수도 있구나 싶어 너무 힘들었다고 말하였다. 한동안은 몸도 마음도 너무 많이 아팠고 죽고 싶은 생각까지 했었지만 밥은 먹고 살아야 했기에 이렇게 가게를 하고 있다고 전했다.

세상에 이런 경우가 있을 수 있느냐고, 너무한 것 아니냐면서 이 나라는 법도 없는 나라 같다고, 어떻게 이런 일이 일어날 수 있느냐며 대통령을 쳐다봤더니 농장 위치를 묻는 것이었다. 그때의 내 기분은 하늘을 날 것 같았다. 자신의 발로 가게까지 찾아왔으니까 제대로 지끄려보고 싶었다. 대통령 앞이라고 내가 하고 싶은 말을 못 하고 머뭇거릴 이유도, 숨길 이유도 없었다. 속으론 '대통령 아저씨, 당신 오늘 제대로 걸렸어. 한번 당해봐'라는 마음으로 아주 상세하게 위치를 설명하기 시작했다.

'오비에도'를 지나고 '산따로사 델 무뚜어'에서 비포장도로로 조금 들어가면 '따삐라꽈이'라는 동네가 있다고, 그곳에 우리 농장을 중심으로 '데가스페리' 농장이 있고 뒷쪽엔 '징골로' 농장이 있다고 설명했다. 그 두 분은 알아주는 부자들이라 목장도 아주 크다고, 그 사이에 끼인 작은 농장의 주인은 힘없는 '꼬레아노'의 농장인 '산페드로'라는 농장이었는데 그 농장의 주인은 바로 나였다고 말하였다. 그런데 왜 하필 힘없는 외국인의 땅을 그렇게 무지막지하게 빼앗을 수 있느냐고, 내 나라도 아닌 이곳에서 나를 몽땅 쏟아부었던 땅을 하루아침에 내어주어야 했고 오갈곳 없는 불쌍한 이민자가 된 게 우리 가족이라고 호소했다. 대통령은 한참 동안 생각을 하는 것이었다.

대통령의 방문과 수십 년 응어리의 해소

대통령은 한참을 생각하는 듯 팔짱을 끼고 손으로 턱을 괴고 있었다. 그러다가 혼자 고개를 갸우뚱거리기도 하고 끄덕이기도 하더니, 이내 묵묵부답이었다. 나는 알고 있었다. 심심찮게 불안함을 안겨주며 밤잠 설치게 만들었던 그들 단체의 주인임을. 뉴스에 농민들만 나와도 가슴이 떨려 차마 들여다볼 수 없었지만, 눈이 뜨이면 두려우면서도 기다려야 했던 당시 어지러운 소식의 제공자임을 말이다. 무토지 농민들을 위한다는 그럴듯한 명분을 만들어 무단 점거자들을 앞에 세워 얻었던 '빈자의 아버지, 농민의 아버지'라는 이름. 약자들의 우상으로 많은 박수를 받았던 당시의 그 성직자가, 지금은 그곳을 떠나 대통령이 되어 나라를 다스리고 있는 이 분이라는 것을 나는 잘 알고 있었다. 한참을 고개를 숙인 채 턱을 괴고 있던 대통령은 답을 잊어버렸는지 아니면 할 말이 없었던 것인지 말을 잇지 못하고 나만 뚫어지게 쳐다보았다.

그렇게 상황은 끝났고, 그는 떠날 채비를 하며 한 가지라도 팔아주어야 마음이 편하겠다며 다시 이것저것 살폈다. 나는 괜찮으니 그냥 가시라고, 오늘은 정말 좋은 날이었으며 절대 잊지 못할 날이 될 것이라며 응대하였다. 맞지 않는가. 나의 그동안을 산산조각 내어 그 무엇으로도 대신할 수 없게 만들었던 그때를 제공했던 그 사람을 내가 언제 어떻게 만날 수 있겠는가. 경호원들에게 피로회복에 좋은 것이라며 홍삼 음료를 상자째로 선물하고 안녕히 가시라며 배웅을 하였다. 가게로 들어와서는 가슴을 쓸어내리며 큰숨을 쉬었다. 나의 막돼먹은 말을 경호원들이 제지할까 봐, 혹은 대통령이 내 말을 담아두고 어떻게 할까 봐 조금은 두근거렸기 때문이다. 그렇게 마무리가 되었지만 마음은 큰돈이 그냥 굴러들어온 것보다 더 맑아졌다. 그동안 맺혔던 모든 것을 미련 없이 쏟아낼 수 있는, 일생에 한번 올까 말까 한 행운의 기회였기 때문이다. 빼앗긴 땅을 다시 찾을 수는 없었지만, 맺혀 있던 한스러운 그때를 풀고 나니 십 년 묵은 체증이 내려가는 듯하였다.

　다음 날 셋째에게서 전화가 왔다. 딸은 "안 떨렸어요? 농장 얘기도 했다면서?"라고 물었다. 나의 대답은 이러하였다. "왜 떨어야 하니? 내가 누구 딸인데 떨어? 그옛날 너의 외할아버지 덕분에 정치하는 많은 분들을 만나보는 기회가 있었거든. 그때가 기억나서 용기도 얻었고 대통령이나 나나 다 똑같은 사람이라는 생각이 들면서 무거움이 사라지더라." 셋째는 '그럴 줄 알았다'며 웃었다. 그러면서 대통령이 딸에게 전했다는 말을 들으며 딸도 나도 한참을 웃었다. 대통령은 딸에게 이렇게 말했다고 한다.

　"너의 도전정신과 성실함도 매력적이었지만 매끄럽고 대담한 방송 진행 솜씨도 대단해서 TV를 볼 때마다 칭찬을 아끼지 않았는데 이제 알았어. 너의 모두가 너의 엄마를 쏙 배닮았구나. 너의 엄마, 내 앞에서 얼마나 당당했는지 아니? 사막에 버려놓아도 살아남을 거야."

칭찬인지 무엇인지 모를 뒷이야기를 한참 동안 전하더라는 것이었다. 내가 옛날부터 이렇게 돌덩이처럼 차가우며 단단했을까. 이곳까지 날아와 기가 막히는 현실을 마주했지만 살아보겠다고, 오직 내 아이들만은 나처럼 살지 말아야 한다며 이를 악물고 버텼다. 무법천지인 이곳에서 가라앉지 않으려고 헤쳐 오다 보니 돌덩이가 무엇인가. 나는 돌덩이보다 더 단단한 쇳덩이가 되어 이렇게 서 있다.

산페드로 농장, 40여 년 세월 너머의 재회

농장은 떠나야 했으나 추억이 많은 곳, 기억 속에서 영원히 지워지지 않을 곳이다. 나의 늦둥이 아들이 태어났고 나의 딸들이 자연을 마음껏 누리며 느꼈던 그 농장. 첫째와 둘째는 외국에 거주 중이라 마주 앉아 터놓고 이야기를 나눌 기회가 거의 없지만, 셋째와 가끔 이야기를 하다 보면 알게 모르게 옛날로 돌아가게 하던 그곳 '산페드로 농장'을 어찌 마음속에서 버릴 수 있겠는가.

지금 쓰는 이야기는 작년의 일이다. 딸아이가 슬쩍 말을 건넸다. "엄마, 옛날 우리 농장에 한번 가보고 싶지 않아요?" 반가우면서도 현재가 너무나 궁금하여 "가볼 수 있니?"라고 물었더니, 엄마가 원한다면 어떻게든 방문할 기회를 만들어보겠으나 주인의 허락이 있어야 하니 크게 기대는 하지 말고 기다려보라고 하였다. 그때 내가 했던 말은 이러하였다. "지금 기억을 잃어가는 너의 아빠가 그곳을 만나면 기억이나 할까? 기억을 하든 못하든 그때를 만날 수 있다면 한번 가봐야지. 너의 아빠에게 보여주고 싶어. 꼭 기회를 만들어봐, 기다릴게." 기억을 못 할 확률이 거의 100%였지만 보여주고 싶었다. 자신의 모든 것을 쏟았던 곳이 아닌가. 갈수록 깨끗하게 비워져 가는 머릿속이지만 말이다.

한참 동안 소식이 없기에 포기하고 있었으나 딸아이는 끈질겼던 모양이다. 이곳에선 셋째를 모르는 사람이 거의 없으니 어떻게 거치고 거쳐서 지금 농장을 관리하는 관리자와 연락이 닿았고, 언제든 환영이라는 답을 받았다는 기쁜 소식을 전해주었다. 옛날 우리가 살던 때에는 6, 7시간, 비라도 오면 8시간을 흙먼지와 함께 달려야 닿았던 곳인데 세월은 참 많은 것을 깔끔하게 정리해 놓았다. 도로는 완전히 포장되어 있었고 4시간도 채 걸리지 않아 도착할 수 있었다. 내가 이곳에 와서 처음 발을 디뎠을 때 사방에 울창했던 숲은 흔적도 없었다. 총책임자의 말을 빌리면, 무토지 농민들은 점거 후 그 많은 나무를 모두 베어 팔아 호주머니를 채웠고, 그 땅을 재력 있는 외국인에게 팔아넘겨 지금의 농장주가 그 넓은 땅을 모두 개간했다고 한다.

길에는 아스팔트가 깔려 있었고 농장 역시 상상도 할 수 없을 정도로 멋진, 정말 농장다운 농장으로 변해 있어 잘못 찾아온 것 마냥 어색하였다. 하지만 들어서며 감탄사를 연발하다가, 우리의 둥지가 있었던 곳에서 옛 모습을 지키고 있던 세 곳이 나를 맞이

해주었을 때는 울컥해지는 마음을 감출 수 없었다. 방향 감각을 잃어버린 나는 참기름을 짜기 위해 참깨 자루를 챙겨 찾았던 개울(아로조 따 삐라꽈이)이 너무나 궁금하여 책임자에게 물었더니, 자신의 차로 우리 일행을 데려다주는 수고를 아끼지 않았다. 깨끗하고 맑은 물은 옛날과 변함없이 흐르고 있었다. 그 개울에 얽힌 사연을 들려주었더니 책임자는 처음 듣는 이야기라며 놀라워했고, 오늘 농장에 대해 새로운 소식을 많이 알게 되어 도리어 감사하다고 말하였다.

우리와 함께했던 세 곳의 흔적이 남아있지 않았다면 '고생했던 터'였다는 사실조차 지워야 했을 것이다. 그 옛날을 기억하게 해준 물탱크와 창고, 그리고 고치기는 했으나 외형은 그대로인 살던 집 한 채는 표현하기 힘든 감정을 몰고 왔다. 물탱크의 물이 지하수인지 개울물인지 묻기에 지하 100m에서 끌어올리는 지하수라고 대답해주었더니, 개울물인 줄 알았는데 오늘 처음 사실을 알았다며 지금도 사용하고 있는데 물맛이 최고라고 전해주었다.

비가 오면 수업도 할 수 없었던 현실을 벗어나게 하려고 발 벗고 나섰던 학교도 방문하게 되었다. 학교는 당시의 모습을 벗고 새롭게 단장되어 있었으나, 당시에 교사였다며 옛날을 기억하는 분이 있었기에 화기애애한 분위기 속에서 당시의 상황을 알리는 '친절한 한국인의 본보기'라는 농담도 건넬 수 있었다. 겸하여 동네 분들의 안부를 물었는데 이제는 이 세상 사람이 아닌 분들이 많았다. 고깃간 아저씨의 1kg이 우리 저울에선 800g이었던 일화 등을 떠올리며 안부를 물었더니 돌아가셨다고 하였다. 기억을 더듬어 옛날이야기를 한마디씩 덧붙이다 보니 아순시온으로 돌아와야 하는 시간이 미워지기까지 하였다. 유감스럽게도 남편은 자신을 쏟아부었던 그곳뿐만 아니라 그 무엇도 단 한 가지도 기억하지 못했지만, 꼭 보여주고 싶다며 계획하고 실행했던 그 시간은 정말 보람된 일이었다.

지나온 세월의 갈무리와
산페드로를 향한 마지막 인사

　나의 농장 생활과 그동안의 글을 마무리하며 가장 먼저 감사하다는 말을 전하고 싶다. 어느덧 여든을 바라보는 나이가 되었으나, 다행스럽게도 남겨두었던 글들을 다시 들여다보며 더듬으니 그 옛날의 기억이 지워지지 않고 너무나 또렷하게 다가와 참으로 다행이었다. 나의 삶 일부를 기록으로 남기는 데 큰 도움이 된 글들을 정리하며, 그때가 생각나 울컥하기도 하였으나 나 자신에게 "수고했다"며 고마움을 전하기도 하였다.

보통 사람은 상상조차 할 수 없는 참으로 힘들고 유별난 삶이었다. 투정과 원망, 후회와 포기를 거의 매일 수없이 반복하였으나, 그러면서도 현실을 받아들였고 나를 다독이며 살아왔기에 여기까지 올 수 있었다. 황혼녘에서 문득 '이런 삶도 있었다'고 한 번 적어볼까 마음을 먹으면서도 한편으로는 두려웠으나, 어느새 열심히 적어 내려가고 있는 나를 발견하였다. 거짓 없고 첨가물 없는 글들은 온통 어두운 넋두리였지만, 속 깊숙이 남아있는 것들이 쓰라림으로 스멀거릴 때마다 무엇이라도 적어야 조금은 편안했기에 습관처럼 써 내려갔다. 그 한스러운 추억들이 이렇게 글이 되어 세상에 나오니 얼마나 고마운 일인가.

얼마 전부터 자주 흥얼거리는 노래가 있다. 설거지를 하거나 청소를 하다가도 나도 모르게 읊조리게 되는 노래는 딱 두 곡이다. '지나간 것은 지나간 대로'와 '난 참 바보처럼 살았군요'이다. 노래의 앞뒤는 다 잘라버리고 항상 마음이 머무는 구절만 읊조리곤 한다.

"지나간 것은 지나간 대로 그런 의미가 있죠. 우리 다 함께 노래합시다. 후회 없이 꿈을 꾸었다고 말해요." "난 참 바보처럼 살았군요. 난 참 우우우 어느 날 난 낙엽 지는 소리에 내 마음을 보았죠. 그냥 덧없이 흘려버린 그런 세월을 느낀 거죠."

누가 있든 말든 머리와 마음이 비어있을 때면 이 대목들을 부지런히 부른다. 정말 바보처럼 살아온 삶이었다. 남의 말은 필터 없이 다 받아들이면서 내 말은 절대 들어주지 않고 제 생각대로만 해버리는 사람과 50년 넘게 함께 살며, 마음 깊은 곳에 응어리가 차곡차곡 쌓였던 모양이다. 쌓이다 못해 더 쌓일 공간이 없어 넘쳐버리니 이렇게 글로 흘러나오고 있지만, 그래도 나름 보람 있었다고 자신 있게 말할 수 있다.

그런 삶에서도 배운 것이 많았다. 바보처럼 살았기에 나는 몹시 아팠으나 남을 아프게 하지는 않았고, '지나간 것은 지나간 대로' 의미를 두며 아이들에게만 전념하였더니 지금은 제 길을 잘 걷고 있는 아이들이 있어 나름의 위안을 얻는다. 부푼 꿈을 안고 이곳까지 날아와 젊음을 몽땅 쏟았던 그곳은 예전 모습을 벗고 깔끔하게 탈바꿈해 있었다. 그 모습에 '그땐 그랬지' 하며 흐뭇해할 수 있었고, 한때의 추억으로 묻으며 마음이 가벼워졌다.

지구 반대편에 있지만 마음은 항상 곁에 있는 분들이 용기를 주었기에 게으름 피우지 않고 글을 쓸 수 있었다. 또한 기회를 만들어준 셋째가 있었기에 나를 쏟아부었던 그곳을 다시 만날 수 있었다. 이제 궁금했던 그곳과도 마주하였기에 젊은 날의 모든 것을 비로소 놓아줄 수 있게 되었다. 한때의 추억으로 나의 그때를 세월 속에 묻으며, 마지막으로 농장에 안녕을 고한다

'Adios Granja Sanpedro!!!'

Esta era la casa de al lado. Donde nosotros vivíamos ya
no está, la tuvieron que echar hace unos años porque
el temporal le hizo mucho daño